U0588808

有爱的青春陪伴者

# 我前男友是世界冠军

四月初一 著

天津出版传媒集团

天津人民出版社

## 图书在版编目（CIP）数据

我前男友是世界冠军 / 四月初一著. -- 天津：天
津人民出版社, 2024.6
ISBN 978-7-201-20416-1

Ⅰ.①我… Ⅱ.①四… Ⅲ.①长篇小说—中国—当代
Ⅳ.①I247.5

中国国家版本馆CIP数据核字(2024)第075065号

**我前男友是世界冠军**
WO QIAN NANYOU SHI SHIJIE GUANJUN
四月初一 著

| | | |
|---|---|---|
| 出　　　版 | 天津人民出版社 |
| 出　版　人 | 刘锦泉 |
| 地　　　址 | 天津市和平区西康路35号康岳大厦 |
| 邮 政 编 码 | 300051 |
| 邮 购 电 话 | （022）23332469 |
| 电 子 信 箱 | reader@tjrmcbs.com |
| 责 任 编 辑 | 玮丽斯 |
| 特 约 编 辑 | 伍　利 |
| 装 帧 设 计 | Insect　姜　苗 |
| 责 任 校 对 | 言　一 |
| 制 版 印 刷 | 长沙鸿发印务实业有限公司 |
| 经　　　销 | 新华书店 |
| 开　　　本 | 880毫米×1230毫米　1/32 |
| 印　　　张 | 9 |
| 字　　　数 | 241千字 |
| 版次印次 | 2024年6月第1版　2024年6月第1次印刷 |
| 定　　　价 | 42.80元 |

Loading

▶▶ **前言** ▶▶

/ ///////// /

这个故事构思于很久之前，辗转终于等到了它和大家见面。

这是一个努力证明对方更爱自己，其实对方比自己想象的更爱自己的故事。

在这本书之前，我尝试了第一本电竞文《你行你上》，是以剧情为主的。

所以这篇文章想尝试一下以男女主角的感情线为主，同时因为男主角是教练，大多数的职业技能都体现在 BP（比赛术语，是 BAN/PICK 的简称。BAN 意为禁用，PICK 为挑选）和战术上，但又担心写深了普通读者会很难懂，所以选择尽量弱化电竞的内容，如果有任何错漏也请多多包涵。

最初是想写一个钢铁直女，有自己的生活和热爱，爱情是她生活中美好的点缀。而这朵花逐渐开成一片花园，成为她身后最坚定的支柱。

在这本书的创作过程中，自己也在不断成长，于是也有了想表达的议题——关于女性在非传统行业里的发展和成长。

顾苏不完美，行业不完美，世界不完美。

但她有梦想，尽管很难，她还是选择勇敢追逐。

很了不起。

也希望每一个女生都可以自由而强大，有很高很远的梦。

梦想总会实现的。

# ▶▶ 《英雄联盟》相关名词解释 ▶▶

S 赛：全称为英雄联盟全球总决赛，League of Legends World Championship Series，是由 Riot Games 公司举行的英雄联盟电子竞技比赛。S 代表赛季。

LPL：英雄联盟职业联赛（League of Legends Pro League，简称 LPL），是中国最高级别的英雄联盟职业比赛，同时也是中国大陆赛区通往每年英雄联盟季中冠军赛和英雄联盟全球总决赛的唯一渠道。

LCK：英雄联盟职业联赛韩国赛区。

LDL：League of Legends Development League，英雄联盟职业发展联赛，也称次级联赛。

青训：英雄联盟职业青训营，其目的是为职业联赛培养和选拔新星人才。

上单：英雄联盟分为上中下三条路线，上单是上路单人线选手位置的简称。

中单：中路单人线。

打野：唯一非线上位置，在游戏中野区分为敌方、我方、上半野区、下半野区，打野位置通过获取野区资源为自身增加经验和经济。

AD/ADC：即 AD Carry，为下路双人位之一，通常被称作输出位。C，Carry 的简称，在游戏中通常指发挥非常出色带领队友走向胜利的角色。

辅助：下路双人位之一。

BO3/BO5：三局两胜制 / 五局三胜制。

BAN & PICK：即 BP，禁用、选择英雄，英雄联盟进入游戏前的环节机制。

TP：即 transport，传送召唤师技能。

OB：即 Observer，意为观战。

一血：即 First Blood，第一滴血，游戏中发生的第一次击杀。

Gank：对敌方英雄进行包抄、偷袭、围杀。

Poke：即远程消耗敌方血量。

Double/Triple/Quadra/Penta Kill：即双杀、三杀、四杀、五杀；玩家在游戏中在较短时间内连续消灭 2/3/4/5 个敌人。

反野：在对方打野没有把野怪清掉之前己方打野先行打掉。

小龙团 / 大龙团 / 先锋团：围绕英雄联盟召唤师峡谷公共资源元素亚龙、远古巨龙、峡谷先锋进行的团战。

KDA：即 Kill/Death/ASSIST；杀人，死亡，支援比率。

RANK：英雄联盟排位。

Counter：后手选出克制对方已选英雄的英雄。

MVP：Most Valuable Player，最有价值团队成员。

OP 英雄：即 over power，在某一版本里因为数值不平衡而导致过度强势的英雄。

# 目 录

/

CONTENTS

# 目 录

/

C O N T E N T S

# ▶ 第一章 ▶

## 抛夫弃子的，不招

/ ////////// /

又是一年毕业季。

市中心的独栋小公寓足够俯瞰半个海市，半大的房间里横七竖八斜着几块灯牌和应援幅，顾苏抱着猫，默默望着正在收拾行李的盛洹，半天，从嗓子里挤出两个音："要不……"

刺耳的撞击声停了，盛洹手里抓着一对瓷杯悬在半空，直起身回看她。

这对瓷杯还是顾苏买的，当时在店里看到就喜欢得不行，一对粉色浅口杯，杯壁是烫金的字母，非要拉着盛洹一起用。盛洹嫌弃得不行，最后还是付了钱。可买回来没几天就被顾苏扔进了壁柜，直到今天才得以重见天日。

顾苏就喜欢买这些小玩意儿，多数买来新鲜两天就被束之高阁。类似的东西数不胜数，盛洹不得不从一堆还没有拆封的新物件里扒出自己要带走的东西，就像在玩一个神秘的寻宝游戏。

"冠军"在顾苏怀里不安地蹭着，顾苏换了个抱它的姿势，想了想，低声道："要不，你把冠军留下吧？"

哐当一声，瓷杯被盛洹重重搁在桌上。冠军瞬间孛了毛，从顾苏怀里挣了出来。

气氛重归凝滞。

顾苏后退一步："……给你给你。"

盛洹扬起眉："你要说的就只有这个？"

不是没听出盛洹声音里压抑的愤怒，顾苏咬住下唇，半天："啊,对。"

"没了？"

"没了。"

夏末的天喜怒无常，不过瞬间日光就散尽了，半边的浓云都映在他眼底，像极了他要顾苏跟他一起回江城的那一天。

那时候他是怎么说的来着？

"电竞和我二选一，你要谁？"

顾苏也是今天这副样子，抱着冠军一言不发，逼急了，就蹦出一句："电子竞技，没有爱情。"

差点把他气吐血。

原本就是为了顾苏能安安静静打游戏才租了这么一个房子，盛洹偶尔过来，也只带几本专业书，没想到一年住下来，他的东西竟然也装满了三个最大号的行李箱。

司机已经上来搬过一趟，只剩几件战队的周边是顾苏买给他的，被他随意地丢进纸袋提在手里。在顾苏欲言又止的目光下，他弯下身，捏住冠军的后颈。

一人一猫对视两秒。

冠军眯着眼睛叫了一声。

盛洹冷笑。

她最舍不得的是她的电竞，其次是他怀里的这只小猫，最后才是他。电竞就算了，没想到最后，他还没有一只猫重要。

吸饱了水的云终于落下雨来，公寓门开启又合上，装修精致的房间霎时冷清。

少了一半的东西。

和一个人。

还有一只猫。

"顾苏，你不要后悔。"这是盛洹留给她最后的话。

"怎么可能后悔……"顾苏揉了一把头发，不顾发涩的眼眶，转身拉开电竞椅，显示器啪地打开，一个未关闭的文档静静躺在桌面上。

她把试训信息看了一遍又一遍，又打开微信反复确认 FM 战队经理老霍给她的信息。

老霍:【嗨，本来我们招女选手入队已经是破例了，谈恋爱太耽误时间，我劝你好好想想。】

老霍: 【再说，战队可是全年封闭式训练，一年才十几天的假期，你确定你男朋友能接受？】

老霍: 【听哥的，电子竞技，没有爱情，咱们是要拿冠军的人，不能拘泥于儿女情长！】

顾苏合上手机，重新打开空了一半的衣柜，把自己的衣服也塞进了行李箱。

嗯，她是要拿冠军的人，现在只是放弃一个男人，没什么大不了的。

……

"什么……分手了？！"

杜檀一声惊呼，让学校图书馆里半数人回头看来。

坐在她对面的顾苏立刻低头看资料，假装对面这个女人不是她的室友，只是偶遇拼桌。

"他同意了？"

"嗯。"

"没挽留你？"

应该没有吧。

不仅没有，他还……

"他还把冠军带走了。"

"……"

杜檀一时无言："真不知道该说你们俩谁绝情。"

盛洹对顾苏的好，所有人都看得到，只是这些好，有时候太像一个机器，他做了男朋友应该做的全部，就像一道解题公式，他给出了标准答案。

但，标准答案真的是最优解吗？


"该说你什么好……"

杜檀看得出顾苏对盛洹的依赖，可也只是依赖而已。

这两个人是在谈恋爱吗？怎么像在做题似的？

顾苏拿笔尖戳草稿纸的页标，戳出一块小小的黑影。

见她这样，杜檀一肚子话也说不出口了。杜檀摇摇头，不知是惋惜还是无奈："你们真的不像情侣。"

顾苏抬起头。

"你这么看着我干什么，难道你没感觉？你们不来电啊。他太绅士，你呢，又是个闷葫芦，什么心事都憋着不说，你俩在一起一天说话能超过五十句吗？"

"……打游戏的时候有。"

"天啊，苏，你脑子里除了游戏就没有点别的？"杜檀几乎要惊叫。

隔壁的学生已经抱起书换桌了，临走时向这边瞪过来。顾苏赔了个尴尬的微笑，而杜檀浑然不觉："我换个问法，他拉过你的手吗？反正你肯定不会主动……"

顾苏觉得脸上有点烧："……这就别问了。"她将准备好的资料在桌上码得整整齐齐，"已经结束了。"她说，"我要去打职业了。"

这话掷地有声，直接砸在杜檀面前，将她砸得一脸空白。她好像没听懂似的，许久才扬起调子"啊"了一声。

　　"那……挺好的，不过你的学业怎么办？"

　　"战队那边会跟学校协商的。"

　　"你父母……"

　　"他们不管我，你知道的。"

　　"可是……"杜檀也不知道该怎么表达，用"冒险"这个词已经不能准确定义，也许称得上是——孤注一掷。

　　"你放弃了爱情放弃了学业，甚至搭上以后的前途，就为了打职业，值得吗？"斟酌许久，她问。

　　杜檀不懂游戏，但她知道顾苏有多喜欢英雄联盟。热爱坚持得够久，总会变成奇迹。

　　以后可能没什么见面的机会了，杜檀怀念好友的同时，又感叹一句："我也是第一次见女生因为打游戏抛弃男朋友的，苏，你真是吾辈楷模。"


　　"吾辈楷模"顾苏没来得及细想到底值不值得。她只知道，当机会降临，必须抓住它。

　　不可置信的兴奋和紧张占据了她整个假期，有时候甚至很难分清梦境和现实。

　　因为现实也不真实得像在做梦。


　　新的学期顾苏忙于多修几门课的学分，同时为了保持手感，所有的闲暇时间都用来排位，两耳不闻窗外事，包括盛洹。

　　分手似乎没有她想象中的那么难过。

　　在过去的十九年里，顾苏向来潇洒，自诩字典里从没有"后悔"二字。而当她从城市的一头奔赴另一头，敲开 FM 基地的大门，眼睁睁看着消失了整整一个月的盛洹抱着冠军，居高临下地把她拒之门外的时候，她悔得肠子都青了。

冠军懒洋洋地趴在穿着 FM 战队队服的盛洹的胸口，似乎在睡觉，而后者冷冷地倚在门框上，神情冷漠得仿佛过去那一年对她的包容宠溺都是错觉："我们战队有三不招，没有上进心的不招，没有团队精神的不招……"

他略顿了顿，目光一寸一寸地从她的头顶刮到鞋边："抛夫弃子的，不招。"

顾苏提着两个行李箱，呆在原地。

这是个什么情况？

盛洹怎么会在 FM 的基地？

而且他刚才说什么来着？

——我们战队？

盛洹挑起眉梢，似乎对她的反应十分满意，深色眸子里清晰地写了几个大字：意不意外，惊不惊喜？

顾苏着实有点蒙："你……你……"

"你"了半天没有"你"出个所以然，倒是盛洹先皱着眉头侧身一步，然后从他身后挤出个人来。

老霍看到顾苏先是眼睛一亮，又碍于盛洹把门口堵了个严严实实，只能维持着探出半个头的姿势，激动道："哎哟，顾苏是吧，快进来快进来！我说你怎么还没有到，还以为你飞机晚点了。"

他又就着半大的豁口抬起头，望了望眼前高大的男人，声音带了点谄媚："盛教练，这就是我跟你说过的，我们青训的新队员，打中单的……"看着毫无反应的盛洹，又小心翼翼地补充，"别看小姑娘长得挺好看，可不是绣花枕头——人家是高才生，听说我们青训在招人，专门来咱们战队……"

后面的话顾苏一个字都没有听进去，她的脑子里就像被扔了一枚手雷，只剩爆炸后的蜂鸣声。

盛……教练？

顾苏彻底傻了。

别的不说，就她那些基本情况，还用别人告诉盛洹？他知道的可是比她亲爹妈还详细！

比起像被雷劈过似的顾苏，对面的盛洹倒是一副头一次听说的表情，中途甚至还耐心地点了点头，等老霍絮絮叨叨说完也没表露出其他半点情绪，漫不经心地问："就这样？"

"啊……就这样。"老霍等了半天没等到下一步指示，只好又问，"那先让她去房间放了行李，我带她熟悉熟悉基地？"

盛洹居高临下，连眉毛都没有动一下："新队员来队里，我得先给她讲讲规矩。"

顾苏两眼一黑。

一看这阵仗，老霍也不好再说什么，只嘟哝了一句"人家可是个小姑娘，你别把人家吓哭了"，就踩着拖鞋回去了。

基地门前再次趋于安静。

顾苏表面风平浪静，内心已经炸成了几朵蘑菇云。

她万万没想到盛洹会在这儿等着她。

或者说，也许从知道她要加入战队的那一天起，盛洹就袖手等在一边，冷眼看着她兴奋地忙前忙后却不说破，冷眼看着她选择了电竞这条路而放弃他，冷眼等着看她的笑话。

此时的顾苏站在基地门外，脚边放着两个硕大的行李箱，风尘仆仆从机场赶过来，可想而知模样好看不到哪儿去。而盛洹上身只随意套着队服，袖口挽到手肘，站在那儿，依然是那个叱咤风云的"盛校草"。

怀里的冠军悠悠转醒，迷迷糊糊地看到顾苏，就要往她身上扑，被盛洹一巴掌按了回去。

她忽然明白了什么叫自惭形秽。

她把手往袖口里藏了藏，脑子里闪过无数开场白。

假装无事发生？

——"嗨，这么巧？原来你也在啊，以后我们就是同事了，还请多多关照，哈哈哈哈哈！"

可能会被盛洹当场用眼神杀死。

还是诚恳道歉？

——"对不起，我当初不是故意要抛弃你的，只是电竞对我来说太重要了……"

那么盛洹多半会回她："所以说我在你心里从来都不重要，是吗？"

完蛋。

事实上，顾苏还什么都没有说，盛洹便冷冷地抱着冠军，冷冷地转过身，冷冷地打开基地的大门。

眼看事态峰回路转，顾苏陡然瞪大眼睛，不敢想象盛洹会这么轻易就原谅了她。

机不可失时不再来，她飞快地弯腰，咬牙提起箱子。然而下一秒，事态再度急转直下，后者先她一步进了门，在她还没有反应过来的时候，大门在她眼前轰然合上，溅起细微的尘土。

门后隐隐传来微冷的声音："这新人从哪儿招来的？不守队规，无视教练，招进来干什么，当公主供着？"

"……不可能吧，当时视频面试的时候小姑娘人挺不错啊，守时懂事也能吃苦。我还看她打了几局排位，队友那么坑她都没喷人。盛教你是不是误会什么了……"

"那是当着你的面，你见过她私下打游戏什么样子？"

"……那我哪能见过啊！"

十二月，泛黄的落叶已经哗啦啦落了满地，天边灰蒙蒙的一片。顾苏目光空洞，想起网上流传的一句话——

今天你对我爱搭不理，明天我让你高攀不起。

他盛沨，成功做到了。

"什么？妹子？！"FM 基地，上单兔斯基嘴里叼着一袋零食，就维持着这个姿势激动回头，"快让我看看！我的天啊，我已经两个月没跟妹子说过话了……基地的阿姨不算！"

此时他正开着直播，弹幕唰唰唰一片：

【不是，人阿姨招谁惹谁了，怎么就不算妹子了？】

【前面的可拉倒吧，这个直播间有女粉？】

【等等，你们的关注点……重点难道不是 FM 竟然来了一个女、队、员吗？】

摄像头前，兔斯基还在咋咋呼呼："老霍，快，把妹子叫进来，我亲、手、教、她打上单！"

弹幕嘻嘻哈哈一片，全在骂他为"老"不尊。

就在这时，窗边忽然响起一个声音，不大不小，却硬是被基地这一群无法无天的兔崽子听出几分冷意："我看你今天好像挺闲的，不如晚上加训两个小时，先打上王者八百点再睡觉。"

室内有一瞬间的安静，接着所有人笑得捶桌，兔斯基差点把嘴里的零食吐出来，手忙脚乱地回到键盘前："不不不……不要妹子了，电子竞技，没有妹子！"

弹幕一片"哈哈哈"，全都吐槽盛沨不愧是魔鬼教练。

【笔直笔直的钢——铁——直——男，怎么可能有女朋友？】

【前面的来打一架吧，赢的人就是盛夫人怎么样！】

兔斯基抹掉嘴边的零食渣，把麦克风移到嘴边小声说："你们以为盛教跟我们这群电竞和尚似的啊，人家有女朋友！之前一天天都宠上天了，只要有假一定去陪女朋友，每次回基地都带回来一堆粉嫩的锅碗瓢盆、手机壳、枕头套……"

【盛教竟然恋爱了？！】

【哈哈哈哈，枕头套真的假的！】

【嘿，这个真是我上我也行！盛队做我男朋友，我给你买一打！】

【这么好的女朋友，我酸了！】

兔斯基撇撇嘴："好？盛教用粉色枕头套你品品，有没有那味儿……得了，我也不懂，反正盛教嫌弃得要死，但又不准别人碰他东西的样子可真香……不过他对他女朋友也是真的好啊！经常半夜给我们复盘完还要自己做份消夜打包给女朋友送去……"他又鬼鬼祟祟回头望一眼，"可惜后来分手了。"

【这是什么教科书式的男朋友，这次我酸了。】

【要颜值有颜值，要家世有家世，要能力有能力，对女朋友还没话说。】

【完了，这么好一个盛队，可惜"英年早婚"。】

【婚什么婚不是才分手吗？】

【分了好！分了我有机会了！】

【哈哈哈哈哈哈，兔哥你咋知道人家分手了啊！】

兔斯基不动声色打开音乐播放器，挑了一首《名侦探柯南》著名的BGM（背景音乐）——

"当当当当当，让我名侦探兔斯基给你们解惑。那是因为——"

在弹幕雪花似的"哈哈哈"中间，他清了清嗓子，一本正经道："因为前段时间他忽然搬回基地住了，还带了只猫回来，顺便取消了我们额外的假期，并且一天约了四场训练赛。"

弹幕顿了片刻，笑得更欢。

"不过，妹子来试训，也就只是噱头而已吧？"角落里，安诚叼着一袋牛奶，喃喃道，"不会真的有人以为妹子能打职业吧？不会吧？"

因为没开直播，安诚说话也就毫无顾忌，手里的鼠标点得飞快，电脑屏幕上是近来火热的某射击类游戏，正玩得上瘾。

然而下一瞬，游戏里正在一座烂尾楼跟人对枪的人忽然不动了。

"这什么情况？"安诚惊恐地移动鼠标，"又掉线了？我去，基地这垃圾网！"

"不是掉线。"身后，倏然响起一道冷淡的声音。

安诚瞬间僵在座位上。

盛洹手里抱着平板电脑站在他身后，页面上显示的是路由器操作界面，正垂着眼看他："训练时间段不能打其他游戏，我说过多少次了？"

安诚干笑："啊，这不是……这不是想休息一会儿……"

盛洹像听到什么笑话似的，挑眉嗤笑："你今天三点才开始训练，打了两把排位就要休息？"

安诚说不出话。

盛教练训人，没人再敢说话，队员们一个个正襟危坐，恨不得钻到电脑里。室内鼠标键盘的声音格外清晰，盛洹站在其中，存在感极强。

"另外，打游戏不分性别，现在你话说这么满……"他收起平板电脑，神情看不出喜怒，"万一有一天她在你对面，把你打爆了呢？"

半个小时过去，盛洹还在做队员的训练规划，一副从来没有什么青训队员被他拒之门外的淡定表情。冠军乖乖窝在他旁边打盹，从容得跟自家主人一个德行。

如坐针毡的老霍又从监视器里看了一眼门外，实在忍不住了。

把人家小姑娘千里迢迢招过来，门都不让进再让人回去，这传出去以后还怎么在业内做人？

"我说你，别吓唬新人行不行？到时候传出去又该说你盛洹仗着教练身份打压青训队员，这里是你的一言堂……"

盛洹放下电脑，淡定看过来。

老霍一哆嗦，艰难咽了下口水："……是是是，这里是您的战队，但也总得顾及影响不是？现在多少双眼睛盯着咱，就等着咱们出丑呢？"

FM电子竞技俱乐部，其英雄联盟分部可谓是祖上光荣，曾经是全联盟前三的队伍，代表LPL（英雄联盟中国赛区）参加过世界赛。但从S5（第五届英雄联盟全球总决赛）开始，LPL大量引进韩援，各个战队如雨后春笋，百花齐放。

而FM却维持原有的战队形制继续征战，奈何一个赛季之后，在各种新兴战队面前没有打出应有的效果，因而被外界嘲讽止步不前、不懂变通，再加之管理层经营出现问题，从此沉寂，多少有点摆烂的意思。粉丝和赞助商都纷纷弃之而去，只剩一些老粉怒其不争。可就在今年，粉丝们忽然听说FM新换了管理层，整个战队大换血，除了大规模的招兵买马，甚至大胆起用新人，谁都摸不透盛洹到底打的是什么主意。

顾苏就是被招来的第一批青训生。

老霍咂了咂嘴："天怪冷的，你就让小姑娘在门口冻着？不管怎么说……人是来试训的，我们这么接待人家，不大好吧。"

看上去一直在专心工作的盛洹动作一顿，敏锐地捕捉到了某些关键信息："……她还在门口？"

老霍"啊"了一声："不然呢？半个多小时了就一直在外面等着，这孩子也挺死心眼，不先找个挡风的地方避一避……"

话还没说完，面前的人已经唰啦一下站起身，大步走向门外。

老霍目瞪口呆转过头，也只来得及看到一个风一样的背影。

半个小时足够顾苏百度了盛洹的所有基本资料。因为关于他本人的报道真的很少，全都是赛事相关，而且口径惊人的统一。外界对他的评价只有四个字——魔鬼教练。

不管是哪个电竞媒体，就像是花钱买了水军似的，评论清一色的都是：他对选手要求极高，除了要求他们保证训练时长、端正竞技态度之外，全年假期也不过十几天，在生活上甚至给队员设置了宵禁，一切会影响训练的事情一律禁止。

唯一跟电竞无关的安排是定时定点的运动训练，还请了专业的健身教练和理疗师。不少人都说进了这里就像进了电竞集中营，战队队员除了打游戏，几乎没有时间培养其他爱好。

直到最近，才有人扒出了 FM 的股东信息，看样子是今年年初盛洹收购的 FM，起初是以管理者的身份，也从未在公开场合露脸，而就在今年夏季赛忽然作为教练登台亮相。一支在联盟里毫无竞争力的战队，原本早已无人关注，但没想到这支无人看好的队伍竟然初露锋芒。虽然因为春季赛并无积分，加之夏季赛还在磨合期，FM 与世界赛名额失之交臂，但盛洹吊诡的 BP（Ban&Pick，双方轮流挑选和禁用英雄的环节）早已为所有人津津乐道。

接着，管理层在某次直播中表露，新赛季他们会继续补强时，成功吸引了足够多的关注。

可惜，这一切都发生在顾苏一心补学分的时候。

她没有听到任何风声，甚至作为青训队员，她从未关注过"一队"发生的事情（中国英雄联盟联赛分为 LPL，即顶级职业联赛，其俱乐部选手被称为一队；LDL，即次级职业联赛，其俱乐部选手被称为二队；青训营，为 LPL 人才输送地）。

顾苏心不在焉地刷着网页，手指忽然停在一张照片上。

那是这个赛季刚刚公布的定妆照，背景是战队专属的灰蓝配色，盛洹依然是一贯的没什么表情，偏生一双深色的眸子微微上挑。他原本就很白，影棚的灯光更是把他一身冷意染上几分柔和，刻得五官越发深邃。

跟队员的队服不同，他身上是一套笔挺的黑色西装，没有打领带，微微抬起下颌目视前方，像手握江山的帝王睥睨众生。

顾苏知道，这种眼神不是他看不起谁，而是拥有足够的实力时自然而然流露出来的自信。而短暂的目光相接之后，她飞快移开视线。

哪怕只是照片，也让她浑身不自在。

她仰头望了望天，又看向照片的一角——FM 战队一队主教练，Huan。

……主教练。

顾苏长叹一口气。

刚因为事业而惨遭自己抛弃的前男友，转头变成自己的顶头上司这个设定怎么就如此熟悉呢？

天又阴了几分，基地大门依然紧闭，看起来完全没有让她进去的意思。收起手机，她琢磨着先找个酒店落脚，准备起身的时候才发现蹲得太久，腿已经彻底麻了。

……那就再蹲一会儿吧。

然而天向来不遂她愿。

下一秒，她以为今天除了拿外卖再也不会打开的大门，就在她眼前，开了。

那位被一众网友称为魔鬼教练的人就站在门前，看到她这副样子先是一愣，继而冷声道："你就一直在这儿干等着？今天要是不让你进去，你还准备在门口过夜？"盛洹又居高临下打量她两眼，似乎是再也忍不住，皱起眉，"你是傻吗？还是准备给电竞小报记者表演一波卖惨？以为这样就能顺利入队？"

顾苏："对不起，给你们战队丢人了。"

长时间待在户外，冷空气把顾苏的脸颊冻得有些红，她搓了搓僵硬的手指，想站起身还是困难，于是就维持着这个怪异的姿势，费力地仰起头，声音不大，却坚定："盛洹，让我进去吧。"她吸了吸鼻子，抬起眼看他，"我想打职业。真的，特别想。"

顾苏这人从没说过软话，无论什么事情都淡淡的，连吵架都是盛洹单方面愤怒，她从来都是一言不发。这是他第一次听她用语言表达出强烈的感情——没错，是第一次，就连之前跟盛洹在一起的时候，她也从来没有说过什么爱他想他。

分手五个月，第一次重逢，她跟他说的第一句话，不是她想他，是她想打职业？！

盛洹眯了眯眼，接着，也蹲下身，平视她。

这个举动显然吓到了顾苏，她下意识地整个上身向后仰，奈何腿麻又用不上力，险些翻倒在楼梯上，还是盛洹眼疾手快一把拎住她的衣领，强迫她稳在了楼梯上。

日头彻底藏进了地平线，远处一盏一盏亮起路灯。盛洹一只手臂横在她肩上，声音平静，眼神却冷："原来你会说软话。"手上不自觉用了力，"以前从来不说，不是你不会，而是你不想，因为你从来都没有把我放在心上……是不是，顾苏？"

上挑的尾音让顾苏浑身一僵。

她在盛洹阴冷的目光里垂下头。

盛洹冷哼一声。

这是默认了。

原本他也没想着卡人。跟顾苏想的一样，当时老霍想招她入队的时候，盛洹就知道了，不仅知道，她能被招过来，就是他点的头。

当老霍把顾苏的资料详尽地发给他，明里暗里各种夸这丫头的时候，其实他内心是有点骄傲的。

顾苏是他教出来的。

那时候他还在读研，没完没了的论文压得他心情烦躁，就偶尔打两把排位解解压。有一天顾苏去他们宿舍，见他在打游戏，就趴在他身后看了整整两个小时。等排位的间隙，她忽然问他："这是什么啊？"

通常女孩子对游戏的兴趣比不上对包包和口红，盛洹也没当回事儿，随口回她："英雄联盟。"

小丫头眼睛亮亮的："好玩吗？"她抿嘴笑起来，"我也想试试。"

他撑头看她一会儿，推了把键盘，让开座位："试吧。"

从此之后一发不可收拾。

他也万万没想到，顾苏对这游戏的瘾比对他还大。


盛洹回过神。

眼前的人垂着头，惨白的小脸埋在阴影里。她本来就瘦，缩成一团更显得单薄，不知道在冷风里冻了多久，抱着双膝露出一截冻得通红的手腕。

盛洹心口倏然有点疼。

……就不能道个歉？说点软话？哄哄他？不能给他个台阶下？

冷风依然喧嚣。盛洹蹙起眉，眸光再次扫过她原本白皙此时却通红的皮肤，随后站起身，顺手把顾苏也提起来。

蹲得有点久，顾苏晃了晃才站稳，像害怕似的，抬起眼偷看他："你是不是生气了？"

盛洹的眼底像淬了冰，冷声："……没有。"

顾苏如释重负似的松了口气："没有就好。"

盛洹："……"

算了，她真就不知道该怎么做。

最后还是老霍出面解了围。

他跟盛洹好说歹说，才给顾苏争取到一个试训的机会。

顾苏眼睛亮亮的，低声跟他说了谢谢。

先一步回到基地的盛洹脚步一顿，背影冻得人发颤。

老霍帮顾苏把行李搬进基地，一边感慨小姑娘就是不一样，光看这行李箱的重量就知道比这群大老爷们儿精致多了，一边给她讲解："我给你介绍一下，这是我们上单兔斯基，打野 Jump，替补打野红烧肘子，AD 安诚，辅助洛洛……还有中单 Wiki，他是韩国人，最近回老家了。如果你试训通过的话就是他的替补。"

这名字硬是把顾苏听饿了，她咽了咽口水，一一点头问好。

原本来基地之前她还做了半天思想工作，毕竟放眼望去全联盟还没有女性选手，再加上这个行业对女性似乎也并不十分友好，多少次排位因为她顶着偏女性的 ID，在偶尔失误时被路人无情嘲讽。

还好，至少她的队友对她都很友好。

顾苏小心翼翼地打量几个队友，又看了看他们不知道几天没洗的头，桌子上堆着的炸鸡零食和脚下踏着的拖鞋……

——起码看起来很友好。

起初众人并未当真，等人真的坐进来，几个队员集体蒙了，回过神来纷纷抱怨老霍怎么不提前打个招呼，便咋咋呼呼上楼换衣服去了。

兔斯基最先下来，看着这个文静、漂亮的小姑娘。经历过刚才安诚那一茬，他硬生生把想调侃的心收了起来，清清嗓子，一本正经道："妹子……啊不是，顾苏是吧？试训多久啊？什么时候考核？双排不？来来来，哥哥带你打韩服！"

顾苏在室内打量一圈，又走到兔斯基的座位旁边，弯腰看了一眼，直起身，摇头："咱俩排不了。"

兔斯基蒙了："为啥？"

顾苏："你是钻一。"她眨眨眼睛，认真道，"我是王者。"

室内停顿一瞬，接着爆发出哄笑声。

Jump 笑得差点从楼梯上摔下来："兔子你完了，彻底完了，妹子的分段都比你高。我说要不你也别打职业了，直接退役吧。"

兔斯基带妹梦碎，涨红了脸。

顾苏安顿好行李，又去办公室签合同，落笔的时候她的手指甚至有些颤抖，顿了两三秒，才郑重其事地签上自己的名字。

漂亮娟秀的字体落在印满字的角落，她长长舒一口气。

多少人有梦想，又有多少人能梦想成真？

因此而放弃一些事情，也是值得的吧？

顾苏抱着外设来到训练室。

FM 不愧是豪门战队，即使近两年成绩不算理想，训练基地的硬件条件在国内俱乐部也是首屈一指。训练室宽敞透亮，靠墙放着一排电脑桌，全都是赞助商资助的成果，跟比赛时的机型一致。老霍把她安排在窗户旁边的位置，抬眼就能看到窗外的绿植，有太阳的时候又不至于太晒，视野极佳。

顾苏坐下来，打开电脑。

老霍给她配的是崭新的台式机，桌面只装了游戏和 QQ 等常用软件。顾苏换了张桌面，习惯性登录游戏。旁边的兔斯基不死心，偷偷凑过来偷看顾苏的游戏段位，这一看，倒真把他结结实实吓了一跳。

"你……你是 SuHu？一年时间打到韩服王者前十的路人王……SuHu？"

顾苏也不藏着掖着，大方点头："对，是我。"

盘着腿排位的 Jump 差点把头转过一百八十度："SuHu？原来 SuHu……是个妹子啊！"他扶起掉在桌子上的下巴，"老霍，有本事啊，这都给挖来了？"

老霍嘿嘿笑。

所有人看顾苏的眼神都变了，连安诚也闷闷地不再说话。

兔斯基更是输得心服口服："之前听晟哥他们说，Born 也一直想招 SuHu 来着，可惜发了无数私信连个回复都没捞到。"

顾苏有一瞬间的怔忡。

Born，老牌豪门战队，在联盟一直属于第一梯队，近年来几乎包揽了联赛大小赛事的冠军，曾经也是 FM 的最强劲敌。

可她怎么从来不记得收到过私信？

"长得好看还是王者……这种妹子哪儿找去啊！而且这可是全联盟第一个女性职业选手吧！不管了，我现在就去晟哥那儿吹一波……"Jump 像中了彩票似的，满脸兴奋狂敲键盘，忽然想起什么似的问道，"对了，顾苏你这名字什么意思啊，怎么拼都拼不出来，我还一直以为你是个韩国人。"

顾苏下意识回答："就是苏……"

后半句话顿住。

SuHu，是苏和洄的简拼，当时注册游戏账号的时候，她想了半天也不知道起个什么名字好，还是站在她身后的盛洄俯下身，用半拥抱的姿势替她在键盘上敲下这几个字母。

顾苏还记得当时问盛洄："你就不怕到时候我太菜被人喷，还顶的是你的名字？"

倒是盛洄漫不经心扫她一眼，一笑："那你就抱好我的大腿，躺着上分，会不会？"

声音就响在她耳边，带了点细微的痒。

顾苏的脸有点红。

基地另一边，盛洹不知道是听到了什么，手里还维持着握住笔记本的姿势，微微转头看着她。

男人的视线锋利凛冽，但又带了些莫名的意味，里面铺着被额前黑发剪得细碎的光影。

顾苏不知道自己是不是看错了，先是一愣，接着就像做错事似的倏然低下头。

盛洹肯定不愿意别人知道他们之间的关系吧。

她嗫嚅半天，从嗓子里挤出几个字："就是苏……呼。"

兔斯基一时没有听清："苏呼？"

顾苏猛地点头："啊，对，就是苏呼，呼呼，语气词。"顿了顿，又飞快补充，"没什么别的意思。"

训练室机械键盘的声音此起彼伏，偶尔夹杂着几声口吐芬芳，到底是直男，粗线条，兔斯基"啊"了一声，没看到顾苏眼底的仓皇，只顾着垂涎顾苏的王者段位。

倏然一声闷响，是笔记本摔在桌面的声音。

所有人惊愕抬头。

不远处，盛洹不紧不慢地挽起袖口，视线扫了一圈，淡声开口。

"晚上约了熊队打训练赛。"他眼风扫过愣在当场的顾苏，嗓音没什么情绪，"你，一起来。"

顾苏抬起眼，触上盛洹视线的一瞬，又飞快地躲开。

她真是太了解盛洹的脾气，那副漫不经心的神情，分明就是生气了。

可他刚刚明明说自己没生气来着？

呵，男人心，海底针。

训练室另一边，老霍悄声跟盛洹道："入队第一天就打训练赛……
这是不是太狠了点？你……"他犹豫半天，"该不会是想用高强度训练
把她吓走吧？"

盛洹瞥了他一眼，没说话。

没有人比他更清楚打职业的路上会经历什么，如果有些压力注定要
来临，那么晚遇到不如早遇到。

晚上七点，训练赛准时开始。

训练赛通常都是 BO5（五局三胜）的模式，跟季后赛没什么区别，
唯一不同的，就是无论输赢，都必须打满五局。

因为顾苏入队的事还没对外公布，她就暂时借用 Wiki 的账号，也省
去了一系列烦琐的流程。

熊队虽然也是老牌战队，但成绩一直不温不火，属于即使能进季后
赛也只有一轮游的水平。顾苏是刚进队的新人，上来就打顶级强队势必
会有心理上的压力，所以盛洹挑选一些稍弱的队伍作为磨合，是较为安
全的选择。

然而这些弯弯绕绕队友们又哪里会懂，几个少年笑闹着登入游戏，
怡然自得地就像在网吧连坐开黑。

打野 Jump 第一个想起来队里刚来了新人而且她第一次打训练赛，
说："对了顾苏，有一个好消息和一个坏消息你想先听哪个？算了，我
先说坏消息吧，对面打野喜欢入侵野区，打法又凶又莽，尤其爱去中路。
但好消息是没什么脑子，很容易反蹲。你中路需要我帮忙就喊一声……
反正我也来不了。"

顾苏："……"那你说个啥？

另外半个训练区，辅助洛洛在耳麦里出声宽慰："顾苏姐，没事的，训练赛而已。就当迷惑对面，等正赛再打回来。"

洛洛是队伍里年纪最小的，比顾苏还小。经过下午的短暂交流，再加上这群电竞和尚对妹子一点都不认生，顾苏已经顺利摸清了每个队员的基本信息。

上单兔斯基，不同于古早的上单抗压，是新一代进攻型上单，与中单、AD 合称三叉戟阵型。但很多时候容易上头，葬送比赛节奏。

打野 Jump，人如其名，在比赛时带节奏的一把好手，FM 的团战发动机。但同样因为进攻性过强，很容易被对面针对。

AD 安诚和辅助洛洛，也是联盟里数一数二的下路双人组，曾经拿过两届 LPL 的冠军。也正是因为拿过好成绩，安诚多少比其他人要傲一些。

战队组建时，就已经确立了三核战术，即上中下三路都要作为 Carry（在游戏中通常指发挥非常出色，带领队友走向胜利的角色）点来进行训练。除了顾苏，其他几个队员都算不上新人。

压力自然而然来到了顾苏这边。


盛洹不近人情，她并不是第一天知道，只是盛洹从前对她一向温柔，让她忘记了他到底是个怎么样的人。

可她也没想过，他会把她逼到这种地步。

顾苏假装漫不经心地滑动鼠标，顺便擦掉上面的汗。

打把游戏而已，当然是没事的。但问题就在于，在打这几把游戏的时候，他们主教练要站在身后，全程监督他们。

还有什么比这更羞耻的事情？

啊，确实有。就是被前男友发现自己还喜欢他吧？

那她到底……

顾苏舔了舔有点发涩的唇，输入老霍事先发来的密码，进入房间。

因为事先决定暂时不暴露顾苏青训的身份，在熊队的队员问起来时，只说顾苏是从二队调上来的替补中单。

　　趁大家都在准备的间隙，老霍凑到顾苏身边，小声道："这些话本来应该盛洹教练跟你说，但他那人……"他飞快瞟了盛洹一眼，"有什么话不爱挂在嘴边，你懂吧，所以也别太在意。这第一把训练赛，你不用太放在心上，只要赢一小局，跟队友配合一下，证明你韩服前十的实力就足够了。毕竟……"

　　他把声音压得更低："你是女生嘛。先说啊，我对女生打职业这件事没有任何偏见，但你是开天辟地第一个，多少有点舆论压力是正常的。英雄联盟这个游戏，队友的相互信任，有时候比实力更重要。"

　　她当然知道老霍对她没有任何偏见，不然当初也不会在知道她的性别之后，还苦口婆心地劝她来试训。

　　但队内……

　　她环视一圈，点点头："我知道了。"


　　说不紧张那是假的，入队第一天就跟职业选手对上，虽然平时在韩服排位也经常会碰到职业选手，但和路人玩家一起排位还是有本质上的区别的。

　　因为这是入队的第一场比赛，甚至可能关系着她之后在队里的地位，也关系着别人对她的评价和认可。

　　她有点后知后觉地觉得，这似乎是盛洹给她的一场考试……

　　看看她到底有没有资格待在这里。

Loading

## ▶ 第 二 章 ▶

你该不会以为我还忘不了你吧？

/ ////////// /

"都准备好了？"身后的声音冷漠疏离，顾苏没有回头，却觉得整个脖颈都发紧，她甚少听到盛洹这么秉公办事的语气。

　　像个毫无感情的陌生人。

　　"都准备好就开始吧。"

　　没有给她太多感慨的时间，当盛洹指挥其他队员 BAN（禁止使用）掉第一手英雄的时候，顾苏已经强行被带入了比赛状态。

　　训练赛和正式比赛规则相同，双方都是各自 BAN 选五个英雄。不知道是借着训练赛练阵容还是怎么回事，前三手，熊队选的都是脆皮型输出。

　　盛洹按下打野和上单，终于走到顾苏身后："你准备拿什么？这个阵容，拿个刺客英雄好打。"

　　Jump 皱眉摇头："不过刺客容错率太低了……换个功能性中单保下路也可以啊。"

　　"我不玩功能性中单。"

　　顾苏的反驳让 Jump 一愣。

　　盛洹没接话，目光仍然停留在她的电脑屏幕上："还是说，你有自己的想法？妖姬，辛德拉，狐狸？"

　　平时打排位的时候，她选英雄大多考虑的是对线，以及在后期的输出，头一回她需要作为团队的一分子，要考虑在一场比赛里发挥自己最大的作用。

顾苏忽然有点拿不定主意。

大概是觉得她没什么经验，盛洹报了几个名字，全都是她平时在排位里擅长的英雄。兔斯基在一旁感慨，没想到顾苏玩的全是强势英雄，顺道拍盛洹马屁："不愧是盛教，新人妹子才来了两个小时他已经能背下来她所有的英雄池……"

有一瞬间的安静。

盛洹正翻着平板电脑上的资料，闻言连眼皮都没抬："上次让你练的版本强势英雄练得怎么样了，这把能上吗？"

兔斯基正襟危坐，一句话都不敢再说了。

选英雄倒计时迫近，顾苏的鼠标在英雄面板上停留片刻，忽然说："我拿皎月。"

"……这版本的皎月？"Jump诧异，"逆版本拿容错率这么低的英雄？苏，你确定？"

顾苏没说话，后牙轻轻咬紧。对面的脆皮英雄居多，换言之，如果团战爆发，只要能找准机会，刺客英雄是进场切掉对面后排的最好选择。

第一盘训练赛，顾苏就主动把担子压在了自己肩上。

身后，盛洹不动声色地扬起眉梢："选。"

训练赛正式开始。

没人告诉她应该怎么打训练赛，她全凭之前打排位的习惯，上线，插眼，补兵，她一直以为英雄联盟，只要操作就行了。

可她没想到，熊队的打野这么会搞人心态。

新入队的中单，其他战队都想试试水也不奇怪。何况新人跟其他队友的配合程度一定比不上老队员。所以对面打野才到二级就来中路抓了一拨人。

而顾苏毫无防备。

平时排位的时候很少有人会用这种出其不意的极端打法，所以顾苏被击杀在塔下的时候整个人还是蒙的，肌肉记忆让她交 TP（传送）上线，这时候，她已经比对面少补了 3 个刀，再加上对面中单拿了一血的钱，经济差距很快就会演变成装备差距，如果处理不好，会使得她和对面的经济逐渐被拉大。

紧接着，中路的经济劣势又会辐射到上下两路，雪球将会越滚越大。

始终在 OB（观赛）位置的盛洹脸色有些难看。

他沉了下眼，视线移到顾苏僵硬紧绷的后背。

"盛教，这把是不是……"副教练低声问。

"……"他停了两秒，没给肯定的答案，"嗯，是逆风局。"

其实，他已经猜到结果了。

可他担心的不是经济落后而造成的比赛失利，他担心的是顾苏的心态。

经济可以追回，但心态追不回。

在一场比赛里，如果心态失衡，那么选手很有可能打不出他应有的操作，从而葬送掉比赛的胜利。

他看着游戏里的皎月不停地试图找机会突进，却一次又一次被对方轻易化解，他就知道，顾苏的心态已经出问题了。

这可不是个好兆头。

……

下路，安诚有些不耐烦道："我说……中路别被通关啊！熊队的中路最喜欢到处游走，一旦掌握线权，他肯定会来下路帮忙，那我们的日子就不好过了。"

Jump 按照既定刷野路线，又替顾苏扫掉河道附近的视野："这波我的，应该提前去中路反蹲来着……嗨，我怎么就忘了对面打野就爱搞人心态呢？"

"是我的问题。"手里的鼠标沾了汗，黏腻湿滑，顾苏努力让自己集中精神，"抱歉，不会再被单杀了。"

顾苏这么说，安诚也有点不好意思："我不是那个意思……"

顾苏没再说话，将目光重新凝在对面中路身上。

赛场本来就是个实力至上的地方，靠同情是拿不下比赛的。

她飞快地用拇指擦了下唇边，再次试图跟对面换血。

而后果然跟盛洹猜的一样，整场比赛的节奏都出现了问题。

对面中单拿了"人头"，开始有意控线，将顾苏彻底绑死在中路。开局八分钟，下路爆发小规模团战，因为熊队的中路掌握了线权，比顾苏先一步支援下路，等顾苏支援下去的时候，已经只剩残局，安诚和洛洛被双双击杀，Jump只剩残血，而对面四人全部存活。

顾苏等于是白白送死。

十七分钟，熊队打野去上路游走，将兔斯基击杀，顺手拿下峡谷先锋。

三十二分钟，双方争夺龙坑视野。

逆风局的皎月因为缺乏经济，装备没有成型，没办法切掉对面的后排，就等同于一个废物。在进场的瞬间，就被对面集火秒掉。

顾苏双手虚虚搭在键盘上，怔怔看着黑白画面里，自家的水晶一点一点被对面敲碎，大脑一片空白。

第一盘训练赛，从开局五分钟她被拿下一血那一刻开始，就已经输了。

她缓缓松开鼠标，第一次有种不知所措的感觉。

不是没输过游戏。

可她没输过比赛。

事实上，比赛就是有输有赢。赛场上的瞬息万变、凭借优秀的操作和战术反败为胜，才是电子竞技真正的魅力。

可顾苏不懂这些。

她只知道，跟队友并肩作战的第一场训练赛输了，而且输的直接原因，是她在中路的失误，从而导致整局游戏的崩盘。她从不喜欢给人添麻烦，可她现在……似乎变成了全队的麻烦。

基地的另一边，盛洄已经开始跟教练组调整下一局的战术。

训练赛，输输赢赢很正常，多的是队伍在训练赛输得一塌糊涂，在赛场上却所向披靡。

没人会真的在意一小局训练赛的输赢。

除了……

盛洄抬起眼，视线停在训练区。

数据分析师不明所以，试探性地叫了两声："盛教？"

盛洄回神，随手把笔记本递过去："跟熊队那边说一声，下局比赛推迟十分钟。"

他走向基地的另一边，忽略神色各异的队员，直接走到一把粉色电竞椅背后，站定，抬手摘了椅子主人的耳机。

"顾苏，"他停顿片刻，"跟我出来。"

盛洄前脚刚走，后脚基地就炸了锅。

兔斯基一把扯了耳机就要爬窗户："不是，盛教练干吗啊，有什么事儿一定要出去说的？"

Jump 也跟着站了起来，踮脚往外看："完了完了，教练不会要骂她吧……"

"一局训练赛输了而已应该不至于吧。"兔斯基心里也没底，他戳戳 Jump 的肩膀，"可你注意到刚才 Su 的打法没有？又凶又狠，团战切后排切得毫不留情……哎，你说，教练要是真骂她，以她刚才打那局比赛的架势，会不会直接喷回去啊？"

"……"这两位吵架，他竟一时不知道，到底谁会赢。

基地门口，别墅透出暖黄的光，远处的小路上渐次亮着几盏路灯。

顾苏懵懵懂懂地跟在盛洹身后，脑子里一片空白。

现在该怎么办？

万一下局训练赛再输了呢？

万一这五局都输了呢？

会不会今晚就让她收拾铺盖回家？

……

"我说……"

声音响在咫尺，顾苏抬起眼，似乎这才意识到盛洹的存在，脸色越发苍白。

盛洹看着她眼底没来得及收起的仓皇无措，怔了怔。

这似乎是他第一次见顾苏这样，像个在车水马龙的步行街上走丢的孩子，茫然不知所措。

思想教育已经到了嘴边，他却硬是说不出口。

他不舍得。


盛洹沉默一瞬，换了种方式开口："第一场训练赛输了，心态崩了？"

被前男友当场拆穿了心事，此时此刻，顾苏只觉得比第一局训练赛输了更打击人。

她张了张嘴想说话，声音却像哽在喉咙似的，一个音都发不出来。

盛洹倒是头一次颇有耐心，好脾气地等着她缓和心态后，才尽量用平和的声调说："在战队训练的每一天，都要打满十场训练赛，一周就是七十场，一个月就是两百多场。

"你不能保证职业选手每一场比赛都是最佳状态，比赛只要会赢就会输，无论输在哪一局，怎么输，都是正常的。但你要是每输一局都需要调整心态……"他话锋一转，带了几分严厉，"FM 没有那么多时间等你成长。"

顾苏张了张嘴，声音却卡在喉咙口，一个字都说不出来。

"我接手战队之后重新安排了高强度训练，为的就是尽快取得成绩，职业选手的寿命有多短，你了解过没有？有时候甚至就只有一个赛季，状态就会下滑。许多职业选手跟大众认知里的运动员没什么区别，高光时刻稍纵即逝。"

顾苏的呼吸一瞬间变得迟滞。

她不是没想过这些，可真正经历和凭空想象，完全是两个概念。

"顾苏，你以为我之前拦着你，不想你打职业，为的是什么？"盛洹终于放缓了声调，微弯下腰，平视她的眼睛，"你没有高强度的抗压能力，不能调节好自己的情绪，那么打职业这条路，不适合你。"

风刮过树梢，沙沙作响。

夏夜虫鸣扰得人不能心静。

顾苏眨了眨眼睛，包裹着她的迟滞感一点点褪去，仿佛从一个包裹着她的巨大水泡里剥离，世界重归真实。

她从怀着无限美好的憧憬，到认识竞技体育的残忍，只用了短短一个小时。

是啊，打职业要是真的这么简单，每年就不会有那么多选手争得头破血流就为了一个首发位置，就不会有那么多选手因为各种伤病黯然离场。

世界冠军只有五个人，而在这背后，又有多少队伍连一缕曙光都不曾见过。

电竞固然残忍。

可她不想放弃。

她想打职业，做梦都想。

自家的小姑娘，他从前有多宠，今天的这话说得就有多重。

盛洹的心情有点复杂。

顾苏可以不考虑后果，可以凭着对电竞的热爱，一头扎进来。但他不行，他要替她权衡利弊。

竞技体育太残忍了，职业选手的寿命短得吓人，何况，她还是个女孩子。

盛洹抬起手看了下时间，站起身说："你再好好想想，要是状态调整不过来，我可以去跟熊队商量，今天的训练赛暂时取消……"

"再让我试试。"顾苏豁然抬起头，彷徨无助消失殆尽，眼底闪着不可名状的光，"再给我一次机会，行不行？"

她一个字一个字说得认真："下把，下把我一定打回来！"

少女的声音近乎恳求，她望着盛洹，就像望着希望——能决定她生杀大权的希望。

盛洹的喉结动了动，半天，推开基地大门："进去吧。"

第二局比赛。

开局五分钟，一血爆发。

熊队这次是野辅双游，配合中路直接将顾苏击杀在塔下。

跟上一把一模一样的剧本。

顾苏看着因为英雄死亡而变成黑白的屏幕，忽然明白过来。

他们是把她当成突破口了。

赛场上很多时候看的不是操作，而是团队协作和战术。敌方如果够聪明，就会从这支战队最薄弱的地方突入。

显然，在熊队眼里，她就是那个最薄弱的地方。

一个小姑娘第一次打训练赛，就被对面这么针对，Jump有点于心不忍，忍不住道："苏，要不要我去中路帮你推线……"

"不用。"顾苏用双手揉了揉眼睛，又飞快地抓上鼠标，"这把下路是优势，你先解放下路，然后可以入侵他们下半野区。这把我是工具人，中路可以放养。"

看顾苏这么坚决，Jump 也只能闭麦。

的确，这是目前的最优解。

他推算出对面打野的刷野路径，来到下路，并顺利入侵熊队的下半野区，刷掉三狼。而对面打野因为没有防守眼位，等发现自家野区被入侵时，下半野区已经空空如也。

原本熊队以为顾苏已经劣势，Jump 势必要去中路帮忙，没想到 Jump 连看都没看，转头就去下路找补经济。

他们完全没有料到 FM 会彻底放弃顾苏。

"熊队准备防守了，现在他们打野经济落后，不能去帮下路推线。所以……"顾苏看着对面的中单，笑了一下，"他们会仗着中路有线权，推完这波线，就会让中路下去帮忙。"

"Jump，"她用鼠标点了点下路河道，"你可以打个时间差去拿峡谷先锋。"

Jump 没想到顾苏会把局势分析得这么透彻，喃喃道："哦……好，好的。"


五秒后。

对面中路果然如顾苏所说，在下路露了头，然而安诚和洛洛早有准备，提前做好了眼位，成功地化解掉这一波 Gank（偷袭）。

中路，顾苏凭借扎实的基本功，塔刀一刀没漏，不仅缓解了中路的压力，还白赚一个峡谷先锋。

这波被拿掉一血，似乎没亏，甚至还赚了。

顾苏的唇角不受控制地上扬。

她猜对了。

对面轻敌了。

野区，Jump 忍不住看向顾苏。

逆风稳得住，顺风不上头！

跟不打游戏时完全不一样的强硬风格！


上路，兔斯基点开数据版面，怔怔看着对面中路跟顾苏的补刀差，被她一点点追回。

这妹子，游戏天才啊！


因为前期的经济落后，中期 FM 虽然找回一些经济优势，但依然没有拦下熊队推进的脚步，在游戏进行到三十五分钟的时候，以一波高地团战赢下比赛。

"啊，可惜，太可惜了。"兔斯基双手抓头发，"要是最后一波我开团开到对面 AD，他们未必能打赢。"

"行了，下一把，下一把。"Jump 瞥了他一眼，"别薅了，本来头发就不多，再薅薅秃了。"

"……"


第三局。

不知道出于什么心理，熊队前三手继续锁下跟第一把一样的阵容。

兔斯基差点拍案而起："这搞什么啊，说好的训练赛练阵容呢？怎么跟正式打比赛似的还搞人心态？"

盛洹的唇角绷直，淡淡道："怎么，你心态出问题了？"

"当然不是我啊！"兔斯基眼睛像抽筋了似的，疯狂往顾苏的方向瞥，"这不，在这儿呢吗？"

当事人却对周遭发生的一切毫不知情。

因为担心长时间看电脑视力会有所下降，顾苏打游戏的时候喜欢蜷在椅子上，离屏幕远一些，她的下巴埋在衣领里，显得脸格外小。她始终保持着同一个姿势，神情专注，连头都没回："洹哥，你觉得我们拿第一局的阵容，打得过对面吗？"

这个称呼让盛洹愣了片刻。

从前顾苏一直都这么叫他，困了，累了，饿了，甚至他生气了，都先这么喊一声，他就一点脾气都没有了。

现在看她这样，多半是一心想着比赛，没留神，才用了以前的称呼。

盛洹忽然产生了一种不可思议的念头。

——要是顾苏对他也像对比赛一样在乎，或许他们就不会分手。

他神色微顿，不知是有意还是无意，默认了这个称呼："打得过。"

"……嗯。"顾苏盯着屏幕，点头，"我也觉得打得过。既然打得过还输了，那说明是我的操作有问题。这把我还拿皎月，用这个阵容一定能打出来！"

鼠标在她手里小幅度地移动了一下，接着，响起咔嚓声："我锁了。"

"好。"盛洹低头在平板上做记录，"听你的。"


相比起盛洹的纹丝不动，其他人远没有他那么淡定。

隔壁，Jump 差点真的 Jump："洹……洹哥？兔子，快，你掐我一把，我是不是听错了？刚才苏叫盛教什么？"

兔斯基："我从未听过如此奇怪的要求。"

接着 Jump 又一声哀号："……谁让你真掐了？"

盛洹正低头在做记录，闻言垂眼，看过去："今晚不想加训，就给我认真点打。"

"……"

两人立马正襟危坐："您放心，保证完成任务！"


顾苏戴着隔音耳机，一句都没听到。事实上，就算她不戴耳机，这时候她也什么都听不到。

她所有的注意力都集中在训练赛上。

这局，这局一定不能输。


第三局训练赛。

熊队连赢两把，此时占尽了心理优势，越来越自信，三路对线齐齐压刀，不过十五分钟已经滚了一千块的经济优势。反观 FM，虽然 Jump 和兔斯基心态都比较稳定，但下路组合已经在赛时很少参与沟通了。

顾苏没什么团队经验，平时排位除了跟盛洹一起上分，基本都是单排。可她也知道，在队伍里如果其中一个人出现了心态问题，那对整个队伍的气势都会有影响。

但她不擅长活跃气氛，也不擅长跟人沟通，所以唯一的方法就是自己 Carry（带动节奏，控制全场大局）比赛，用操作弥补合作的不足。

因此从进入游戏的那一刻，她就全神贯注。

眼里只余胜负。


眼看前期节奏已经过半，顾苏看着自己还未成型的装备，忽然点了点小地图："打野来中路帮我抓一波。"

前两把顾苏都没吃什么公共资源，甚至在为了补经济的时候把蓝都拱手相让。这一把忽然主动要求，Jump 有点惊讶："啊？"

顾苏："'人头'给我，我能 C（Carry 的简称）。"

Jump 愣了愣："……啊，好，我来了！"

大概是前两把顾苏被打野爸爸放养，让熊队的中路以为顾苏是个"孤儿"，根本没人帮，因此对线时也放松了警惕。

顾苏随便卖了个破绽，配合 Jump 成功拿下"人头"。

"Nice（太好了）！"兔斯基在麦克风里喊道，"好起来了，兄弟们！"

"还差得远。"顾苏嗓音冷静，"野王哥哥你五分钟之后再来帮我抓一波。"

Jump 一个手抖，差点按错技能："……什么？你叫我什么？"

他忽然感觉到脖子上凉飕飕的，但奈何没给他东张西望的机会，顾苏已经再次上前耗对面的血线。

"可……可是……"Jump 一边在草里反蹲，一边怀疑道，"对面刚被抓了一次，这时候再抓，他会有所防备吧？"

"不会。"顾苏相当镇定，"他连续三把的打法都是把我当成'提款机'，根本没把我当人看，也根本想不到你会来帮我。现在他的'提款机'反而把他杀了，他一定会气急败坏试图单杀我找回面子……来了。"

游戏里，大约是觉得被替补中单击杀丢尽了面子，对面中路果然开始冒进，顾苏看准机会，一套连招耗掉他的半血，又由刚从草丛里跳出来的 Jump 接上控制，顾苏上前，两下平 A（普通攻击）将他点死。

"厉害啊，苏！"其余几人纷纷夸着。

顾苏却没什么反应，五分钟之后，再次拿下"人头"。

她看着自己面板上的数据，知道现在心态失衡的，已经另有其人了。

由于中路的几次击杀，彻底打破了对面的比赛节奏，熊队向来不擅长处理逆风局，这时候占着阵容优势，五人集结在中路，试图重新寻找机会。

而这时 FM 下路双人组也刚好在中路推线，其他几人见形势不对，也纷纷赶往中路支援。

然而几波 Poke（远程消耗）之后，顶在前排的兔斯基已经被耗残，而安诚见势头不对已经开始后撤。

"不行，现在我们阵容劣势，这时候打架肯定吃亏，不如先……"Jump 刚想说先撤，耳麦里忽然响起一个声音，不大却坚定。

"这波能打，上！"

兔斯基傻了，不自觉地看向身后。而他们不苟言笑的教练，嘴角微微上挑，神色却一本正经："看我干什么，听她的。"

等他再回头时，游戏画面里，皎月不知道什么时候已经冲进了对面的后排，一套连招直接切死了对面的 AD。

"辅助给盾！"

安诚听到这话，直接愣住："等等，洛洛的盾是留给我的！"

顾苏手上操作不停："留给你可以，但你人在哪儿？"

安诚语塞。

洛洛刚满十八岁，反应速度在职业选手里也是顶尖，早就把盾招呼到她身上，接着肉身上前护住顾苏，极力给她创造输出空间。

一番厮杀之后，耳机里响起冰冷的女声。

皎月三杀。


所有人都看傻了。

团战结束，顾苏因为承受了最多的火力，最后跟对面同归于尽，打出一波 1 换 3，而此时对面只剩上单和打野，完全无法阻止 FM 的四人推进。

顾苏松开鼠标，活动了下手腕，这才看到左右投来的几道目光，疑惑道："你们看什么？"

其余几人唰唰唰地转回头。

开始了开始了，什么岁月静好温柔贤淑果然都是骗人的。

电竞小仙女惹不得。


十分钟后。

听着敌方的基地爆裂的声音，顾苏摘下耳机，轻轻呼出一口气。

赢了。

来这里的第一张考卷，她顺利完成了。

高频率操作鼠标，顾苏的手不自觉地发抖，她勉强拿起水杯喝了一口，不顾洒在键盘上的水渍，下意识道："洹哥，你看……"

我赢了。

我打回来了。

可当她意识到这并不是在顶楼公寓打一场逆风翻盘的游戏，而是在基地的第一场训练赛时，后半句话被她生生咽了下去。

还好队友都戴着隔音耳机，并没有听清她的话。盛洹站在基地的另一边，正跟队内的分析师讨论下局的 BP，似乎也完全没有注意到这个小插曲。

顾苏把目光重新转回屏幕，心脏几乎要跳出胸口。

赢下一局比赛，跟赢下一局游戏的感觉，真是天差地别。

训练赛五局打满，FM 竟然还小胜一局，成功把赛前熊队说要教育新人的嚣张气焰彻底浇灭。

大伙儿吵吵着要加餐，老霍心满意足地抢过盛洹的手机，熟练地点开外卖小程序："打得不错！盛教请大家吃小龙虾！"

盛洹正低头回顾刚才训练赛的录像，闻言忽然道："单独备一份五香的，不要辣椒和葱。"

基地寂静一瞬，所有人齐刷刷地抬头。

下一秒，兔斯基不忿道："谁啊，谁不吃辣？小龙虾不吃辣跟鸳鸯锅有什么区别？"

Jump 也跟着起哄道："盛教，你什么时候不吃辣的？你不是最爱吃辣吗？"

基地另一边，正在看赛后数据面板的顾苏恍然想起一件事来。

之前在学校的时候，她因为经常熬夜打游戏，胃口不太好，有一段时间什么都吃不下，那时候盛洹天天熬了粥给她送到宿舍。后来她跟盛洹一起吃饭，盛洹点菜也只点清淡的，吃火锅也是单独的清汤锅，从来没吃过辣。

那时候她以为盛洹也不喜欢吃辣。

原来……不是吗？

顾苏有点怔忡。

兔斯基还在一旁嘟哝："怎么盛教现在吃东西也娘儿们唧唧的……"

听到这话，盛洹笑了："那你自己点？"

兔斯基赶忙道："五香好啊，我也爱吃五香，奈何胃不允许，只能让我吃辣……"


一楼的餐厅，网瘾少年都在边刷手机边吃饭，顾苏又重新看了一遍训练赛的回放才姗姗来迟。然后她发现——偌大的长桌只剩一个座位。

——盛洹旁边的位置。

大概是没有人吃饭的时候想跟教练坐在一起，顾苏想。

但是……就有人愿意跟前男友坐一起吗？

顾苏顶着一众同情的目光，一步一步挪过去。

相较她的浑身不自在，盛洹好像全然不在意似的，连眼皮都没抬，仍然在慢条斯理地剥着虾。

不得不说，盛洹的吃相一看就是从小家教良好，连扒个虾都赏心悦目。

顾苏没忍住，多看了两眼，在他要看过来时迅速低头。然后她发现，她面前已经摆好了一盒没开盖的小龙虾，塑料盒的边缘溢出香气，是她常吃的那一家。

顾苏咽了咽口水，把盒子打开。

红彤彤的、不加葱、没有辣的、五香小龙虾。

顾苏的心情有点复杂。

可她不敢多想。

当然，美食当前，也不用多想。


队员们吃饭的时候也吵吵闹闹的，聊天开玩笑也是常事，倒是盛洹吃得差不多了，算了算时间，准备趁大家还有心思听的时候，例行训话。

"趁现在还有空，我先说两句。"餐盒里还剩两个虾，他索性边剥边道，"熊队是什么水平，我相信大家心里都有数。FM 作为一支还没有完全磨合的战队，能赢下他们，只能说目前队伍的实力有资格站在 LPL。但要想登顶，还差得远。

"战队的目标只有一个——世界冠军。如果只是想混日子现在就可以离队了，之后的训练只会越来越密集，大家……"

"教练……"忽然有人出声，将他的话打断。

盛洹抬眼，有些不耐："怎么？"

继而他发现，所有人都直勾勾盯着他的手。

他低头一看。

刚才还在他手里剥好的虾，不知道怎的就出现在了顾苏碗里。

"……"

兔斯基抖着嗓子问了一声："教练……您……"

盛洹愣了两秒，抽出一张纸巾，慢条斯理地擦手："手滑。"


另一边。

顾苏盯着碗里的虾，怎么看怎么像一个随时可能爆炸的定时炸弹。

怎么办怎么办怎么办，EZ（伊泽瑞尔，E 技能有位移效果）跳脸（在游戏中，玩家利用位移技能迅速移动到敌方单位身前）秒人了。

其实她并不喜欢吃带壳的食物，就是因为不想剥，嫌麻烦。所以每次吃海鲜，都是盛洹剥好，再放到她碗里。

久而久之就成了习惯。

可她没想到分手了这么久，他这习惯竟然还没改。

顾苏想——

盛洹似乎并不想让别人知道他们之间曾经有过关系。

现在盛洹明显没有解释的意思，那么就只剩下她……

顾苏下意识地做了一个决定。

她以职业选手的手速，把"定时炸弹"夹到了 Jump 碗里。

无辜的 Jump：？

顾苏："教练……让我传给你，刚才的训练赛辛苦了。"

"……"

Jump 看着碗里剩下的小龙虾，它突然就不香了。


餐厅的气氛尴尬得能滴出水来。

顾苏觉得自己后背的汗毛都竖了起来。

只要稍微有点情商，大概都能猜出她跟盛洹之间微妙的关系。老霍千叮咛万嘱咐，队内选手禁止恋爱，如果知道她曾经是盛洹的女朋友，怎么可能还会继续让她留在战队。

"苏啊！"另一边，Jump 忽然悠悠开口。

顾苏浑身一凛，表面仍然不动声色："怎么了？"

"苏。"Jump 压低声音，像做贼似的凑过头来，"其实这虾教练是剥给你的吧？"

顾苏连犹豫都没有，答得斩钉截铁："不是。"

"我明白。"他叹了口气，"其实……教练是想给你吃顿好的……"

顾苏整个后背都僵直了。

完了完了，真的被发现了。

Jump 继续道："然后再把你赶出战队。"

顾苏：？

顾苏缓缓吐出一口气，也低声道："不愧是野王哥哥……"

她顿了顿，措辞半天："真是好理解。"


"行了，既然说到这儿，我就一并说了吧——"始终若无其事的盛洹忽然出声，他侧了侧身，看向身边浑身僵硬的顾苏，"你 SuHu 的身份暂

时不要对外公布，否则所有战队的分析师会把你的战绩翻个底儿掉。到时候你擅长的英雄池、习惯的游走和打团方式，都会被挖出来。"

他屈起手指，一下一下叩在桌上："毕竟你这位新中单，对于所有战队的信息都是空白的，也算是一个优势。"又一顿，"对了，韩服号也别再用了，我跟联盟申请给你发个超级账号。"

顾苏始终垂头，乖巧听着，听到最后一句，忽然一愣。

她的韩服账号代表了她对英雄联盟全部的记忆，也是她和盛洹的记忆。从她刚开始打游戏，就是盛洹用小号带着她一起双排，到后来她终于能跟他一起上分。

她曾经为了让盛洹带她，喊了他多少声洹哥，也曾在五连败之后手脚并用把他按在椅子上，让他别玩打野坑她。

盛洹当时是怎么说的来着？

他干脆双手枕在头后，也没试图起来，一副似笑非笑的模样："那你亲我一下。"

……

"顾苏。"

冷漠的声音响起，顾苏倏然回神，下一刻，对上盛洹毫无表情的脸。

她小声问道："一定要换吗？"

盛洹看她半天，淡淡道："联盟发的是超级账号，"他停顿片刻，"全皮肤。"

原本还在为将要跟自己的账号告别这件事情难过，一听到最后三个字，顾苏眼睛忽然亮了。

全皮肤哎……

那么多限量皮肤，她都可以拥有了？

顾苏咬了咬下唇："那我什么时候可以拥有新账号？"

"……"

盛洹心里冷笑一声。

女人。


五局训练赛极其耗费精力，其他队员大多习惯了，甚至还准备继续直播。然而顾苏吃饭的时候已经连话都说不出来，匆匆吃了两口饭就上楼休息了。

待她离开之后，兔斯基悄悄跟 Jump 咬耳朵："不愧是魔鬼教练，人家妹子刚来第一天就这么训练……她那小身板也吃不消吧。"

"不过顾苏……"兔斯基又想起刚才训练赛的顾苏，禁不住打了个哆嗦，"我总觉得她比赛的时候好凶……虽然比盛教还差点吧……"

兔斯基看了眼楼梯的方向，又看了眼教练室的方向，摇了摇头："不，她跟盛教一样凶。"


顾苏回到房间，洗澡换衣服。

本来想下楼喝杯牛奶再睡，她打开房门忽然想起没拿水杯，又返回房间，等她转过身的时候，注意到没合拢的门，被轻轻推开一条缝。

接着门缝越推越大，一个毛茸茸的身影一拱一拱，正在奋力把门拱开。

"冠军！"顾苏又惊又喜，扑上去一把把冠军抱在怀里。

冠军被揉得眯起眼，冲着顾苏"喵"了一声。

除了入队的时候在门口匆匆一瞥，顾苏就没再见过冠军，下午听兔斯基他们七嘴八舌地说，战队管理严格，她就猜测八成是被盛洹放在卧室了。

她想冠军想得厉害，又不好意思在训练时间说自己想看看猫，也就没提这茬。

没想到它倒学会认门了。

顾苏把冠军抱起来，举在脸前，左看看右看看。

唔，好像胖了呢。

看来没有她的日子，这小东西吃得好睡得好。

冠军似乎很不耐烦，糯糯地"喵"了一声。

顾苏看得心痒，忍不住用鼻子拱了拱它。

接着，被它无情地一巴掌打开。

顾苏："……"

这才几天就叛变了？

顾苏换了只胳膊抱猫，抖了抖粘在身上的毛，揉了揉，又揉了揉，有点不想把冠军还回去了。

盛洹找不到猫，大概也不会大肆宣扬吧，那她偷偷让冠军在她房间睡一晚，应该也无可厚非？

这么想着，她一抬眼，看到了门外站着的男人。

"……"人赃并获了。


房间内光线昏暗，只开着一盏暖黄色的床头灯，而走廊里则是乌黑一片。盛洹不再是白天的休闲衬衣，换了一身灰色家居服，头发是没经过打理的蓬松，看起来像刚洗过澡。

他斜倚在门框上，身上镀了半边光晕，正看着她。

顾苏一愣，下意识后退一步，开口问："你怎么在这儿？"

"……"盛洹的表情看起来有点不可思议，"我住这儿。"

对，她怎么就忘了，他是教练，住在基地也是理所当然。

谁都没再说话，不知道过了多久，冠军不耐烦地叫了一声。

顾苏动了动，悄悄抬眼看向盛洹，而后者仍然维持着刚才的姿势，完全没有离开的意思。

"那个……"顾苏小声道，"那你现在在这儿……"

是准备干什么？

盛洹似是终于忍不住，眯起眼冷笑："顾苏你是不是忘了，你怀里抱着我的猫。"

他特意把"我的"两个字咬得很重，像是要跟她分得一清二楚。

"不然你以为我想干什么？你该不会以为……"他往顾苏身上打量一回，拖长了声调，"我还忘不了你吧？"

"……"顾苏手一松，冠军从她怀里窜了出去。

怀里的温度倏然一空，屋内的冷气涌进单薄的睡衣。

她没想到盛洹会主动提这件事情。事实上，她以为盛洹会希望他俩的过往就像没发生过一样。

如果没有今晚吃饭的时候那段尴尬的插曲。

想到这儿，顾苏点了点头："我觉得你确实没忘。"

盛洹险些气笑："没忘的人是你吧。"

像是被戳破了心事，顾苏下意识地接话："我忘了。"

"既然忘了，"盛洹的声音慢条斯理的，响在空荡荡的卧室，"那今天下午你叫我什么？"

他好整以暇地看她："要不要我重复一遍？"

原来他听到了，可他明明听到了竟然还装没听到。

顾苏沉默片刻："这个称呼有什么问题？"她抬起头，"你确实比我大，我说年纪。"顿了顿，又补刀，"还大不少呢。"

"……"


屋内静得出奇，只余墙上的半弧光影。这似乎是分手之后，她和盛洹第一次独处。

她一直以为盛洹就是她看到的那个样子，温柔、绅士，偶尔强硬，但最后还是会向她妥协。可如今看着他，顾苏忽然觉得，自己从来没有真正认识过他。

提分手的明明是她，可看到他真的无所谓的样子，她忽然又有点难受。

顾苏问出了存在心里很久的疑惑："那时候，你为什么不告诉我你就是 FM 的教练？"

他有一万次机会可以跟她坦白，在她投简历的时候，在她刚拿到试训通知书的时候，在……他们分手的时候。可偏偏他什么都没说，就好像等着看她的笑话。

"哦，你说这个，"盛洹换了只手抱猫，大约是训练赛复盘说了太多的话，他嗓音有点沙哑，但话里的讽刺却分毫不减，"我想看看到底是英雄联盟重要，还是我重要。"

好像想到什么，他有点好笑似的摇摇头："看来是我自作多情了。我怎么配和你的梦想比呢，顾苏，你甚至连犹豫都没有犹豫一下。"

气氛终于降到冰点。

顾苏说不出话。

似是已经忍耐到极限，盛洹也没再多说什么，直接抱起冠军就要离开。

等顾苏再抬起头，冠军已经窝在盛洹的臂弯，满足地打了个哈欠。

顾苏看着有点难受。

冠军是她跟盛洹一起养的，是只长毛布偶。那时候盛洹怕她一个人在出租屋无聊，有一天放假过来，带了个小小的网格包，说是送她的礼物。

盛洹平时也总会送小礼物哄她开心，她也没觉得有什么特别，蹲下来打开包，一只小奶猫一扭一扭地爬出来。

当时奶猫只有巴掌大，顾苏喜欢得不得了，盛洹问她想取什么名字，她毫不犹豫地叫了冠军。

她的冠军梦。

盛洹走的那天，几乎带走了所有情侣的物件，现在韩服的 ID 也不能再用，两个人共同的回忆似乎除了同款键盘，也没剩下什么了。

顾苏忽然想留下点什么。

眼看盛洹抱着猫就要离开，她来不及细想，出声叫住他："盛洹。"

"……干什么？"

"能不能把冠军还给我？"

盛洹没有回头，脚步却顿住。冠军安静地趴在他肩膀上，似乎才想起她这个主人，回头瞪大了眼睛望着她。

到底跟她有一年的感情，她打游戏的时候，冠军最喜欢趴在她腿上睡觉，每天早晨都要缠着她玩，饿了会蹭她的小腿撒娇。

甚至在盛洹吻她的时候，它也会好奇地蹲在一旁。

她怎么能舍得不要它。


似乎感知到了什么，盛洹终于侧过头，却是对着猫懒懒地开口："看什么？你妈妈为了打职业，早就不要你了。"

"……"

Loading

▶▶ **第 三 章** ▶▶

你见过一米六的女装大佬？

第二天，顾苏八点半准时下楼，等她推开训练室的门，发现里面空无一人。

连只猫都没有。

只有一个保洁阿姨，看到她的时候惊讶得不行："小姑娘，你怎么来这么早？不用这么早的，他们都下午才起床。"

顾苏捧着杯牛奶，打开电脑："我习惯了。"

"哎，这习惯好啊。"阿姨边整理电脑桌，边道，"还是小姑娘懂得爱惜身体，你看那群小伙子，仗着年轻，每天熬夜。"

"……"顾苏沉默片刻，"也是没办法的事。"

"那倒也是，我听不少人说你们这行打打游戏就能赚钱，等来了这儿我才知道，哈，比我还要辛苦呢！"

顾苏点点头，戴上耳机，进入游戏。

连打了四把，队员们才陆陆续续打着哈欠下楼，看到顾苏先是一愣，接着迷茫地打招呼："早啊。"

顾苏缓慢转过头，面无表情："不早了。"

看到顾苏这副一本正经的样子，队员们也不敢懈怠，拖出椅子，开机，登录游戏账号。

吃过午饭，训练时间才算正式开始。网瘾少年们哈欠连天，连顾苏都有点犯困。她不想状态不好坑队友，就退出排位准备开个自定义房间练补刀。

这时候老霍刚开完会从楼上下来，简单嘱咐了几句注意事项，直接来到顾苏座位前："顾苏，管理层商量了一下，让你今天就开始直播。"

签合同的时候的确有直播这一条，顾苏也不意外，听老霍接着说："直播间已经给你开好了，等会儿让工作人员给你调试好，就可以直接播了。"

工作人员很快到位，顾苏让开电脑，就挂着耳机听歌。

"对了，"老霍忽然说，"还有件事儿要跟你说一下。"

顾苏把耳机摘下："怎么了？"

老霍露出一个神秘的微笑，并且递给她一个摄像头。

顾苏垂眸看了一眼，面无表情地抬头："能不露脸吗？"

老霍一听这话差点哭了："你，顾苏——未来的联盟明星选手，即将冉冉升起的 FM 新星，你看看那几个兔崽子都恨不得一天开十八个小时摄像头，你长这么漂亮，不打算露脸？"

顾苏："……"

顾苏："那我需要准备点什么？"

老霍上下打量她半天，又看了看她的休闲 T 恤："最好上楼换身衣服，再化个妆。"

顾苏："……"

顾苏以前从来没接触过直播，只是大概听说职业选手也需要签直播合同，毕竟战队需要运营，只靠比赛的奖金是完全不够的，而经济来源一方面是各类代言，另一方面就是直播。

按资历来讲，她算是新人，照理说不会有什么流量。但老霍有意捧她，再加上她本来就是韩服高分段路人，给她谈的直播价格也不算低。

顾苏对钱没什么概念，只是不太喜欢强制直播时间，但也懂得进退，所以没说什么。

工作人员帮她调好直播间的设置，她登录自定义房间，等进入游戏之后，才打开摄像头。

因为直播间顶着战队的官方认证，不明所以的粉丝收到了推送，一瞬间都涌了进来，直播间的人气从零直接飙升到了六十万，并且还有往上升的趋势。

接着，所有进入直播间的粉丝全都傻了眼。

屏幕右下角的摄像头前，齐刘海，扎着双马尾，皮肤白皙，长得像瓷娃娃似的漂亮小姑娘是谁？

纯天然，无公害，有气质，有颜值，甩那些整容网红一百条街。

粉丝不约而同地退出直播间，再进来，退出，再进来，反反复复十几次，终于确定，这不是 BUG（漏洞），FM 战队的新任替补中单，就是屏幕里出现的这个小姑娘。


【是妹子吧？真妹子吧？】

【别搞笑了，你见过一米六的女装大佬？】

【转会期最后一天官宣新中单，真有你的。】

【不是吧？ FM 招了个妹子？】

【中国人？不会真要搞什么全华班吧？】

【我就说现在搞全华班是管理层脑子有问题，都这种时候了还卖什么情怀啊，不先给自家捧个世界赛的奖杯回来再说其他的吗？】

【我永远都支持全华班，妹子加油！】

【哈，LPL 是没人了吗？】

【前面的你看不起谁啊！女生怎么了？怎么不能打职业了？我也是女的，单排王者，不服来 Solo（单挑），敢不敢？】

……

弹幕雪花似的层层叠叠，顾苏没想到自己的人气这么高，看弹幕眼花缭乱，一时间有些怔住，手抖漏了好几个兵。

老霍开了个小号混在直播间，在画面外拼命跟她眨眼睛："跟弹幕互动，互动！"

顾苏有点不理解，回过头试图偷师学习。

后排，兔斯基一边排位一边和弹幕聊天，Jump在等排位的间隙玩着小游戏，连洛洛和安诚都开着摄像头，时不时盯着自己直播间的人气。

她转回头，压低声音问："那我该怎么办？"

老霍就差推开她自己上了，用口型比画："弹幕问什么，你答什么！"

"……"

做职业选手也太难了。

眼看漏的兵越来越多，顾苏索性自暴自弃，坐正身体，开始一板一眼地回答问题："我叫顾苏，今年十九岁……十九岁成年了啊……我穿的不是女装，就是战队的队服，不分男女的。"

没想到新来的中单妹子这么耿直，瞬间圈了不少粉，顾苏的关注人数也开始逐渐上涨。

连续回答了半个小时，顾苏终于找回了手感，退出自定义服务器，开始专注排位。

排位毕竟比不上训练赛，即使是高端局，也难免会遇到坑队友的玩家。

一路排下来，基本输赢各半，顾苏也慢慢习惯了直播的节奏，不再像刚开始那么紧张。

中间基地阿姨还来送了次水果，顾苏看了看时间，觉得差不多到了下播的时候，刚准备跟直播间的粉丝打个招呼，耳边忽然响起一声刺耳的尖叫。

顾苏摘下耳机。

隔壁，Jump从椅子上弹了起来："猫！猫！猫！快把猫抱走！"

顾苏：？

Jump："……我害怕。"

顾苏："……"

顾苏低头一看。冠军在她座位旁边，正瞪圆了眼睛仰着头看她。

那无辜的样子，就仿佛昨天晚上没有背叛她似的。

顾苏把它抱起来，一下一下地挠着它的下巴。

冠军闭着眼睛，低低"喵"了一声。

"你喜欢它？"兔斯基仍然维持双手抱着双腿的姿势，喃喃道，"这猫确实挺可爱的，不过……你知道它叫什么吗？"

顾苏看着他，半天："我不知道。"

兔斯基一拍大腿："我猜你就不知道！说出来你可别有压力，它叫冠军。你看看盛教，连给猫起名字都想着战队的成绩，就冲这一点，你说我们不努力怎么行呢？对不对？"

"……"

顾苏说："对，你说得很对。"

"就是这猫不太像盛教的猫，我猜啊……"他忽然压低声音，"是他和前女友一起养的。名字很可能是抱回来之后又重新起的，不然哪个妹子会把自己的猫叫冠军，对不对？"

顾苏："……对，我觉得你说得特别对。"

虽然她已经卸任了，但江湖上……为什么处处都有她的传说？

"咳咳，这些话听听就行了，你可千万别说是我跟你说的。"兔斯基缩了缩脖子，发表"临终遗言"，"我不想加训。"

"……"

顾苏说："嗯，我不说。"

兔斯基松了口气："还好，小命保住了。"

接着，他亲眼看到顾苏瞥了眼他的屏幕，忽然笑了一下："不过你游戏里可能要死了。"

纯粹是无心的提醒，另一边，弹幕忽然刷了起来。

【这什么奇怪的游戏理解？兔子明明双招都在，不太可能会死吧？】

【哎，我就说吧，FM 现在专心搞营销，招个妹子进队不就是噱头吗，赚够赞助商和粉丝的钱，有钱赚，谁还想打比赛拿名次？】

兔斯基扫了眼弹幕，也跟着喃喃："就是说啊，河道的眼位明明看到打野是往下路走的……这是啥？"

就在他说话的瞬间，原本应该在下路的打野倏地从草丛里跳出来，一套连招直接把兔斯基按在地上踩蹸，连反抗的机会都没有。

顾苏把下巴搁在冠军头顶："我都说了，你会死……对面上单走位那么激进，一看就是后面有人啊，一套控制链控到死，你连闪都交不出来的。"

【菜，太菜了，还不如妹子。】

【这小姐姐……有点东西啊！】

"哎，下次能早点告诉我吗？你看弹幕都把我喷成什么样了……"兔斯基委屈道。

顾苏下意识也去看弹幕，忽然有一只骨节分明的手，盖在她的手上。

三两下关掉了她的弹幕助手。

顾苏抬起头。

咫尺外，盛洹薄唇抿成一条线，表情明显不悦："直播就直播，少看弹幕。"


直播间里出现了一个低音男声，不少粉丝都不淡定了。

【等等，这个声音……】

【我的天啊，是盛洹！】

【盛教练，我想打职业！】

【盛洹？谁啊？】

【FM 主教练！魔鬼教练你不知道吗？】

【求求你了，盛教练，对我们家苏苏温柔点吧，这么娇小可爱的妹子，你不会舍得往死里训吧！】

盛洹的掌心干燥温热，肌肤接触的部分像被火燎过，顾苏下意识就抽回手。

摄像头没把这一刻记录下来，盛洹扫过她抽回的手，又扫了一眼她怀里的猫，松开鼠标。

"排位就专心排，别想那些有的没的。"

一句话说得云淡风轻，好像顾苏真的就在幻想什么。她努力定了定神，目光重新转向屏幕。

看似十分淡定，可手上连点了三下才点进游戏。

不多时，弹幕的风向渐渐转变。

【小姐姐打游戏……真的好凶啊！】

【反差萌，爱了爱了！】

【我宣布，从此之后这就是我的电竞女神！】

【小仙女教我打职业！】

【我真是笑了，人家顾苏刚直播的时候是谁看不起女性选手的？现在脸疼不？赶紧道歉！】

接着，一片"顾苏小仙女对不起"的弹幕飘过，可惜顾苏一条都没看到。

基地另一边，盛洹的手机屏幕正无声地亮着。

饶是弹幕刷得飞快，他依然能在其中找到言语不善的几条，点进ID，顺手举报。

顾苏回到房间的时候已经凌晨两点了。

还没到开赛日，教练组安排的训练时间也相对宽松，一般到一两点的时候队员们差不多都下播休息了。

　　这一晚，也不知道是不是换了新环境的缘故，顾苏翻来覆去直到凌晨四点才睡着。

　　她生物钟一向很准，即使熬夜，第二天也不过九点就醒了。

　　她顶着一双黑眼圈下楼，把老霍吓了一跳。

　　"我说你……也稍微控制一下，别训练太晚了，身体是革命的本钱，不要仗着年轻一下子全都透支，要懂得循序渐进……"

　　顾苏不好意思说并不是因为训练才熬夜的，点点头没说话。

　　老霍又说："你看你们盛教练，就是活生生的例子。"

　　顾苏稍微抬了抬眼："什么意思？"

　　老霍似是不想多说，手一挥岔开话题："怎么样，收拾好了吗？收拾好就出发吧？"

　　"……去哪儿？"

　　"哎哟，我忘记告诉你了，今天拍定妆照，你昨天应该早点睡，再贴个面膜什么的……没有面膜没关系，兔斯基和 Jump 那里有很多。哎，你说他们一群大老爷们儿贴什么面膜啊，我真是搞不懂……"他一边嘟哝一边按手机键盘，"不过没关系，你底子好！我给你安排了特别贵的化妆师，肯定把你这黑眼圈给遮住！"

　　"……"


　　影棚离基地有一段距离，老霍让顾苏趁机在车上补补觉。

　　顾苏靠在座位上，意识却清醒。

　　盛洹是活生生的例子……什么例子？

　　他身上发生过什么？

　　她这才发现，原来她对盛洹的过去，根本就一无所知。

　　她从前还真不是个称职的女朋友啊……

其他人归队早，定妆照都拍完了，只剩顾苏一个人，孤零零来到影棚。

影棚似乎是废弃仓库改装的，也并不是需要多高技术的拍摄，只要摆几个简单的动作就可以结束。摄影师和化妆师都很友好，化妆的时候，老霍就坐在她旁边的位置："顾苏，我准备给你申请联盟的超级账号，你游戏ID（账号）叫什么？起好之后就不能改了，比赛也得带着。"

化妆师正在给她画眼线，顾苏闭着眼想了想："就'Su'好了。"

老霍拿出手机按屏幕："行……这名字挺好听的，简单好记，比什么TuTu、Jump好听多了。"

前一天没睡好，化妆的时候顾苏几乎要睡着了，头一点一点的，化妆师想笑又不敢笑，就这么一下一下慢慢给她化着。

等到做好发型，她才从困意里挣扎出来。

老霍看着镜子里的她，沉默三秒："苏，算我求你了，咱平时直播的时候也带妆直播，可以吗？"

顾苏："也有化妆师吗？"

老霍："……没有。"

顾苏："那谁给我化妆？"

老霍："你……自己不会化吗？"

顾苏诚恳地摇摇头："不会。"


顾苏："对了，您刚才说盛洹教练就是活生生的例子……什么例子？"

老霍左右看看，确认四下无人，像做贼似的小声道："他不喜欢别人讨论他的过去，我告诉了你，你可别说是我说的啊。"

顾苏点了点头，现在的她，也根本没机会跟盛洹说这么私密的事情。

老霍叹了口气，回忆青春年少："他当初要不是高强度训练，身体差点搞废，还能再多打几年……"

顾苏怔住："盛洹以前是职业选手？"

"嗯，咳……"话题撕开一个口子，再也兜不住，老霍索性破罐子破摔，"那时候影像资料少，就算有画质也不清晰，你没看过也是正常的。再说他退役之后一直很低调，再没在电竞圈出现过。一代版本一代神，这些年风靡的电竞选手也数不胜数。你们这些新人也只看眼前啦。"

顾苏问："他退役是跟身体有关系？"

"是，也不是……"老霍颇为惋惜，"具体情况我不太好说，总之，他退役之后不得已才回去继承家业，不然你以为他家大业大为什么一定要收购这个沦为保级队的战队？他说要亲手把一群热爱电竞追逐梦想的孩子带进世界赛捧杯。"

顾苏陷入沉思。

那当初她信誓旦旦地跟他说，她想打职业的时候，他又是什么感受？

是欣慰，是惋惜，还是难受？

老霍又说："我偷偷告诉你，Huan 神其实……是想建全华班。"

顾苏一愣："全华班？"

"不瞒你说，去年 FM 连季后赛都没进，战队的经济链又出了问题，本来管理层都商量着把战队解散算了，后来还是盛教练出手买下战队。他当时说想组全华班的时候，所有人都说他疯了。现在 LPL 的形势你也知道吧，先被欧美压制，又被韩国碾压，那几年连头都抬不起来！别人都用韩援维持成绩，就他想建全华班，你说是不是痴人说梦……"

老霍越说越上头，用袖子擦了把汗："当然不是说韩援不好，国内不少韩援都特别优秀，但总归是……你明白我意思吧，我从 LPL 赛区成立开始就一直在联盟里，这么多年，就盼着它成为世界第一赛区……"

他喃喃道："嗨，粉丝们总说全华班是情怀，这哪是情怀，就是一群网瘾少年想看着国旗飘扬在世界赛的赛场上罢了。

"战队成绩不如从前，再加上洹神出手就占了最大的股东，又是曾经英雄联盟的神话，管理层也就默许他死马当活马医。"

最后，他语重心长地做结束陈词："顾苏，你好好打啊，LPL 未来的希望，就都看你们这些年轻人了。"

顾苏低低应了一声。

世界冠军也是她的梦想。

"对了，你打职业，你父母支持吗？"老霍又问，"你成年倒是成年了，但这种事情如果家里不支持的话，很麻烦的……"

"他们不知道。"顾苏看着镜子里的自己，扬了扬眉，又笑了一下，"就算知道了也不管我。"

老霍怔怔看着顾苏，虽然看着亲和，可实际上拒人于千里之外，他看出来顾苏不想回答："啊，好，那就行。"

顾苏的父母在她小时候就忙于工作，鲜跟她有什么感情上的交流，所以顾苏也从不会关心人，更不会试图去了解谁，无论是过往还是内心。别人说什么，她就听着，别人不说，她也不问。同样，她也从不会跟别人袒露自己内心的情绪。

对盛洹也是一样，他藏在背后的情绪，她不是看不出来，但她从不过问。

——他想说自然就会说的。

她性子一向冷，盛洹焐了一年，也没把她焐热。

顾苏忽然有点愧疚。

对盛洹。

对这段感情。

天气阴晴不定，进影棚的时候还艳阳高照，出来时却下了好大的雨。

老霍先一步去联系接送车，顾苏就等在楼道里。没过一会儿，大门外出现了老霍淋雨的身影。

"哎呀，今天 Wiki 正好有个商业活动，车去送他了，可能一时半会儿过不来。"似乎是怕顾苏生气，他又补充，"他因为手伤不能上场，管理层就给他多安排了点活动，你体谅一下哈。"

Wiki 是 FM 重组的"遗留产物"，之前在韩国也拿了不少好成绩，加上长得不错，足够有商业价值，在国内也有不少粉丝。

明星选手，粉丝多，人气高，有资源先紧着他也是正常。

顾苏"嗯"了一声。

老霍握着手机，不知道想到什么，忽然提高了音量，由悲转喜："我记得盛教练就在附近办事，我给他打个电话！"

顾苏出声阻拦："不用了，我们打车回去也行。"

"这么大的雨，哪能叫得到车啊。你别急，稍等会儿，我现在就联系 Huan 神。"老霍说着就去一边打电话了。

顾苏只能作罢。

盛洇来得很快。

雨幕里渐渐现出一辆蓝灰色的车子，待车开近，顾苏才看清。

今天盛洇开的是辆跑车。

双座的跑车。

顾苏："……"

车窗玻璃降下来，盛洇不知是去参加什么活动，烟灰色西装衬得他越发冷厉。他俯身到副驾驶门前："车我开来了。"

他扫了一眼空荡荡的副驾驶："你们谁坐？"

老霍当然不好意思说让盛洇把车留下，他先带顾苏回基地，毕竟以盛洇的本事，再让基地派辆车来也没什么问题。

倒是顾苏先说："老霍你跟盛教练回去吧，我自己打个车就行。"

"这荒郊野外又下雨的哪有车，就算有我也不放心你一个人啊！"老霍急道，"要不 Huan 神你先去忙自己的事儿？我们再等等车……"

盛洇用鼻音扬着声调："你耍我玩呢？"

老霍缩了缩脖子："算了算了，顾苏你先跟盛教练回去吧。"

见推辞不过，顾苏也只好应允。她把包扣在头上，准备冲进雨幕。

"等等。"

啪的一声，一个不明物体正好扔在她脚前。

冷漠的声音从雨幕里传来："打伞过来。"

纯黑色的雨伞滚到她脚边，顾苏心里蓦然有了些暖意。他从前对她就体贴入微，连现在都……

接着，她就听到没说完的下半句："别弄脏了我的车。"

顾苏："……"


车内。

顾苏把伞立在地垫上，尽量避免弄湿盛洹昂贵的座驾。

车子发动前，他侧头过来，视线在她脸上停了会儿，又不动声色地收回去。顾苏这才想起来脸上的妆还没卸。

她很少化妆，厚重的化妆品叠在脸上，总让她有一种呼吸不畅的感觉。

习惯素颜的状态，这次带妆被盛洹看到，顾苏忽然生出点不自在。趁他不注意，她用袖口轻轻蹭掉唇上的唇彩。

下一瞬，一张纸巾递到眼前。

"擦擦。"盛洹看都没看她。

这就是联盟顶级教练的观察力吗？顾苏心里有小小的触动，刚要接过，只听他又说："眼妆花了。"

顾苏："……"

音响里播放着轻音乐，雨刷器刮在挡风玻璃，一下一下，才擦过，又立刻染上雨幕。盛洹似乎不喜欢夸张的装饰，车内素净得就像新车，只在后视镜上挂了个小小的平安符。

以来时的车程判断，到达基地最少需要五十分钟，再加上下雨路滑，回程时间少说也要一个小时以上。

她不知道是该装睡还是该让气氛继续尴尬，连呼吸都小心翼翼地。

车子轰鸣在雨里滑行。

她一向不怎么爱说话，从前跟盛洹在一起的时候，也是她打游戏，盛洹就在沙发上看书，或者两个人一起双排，鲜有什么长篇大论的交流。

如今更是不知道该说什么。

虽然她有心想对盛洹好一点，试图弥补从前对他的忽略。

她眼神犹疑，接着，想到了一个绝妙的话题。

——"你换车了？"

之前盛洹一直开着一款 SUV，虽然不知道价格，但顾苏猜着应该价值不菲。盛洹本来就高，也并不是现在流行的清瘦型，身材保持得很好。所以顾苏还是觉得他更适合宽大的车。

眼睛比大脑更快一步，她顺眼扫到他衬衣下的轮廓……手感……也挺好的……

思路朝着不可控制的方向发展，车忽然一个颠簸，顾苏立刻惊觉，甩甩头，感觉双颊发热。

盛洹开车的间隙，就用眼角瞥到，顾苏唇边那抹不怎么纯良的笑意，他眯了眯眼，只不冷不热地"嗯"了一声。

顾苏垂下眼，继续没话找话："还是之前的车适合你。"

盛洹像是听到什么可笑的话，低嗤一声。

两次单音节的拒绝，让顾苏彻底住了嘴。

也是，是她多嘴了，他适合什么，跟她已经没有关系了。

车内再次趋于安静，音乐恰到好处地换了一首。

顾苏抓紧放在膝盖上的包，试图将盛洹当成一个普通的出租车司机。

只是跟前男友同乘一辆车而已，没什么大不了的。


可惜，盛洹没有让尴尬的气氛持续太久。

"你说适合我的……"等红绿灯的间隙，盛洹忽然侧过头，一只手搭在方向盘上，探身过来，啪地打开她座位前的储物格，"是这些东西？"

借着窗外昏暗的光线，粉色的车载香薰、五六只穿着粉红小裙子的公仔，以及一枚带铃铛的招财猫御守就这么明晃晃摆在顾苏眼前。

顾苏："……"

绿灯亮起，车子猛地弹射出去，从顾苏的角度，只能看到盛洹的半张侧脸，下颌线紧绷，似是有些不耐："我有时候真的挺好奇，你到底有多喜欢粉色？"

顾苏默默把脸转向车窗，她要再多一句嘴，她今晚排位必五连跪。

盛洹车开得快且稳，在经过一系列心理斗争之后，基地的别墅已经近在眼前。

盛洹把车停在基地门口，开了锁："你先进去，我去停车。"

顾苏"哦"了一声，才摸上车门，身后又响起声音："带上伞。"

顾苏顿住："那你怎么办？"

盛洹扫她一眼，那眼神似乎是在说她的问话多余："我还有。"

"哦"了一声。

"伞很贵，别弄丢了。"

……你有什么东西是不贵的吗？

顾苏关上车门。

顶着瓢泼大雨进门，顾苏先换了身衣服，想了想，还是决定去还伞。如果说分手是两个人彻底划清界限，那现在把仍属于盛洹的东西放在身边，就仿佛随时背着一个不知什么时候会爆炸的炸弹。

然而等她到了教练办公室，才发现门锁紧闭。隔壁老霍也没回来。她没办法，只能先把伞拿回自己卧室。

万一丢了，盛洹不知道又要怎么冷嘲热讽她。

冲了个热水澡，顺便把脸上的妆卸掉，顾苏坐在床上吹头发。虽然拍摄时间不比训练时间长，但可一点都不比训练赛轻松，顾苏底子好，再加上每次都拍一群毛头小子没什么意思，摄影师见到顾苏眼睛都亮了，抓着她足足拍了三套妆造，到最后她连笑都笑不出来，摄影师才放过她。

手机响动几下，顾苏关掉风筒，翻开一看，是杜檀发来微信。

檀：【新生活怎么样？】

檀：【忙不忙？】

Su：【快累死了。】

檀：【同是天涯沦落人，我要被考试逼疯了。】

檀：【没有人能拥有轻松的人生。】

Su：【你就是差生最讨厌的那种人，平时抱怨学习难，考试每次年级前三。】

檀：【……你嘴毒哦。】

檀：【对了，你跟盛洹联系了吗？】

……天天见算联系吗？

Su：【他是我教练。】

檀：【哎哟，这才多久不见学会开玩笑了，真幽默。】

檀：【……真的？！】

Su：【嗯。】

檀：【这是什么八点档狗血剧情，顾苏你俩之前真的在谈恋爱吗？你怎么连他毕业之后干什么都不知道？】

别骂了，别骂了。

她已经在心里骂过自己一万遍。

Su：【我甚至不知道他以前还是职业选手。】

檀：【所以你们到底是哪门子的男女朋友？只是找了个陪玩互相搭伴上分吧？】

顾苏扣下手机，也想问问老天爷为什么跟她开了一个这么大的玩笑。

她确实没有了解过盛洹的过去，同样，她的过去也从没告诉盛洹。

学生时代多是枯燥无聊的学习，而她的家庭，几乎没什么可说的。上一辈的父母，除了物质的照顾，也给予不了更多，连陪伴都甚少。

在这样的环境中成长，她甚至无法学会如何"爱"人。

已经过了晚饭时间，她本就睡眠不足，又累了一天，这会儿也没什么胃口，索性在房间里补觉。醒来的时候天已经彻底黑了，她迷茫地看着门缝里透出昏黄的光，估摸盛洹应该回来了。

那么大的雨，也不知道他是怎么回来的。

她往教练办公室去，果然看到里面开着灯，刚想敲门，发现已经有人捷足先登。

门没关严，两个人影清晰可见。

"什么叫要休养？"

盛洹的声音听起来很平静。但顾苏知道，越平静，意味着事情越糟。

"教练，我身体真的不好，要休息。"

带了异域口音的普通话让顾苏皱了皱眉，放眼全基地，能把普通话说成这样，只能是韩援中单 Wiki 了。

"要休息多久？"

"三个月。"

"三个月？常规赛一共才打三个月。"

"只要能进季后赛，我保证，四强。四强，队里也有奖金的吧？"

良久的沉默后，盛洹终于开口："有。"他顿了顿，"但冠军奖金更多。"

"啊……"门缝里，顾苏看到背对的人影伸了个懒腰，"先春季赛四强，保住积分，夏季赛，发力，能进总决赛。"

没有张扬，没有自傲，好像只是很平静地叙述，他能做到。

顾苏不是故意要偷听的，奈何对话发展太快，在她思考的瞬间，已经听完了一个来回。在她犹豫要不要先回避的时候，门忽然开了，顾苏无处藏身，只能硬着头皮点点头，算是打招呼。

逆光看不清脸的人影明显没有让开的打算，打量她片刻，倒是没有任何不友好，反而和气地笑笑："嗨，新中单。"

顾苏侧了侧身，总算看清，这个面容白净的男生，看起来跟她差不多大。

她扯唇回以微笑："你们聊完了？"

"嗯，你找盛教练？"

"其实也没什么事……"

看刚才那个情景，盛洹的心情一定不好，她这时候进去必定直接撞枪口上。

她还在进不进去的两难境地中犹豫，一道声音从未合拢的门内传出："顾苏，进来。"

一句话击碎了尴尬。

顾苏退无可退，只能再点点头："那我先进去了。"

Wiki 好脾气地让开路："再见。"

小插曲结束，顾苏推门而入。

室内开着白得耀眼的顶灯，这会儿将近十二点，盛洹眼下乌青，眼底泛着红意，头发是淋湿过的凌乱蓬松，衣服还是在车上的那一身，只是松了领口。在顾苏的印象中，盛洹从来都是以最好的状态出现，哪怕他冷漠、不近人情，也从来是妥帖的、毫无破绽的，甚少见到他的疲态。而眼前这一幕，让顾苏一下忘记了来意，就怔怔看着他。

不过几个小时没见，他怎么像换了个人似的？

"怎么了？"

直到他视线扫来，她才回神似的抬起手："伞，还你。"

盛洹到底是没忍住，轻嗤出声："就这事儿？"

啊，那不然呢？

见顾苏更加迷茫，盛洹暗自自嘲，到底是怀了什么不该有的期待，但见到她，心情还是好了一些。他不再抬头："行，放那儿吧。"

明显是逐客的意思，顾苏就算再迟钝也感觉到了。她放下伞，走到门口时，身后忽然响起一连串止都止不住的咳嗽，顾苏皱皱眉，鬼使神差地回头："你没事吧？"

顾苏不懂得隐藏情绪，关切就明明白白写在脸上，盛洹说不触动那是假的。

表面看起来光鲜亮丽的战队，内里的错综复杂也只有身处其中才知道。原本他想让顾苏先作为替补轮换，适应适应高强度的职业选手训练和比赛，成绩也好冠军也好，都是之后的事。

对他而言，顾苏只要安心打比赛就够了，无论是出于他的队员，还是他的……

他对自己的规划太自信，而忘了队里还充斥一颗随时会爆炸的定时炸弹。

事情偏离预想的轨道，盛洹感到一阵心烦。他停下正在写训练计划的手，重新将目光移回顾苏身上。

"你在担心我？"

"我……"顾苏下意识地想否认。

盛洹似乎并不在意她的回答，将眼低下："顾苏，既然你给不了我想要的答案，就不要给我希望。"

从教练办公室出来，顾苏有点迷茫。

分手原本是个突兀的决定，只因跟她的梦想冲突，而很多事还来不及习惯，他们的关系已经朝着另一个不可思议的方向发展——盛洹变成了她的教练，她的直属上级。

他们的关系到底该不该结束，顾苏没有认真分析过，只是成为电竞选手的敲门砖从天而降，她的确未加三思，毫不犹豫地选择了后者。

她真的不喜欢盛洄了吗？

或者说，她真的喜欢过盛洄吗？

那什么又叫作喜欢呢？就像她喜欢英雄联盟、喜欢电竞一样喜欢？

起初顾苏觉得，盛洄被称作魔鬼教练，只是众人因为他严肃的执教态度而开的玩笑，可在她真切地感受到一天比一天更难的训练后，她算是明白，这个称呼对他而言有过之而无不及。

职业选手几乎毫无个人生活，顾苏每天睡醒先打几把排位热手，接着就是源源不断的训练赛，打到凌晨，回到房间几乎是倒头就睡。

"辣手摧花，真的是辣手摧花。"老霍看着顾苏眼下的乌青，追悔莫及，"苏，答应我，第一次上场比赛，咱们保持一个良好的精神状态好吗？"

顾苏紧紧盯着屏幕，连余光都没分给他："第一次上场比赛？我有这种机会？"

老霍猛地一拍手："我是不是忘跟你说了，你试训通过了！"

"……"顾苏鼠标一抖，平地吃了对面一发 Q。

这副做作的表现，连兔斯基都看不下去："这种板上钉钉的事儿就不用特意说了吧，试训不通过我估计 Su 的粉丝能来把基地拆了。"

老霍还不知道那天顾苏已经听到了盛洄和 Wiki 的谈话，看顾苏并没有多少表情变化，他清清嗓子，继续说道："还有一个好消息，春季赛前几场比赛，你首发！"

在基地回荡着的各种键盘鼠标声终于停了。

顾苏刚回家，此刻就站在泉水里，一动不动。

"我？"她有点不可置信。

这段时间她有意无意听到了各种碎片信息，新生代选手通常要先从 LDL（英雄联盟发展联赛）开始磨炼，在个人能力和团队能力展现得淋漓尽致时，才有可能被提到 LPL。但 LDL 和 LPL 队伍差距过大，在 LDL 乱杀到 LPL 被踩蹦是常有的事。因此即使进入一队，通常也是替补。

而这些条件都成立的前提下，甚至还需要合理的契机，才能成为首发选手。

她怎么就这么好运？

"认真的吗？她连 LDL 都没打过，直接打正赛？"兔斯基嘴里的可乐喷了满屏幕，"让我看看离开赛还有多久……这么短的时间来得及吗？"

老霍点头："是来不及，所以抓紧时间，你们还有两周磨合期。"

兔斯基一声哀号："啊！又一天三场训练赛，一周打七天是吧？杀了我吧！"

老霍又回头问顾苏："你怎么样？"

一旁的打野忍不住插话："你要是觉得压力大也可以……"

顾苏打断他："我没问题。"

"这就对了嘛，年轻人就是要有这种自信。"老霍热情洋溢地给顾苏打气，"别担心，运气也是实力的一部分。"


老霍虽然嘴上信誓旦旦，其实心里也没什么底。Wiki 忽然说要养伤，预计会缺席常规赛，管理层已经乱成一团，多亏盛洹压着，才没惹出更大的事端。

如今转会期已过，再引进成熟的中单选手已经是不可能的事，所以眼下最大的希望，全都寄托在顾苏身上。

他挂断管理层的电话，站在走廊里，隔着玻璃门看向训练室神情专注的少女。从他开始接触顾苏开始，这个看似单薄的少女，身体里就爆发出对电竞巨大的热爱。

老霍叹了口气，或许她真的是 FM 未来的希望。

Loading

# ▸▸ 第四章 ▸▸

还满意吗，公主殿下？

/ ////////// /

而后几天，顾苏在基地都没见过盛洹，听老霍偶然提起，说是去谈赞助了。顾苏也渐渐习惯了职业选手的作息，训练赛结束半夜十二点复盘是常事，生物钟彻底跟国际友人同步。

　　"小心，对面打野可能去中路抓你了。"

　　"知道了。"

　　训练赛通常比较随意，以练阵容为主，顾苏刚跟队友磨合，为了配合队伍打法拿的多是不擅长的英雄，有时候甚至选出功能性中单。即使这样，对面打野还是次次针对顾苏。

　　被野辅抓死两次的顾苏深深吸气才能控制住噌噌上涌的火气。

　　隔壁的洛洛看过来，幽幽道："没事，顾苏姐，训练赛可以骂人的。"

　　兔斯基也跟着帮腔："对，随便喷没关系，你不喷我替你喷也行。这打野也太不当人了，苏选法师也抓，选工具人也抓，懂不懂怜香惜玉啊，这可是我们队花！"

　　"用不用我去中路帮你反蹲？"Jump问始终沉默的顾苏。

　　顾苏摇摇头："不用，你保好下路，我死了没事。"

　　嘴上说着死了没事，她捏鼠标的手指却是惨白。在顾苏第三次被抓死的时候，她一口气憋在胸腔，压得五脏六腑都疼。就在她准备下把无论如何也要拿C的时候，公屏有人说话了。

　　不能喷人，训练赛一定不能喷人。

AABB Neil："Su，其实我一直有看你直播，嘿嘿。"

AABB Neil："我在你直播间八级牌子呢！"

直播间粉丝牌是给主播送了付费礼物之后显示的粉丝牌标志，至少也要送十几架飞机。

AABB Neil："等会儿可以给个好友位吗？有空一起双排。"

连安诚都忍不住开麦："抓中路都抓成这样了也好意思要好友位吗？"

"这是什么小子扯女生头花行为我受不了了……Jump 就干看着啊！反他野啊（反野：入侵对方野区）！自己战队的妹子跟别队打野双排上分，这你能忍？"兔斯基暴跳如雷。

"谁能忍谁不是男人！"Jump 嗷一嗓子差点跳起来，"嘿，这小子，挖墙脚问过我吗？"


这时，顾苏刚从泉水复活，众人看着璐璐一蹦一跳往线上走，接着，公屏上出现一条消息：

FM Su："可以啊。"

安诚："倒也不用……"

FM Su："你杀我们 AD 一次，给你好友位。"

安诚："？"

其余众人："……"

似乎还嫌不解气，顾苏继续："AD 死一次算我输。"

安诚："……Su，你对我有意见就直说。"

顾苏："放心，这波线推过去我就去下路帮忙。安总，这把你大 C，团战我就保你。"

安诚吃了个哑巴亏，闷闷道："……你保得下来再说。"

不知道顾苏是被杀上头了，还是纯属自爆，总之公屏开始寂静无声，重新进入游戏节奏。

五分钟后，对线期结束，正好第二条小龙刷新，双方纷纷靠近龙坑，小龙团（围绕争夺小龙资源展开的团战）一触即发。

Jump 先入龙坑，各路人马逐渐靠拢，试图集火秒龙。眼看龙的血量只剩三分之一，另一边顾苏刚补完装备，才靠过来。担心龙被抢，Jump 屏息凝神，更加专注："他们下路一直没线权，河道视野不好，估计会抱团过来。我们等人齐再……"

最后一个"打"字还没说出口，顶着 AABB NeilI ID 的酒桶穿墙而过，对面其他几人也从中路河道包过来，Jump 立刻停手，大喊："先打人，先打人！秒掉人再打龙！"

团战可以输，龙不能被抢。无论大龙小龙红 Buff 蓝 Buff 还是野区，都事关打野尊严，何况，又刚被对面打野当面挖角，Jump 眼里几乎要冒火。

团战爆发，Jump 一心只想护着龙，而对面似乎并不在意这条非关键资源的土龙，尤其是酒桶，眼里只盯着安全位置的安诚。

"……"安诚心里十分想骂人，AD 找不到好的输出位置，只好转身先逃。

下一秒，酒桶看准机会，闪现放大，试图把安诚炸回 AABB 的包围圈。

因为洛洛的日女（曙光女神蕾欧娜，属于硬辅）先一步冲进对面开团，这时离安诚的距离尚远，在一片"保护 AD！保护 AD"的惊声尖叫中，眼看安诚就要死于对方的魔爪。

FM 本来拿的就是四保一的阵容，如果安诚这唯一一个 C 位发育不起来，就预示着这局游戏已经走到尽头。

"看 AD 看 AD！"饶是众人再怎么急迫地呼喊，也无法阻止安诚即将面临死亡的命运。

然而，就在这时——

"砰！"又是闪现的声音。

游戏界面，璐璐不知何时已从后方加入战局，千钧一发间，闪现给安诚套盾。

"啊……"安诚保住了小命，仍然心有余悸。团战还没结束，他也顾不上感动自家辅助都没这么保过他，如今却被一个小中单保了，对着麦克风大声喊，"打打打打打打！给我把这个打野杀了！"

一波零换四的团战结束之后，FM彻底掌握了优势。安诚吃了全队最多的资源，到底也没辜负团队，最后以13/2/6的KDA结束了AABB罪恶的一局。

训练赛结束，Neil倒是没再要好友位，只是打字表示了可惜，同时希望下次还有一起训练或者双排的机会。

Jump："双什么排！谁要再跟你双排！"

兔斯基："别以为我不知道，就是想跟妹子套近乎是吧，能这么便宜了你这小子吗？"

洛洛："顾苏姐，刚那个盾套得漂亮！"

安诚一个眼刀扫过去："……你还好意思说，打起来的时候你人呢？"

洛洛无辜地眨着眼睛："我在开对面AD啊。"

安诚："……"

兔斯基："安总你知足吧，苏都舍命护你了，还要什么自行车？"

安诚到底找不到反驳的理由，连底气都低了不少："还不是那个什么奇怪的赌约……为什么拿我做赌注啊！你们两个打赌关我什么事……"

兔斯基跨座位猛拍他肩膀："后来你是不是一次没死过？璐璐线都不吃了就跟着你，小媳妇儿似的，啧啧啧，感动，太感动了……"

"Su，你这是单身多少年的手速，给我看傻了！"

全队都沉浸在一股难以言喻的氛围中，直到身后一声凉凉的嗓音，扯碎了这片黏腻的队友情。

"你刚说什么小媳妇儿？"

刚还欢声笑语的训练室陷入了谜之沉默。

顾苏回头，就见到盛洹裹着烟灰色的正装，黑色口罩盖住大半张脸，只露出一双漆黑凌厉的眼，身上还挟着屋外的冷意。

比室外气温更冷的，是他的眼神。

"……啊，我是说，璐璐……璐璐这么可爱，给我当媳妇最好了。"兔斯基的死鱼眼里忽然有了猛烈的求生欲。虽然他不知道教练为什么忽然回来，又为什么一回来就像要杀人似的，难道是觉得他们刚才打训练赛不够认真？但无论如何，兔斯基相信盛教练做的，一定是对的。

"盛教，你回来啦？怎么还戴口罩？屋里热，快摘了吧。"

怪吓人的。

盛洹低下眼，屈指抵住唇，咳嗽两声："感冒。"

顾苏这才注意到他的声音比平时闷了些，刚才离得远，还以为是口罩让他变了声。

"怎么感冒了？"

"淋了点雨。"

"不是吧，盛教，淋了点雨，你能感冒？这得是去雨里散步了吧。"

淋了点雨……

感冒了……

屏幕上挂着战后数据面板，顾苏却走了神，她回想起盛洹送她回来那晚，停车场离基地还有一段距离，那天台风过境，雨下得像从天上倒水似的。

也是那晚，盛洹发红的眼睛，她以为是累的。

他免疫力这么差了吗？

顾苏忽然想到什么，张口就问："你最近是不是没健身？"

语不惊人死不休。

训练室从热络到寒意陡升，到现在，好像冻过的玻璃，脆得一碰就碎。

半天，Jump战战兢兢地问："这里……有人健身吗？"

兔斯基接话："别说健身了，霍经理特意买了健身环放公共区，都没人玩。"

从前跟盛洹的相处模式太熟悉，熟悉到她有时候很难顺利完成身份的转换。

顾苏甚至都不敢看盛洹，她以职业选手的速度飞快道："……没事了，我刚看了条微博，说人要保持运动不然容易得病，各种病。"

众人："……"

"行了。"盛洹击掌三下，训练室霎时静下来，"这几天我在忙别的事，备战和复盘都是教练组其他人在做。不过今天已经忙完了，之后会继续盯着你们训练。时间不早了，该加训加训，该休息休息。"说完直接去了教练室。

顾苏又打了几把排位，眼看时间已过凌晨两点，她洗漱过后躺在床上，打开微信，又开始愣神。

曾经盛洹是她的聊天置顶，分手之后，她一心准备进战队的事，也就没有闲工夫收拾这些小细节，等她再想着手处理，盛洹又成了她的教练，日常沟通无可避免，于是置顶保留至今。

盛洹的头像是冠军的大头特写，照片还是顾苏拍的。冠军小时候性子活泼得不行，后来不知是被她养的还是被盛洹惯的，懒散又娇贵，别说拍照，陪它玩都爱搭不理。

那天拍照的时候，她一连拍了几张冠军都不给她一个正脸。最后还是盛洹站在她身后逗它半天，它才将将赏脸，留下这瞬间的影像。

说起来，明明是她陪冠军比较多，但这小子似乎更喜欢盛洹一些。

大概是因为盛洹对它从来百依百顺。

不像她，还时不时管教它。

动物都会趋利避害。

怎么人只会飞蛾扑火。


顾苏收敛思绪，打开和盛洹的对话框，上一条消息还停留在——

Huan：【这是联盟几个顶级中单最近十场 RANK（排位赛）的第一视角，你抽时间看看。】

Su：【好的，教练。】

文字原本就不带温度，何况聊的还是不夹杂个人情绪的工作。想起盛洹白天那副带着病态的模样，顾苏还是忍不住键入一行字：【你怎么样？】

删掉。

【感冒好点了吗？】

删掉。

【吃过药了吗？】

删掉。

好像问什么都不对，问什么都多余。

她索性关掉手机。

还是找个机会劝他多健健身吧。


不知是不是压着心事，第二天顾苏十点多就起床了。她踩着拖鞋下楼，接了杯牛奶，开始排位。

白天打韩服的人少，顾苏排半天也排不到一把，闲来无事，她灵光一现，打开搜索页面，确定左右没人，输入一行字——

【怎么安慰生病的男生？】

她深吸一口气，敲下回车。

页面唰唰唰跳出一排相关链接。

链接 1：【男生生病的时候是最脆弱的时候，这时候女生一定要让

他感觉到你的关心和呵护，譬如可以问问他："还难受吗？让我抱抱就好了！"】

顾苏从没有过照顾病患的经验，但这时候也觉得曾经树立的三观隐隐有崩塌的趋势。她滑动鼠标，继续往下看。

链接2：【给他煲汤，乌鸡汤、老母鸡汤怎么大补怎么来，补虚健胃，养肝滋阴，增强身体免疫力！】

……

时间已经过去半个小时，顾苏还毫无头绪。在她准备放弃时，终于艰难地从一个个客观条件不允许和主观条件不允许的建议中翻出一个看起来还算合理的。

链接37：【这种时候，当然是让他感受到你的用心啊！】

1楼回复：【用心怎么表现？】

答主：【多简单，让他多喝热水！】

2楼：【吾辈楷模。】

题主：【我认真问问题，也请答主认真回答。】

答主：【热水发汗，加快代谢，是感冒最有效的治疗方式，题主懂不懂医学博士的含金量啊。】

顾苏盯着"医学博士"四个字看了半天，若有所思。


下午三点，众人陆陆续续起床，顾苏查了半天的"资料"，头晕眼花，想去茶水间喝点高糖饮料提神，正巧就撞到当事人在煮咖啡。

盛洹喝咖啡的习惯一直都有，读研的时候压力大，每天靠咖啡因提神几乎成了必须，连顾苏住的地方都放了各式咖啡豆。

咖啡浓郁的香气充斥着茶水间，还带了些细微的苦涩，顾苏虽然不懂，但知道盛洹喝的多半又是好东西。

她拿起杯子假装喝水，忍不住抬头一看。

盛洹正在冲咖啡，咖啡杯还是她买的，这次倒是纯白色，只不过杯柄的位置多了一个小小的心形。

顾苏："……"

盛洹倒是浑不在意，似乎只是因为没有杯子用，才勉强用了这个。

接好水顾苏没有立刻离开，默默站在琉璃台前小口小口喝水。

余光看到盛洹慢条斯理搭上杯沿，细长的手指执壶，将水转着圈倒进滤纸里，像在做什么精细的手工艺，认真而专注。偶尔屈起手指抵在唇边咳嗽一声。

看来他感冒得有点严重。

顾苏想。

滚沸的水穿过滤纸滴在杯底，变成悦耳的沙沙声。直到最后一滴清亮的液体滴尽，盛洹端起杯子，仿佛顾苏只是一个挡路的障碍物，直接绕开她就要离开。

电光石火间，顾苏伸手扯住他的衣角。

她就像一本按固定顺序写的书，做什么都平铺直叙的，周围人也早就习惯了。盛洹也并不意外，挑起眉看她："干什么？"

这个动作几乎没过脑子，等盛洹真的停下来，顾苏反而不知道该说什么。她微微低下头，用鞋尖踢了踢地砖，忽然抬起头，认真问："你喝热水吗？"

盛洹扬眉："你什么意思？"

"网上说，喝热水对身体好。"她把自己盛满热水的杯子双手捧到盛洹面前，像捧着什么灵丹妙药，虔诚道，"你多喝点。"

"……"

茶水间逼仄压抑，只余搅拌棒碰在杯壁的声音。

顾苏捧着水杯的胳膊有点酸。

她不知道自己的这份关心盛洹有没有感受到，如果感受到了——或许，可以稍微弥补她曾经对他的不够关心。

甚至，他会不会有些感动？

顾苏的思绪像咖啡的香味四处飘散。

等她意识到的时候，那道若有若无的搅拌声已经停了。

而盛洹不知道什么时候已经到了她面前。

顾苏一愣，下意识后退一步，后背紧紧贴在冰箱门上，想了想，又把杯子捧得更高。

空气有一瞬间的迟滞。

接着，盛洹垂下眼，视线落在她手里的水杯上，顿了两秒，忽而冷笑一声："顾苏，我现在才发现，你以前竟然能找到男朋友……真是个奇迹。"


回到座位，顾苏依然没想通是哪里出了问题。在一片混乱中，她开了直播。

工作日的下午直播间的人流量不比休息日，但顾苏这几次开播圈了不少粉，慢慢有了一批固定观众。

直播对她而言只是打游戏时摄像头开着和关着的区别，并不影响她的心态。只要能平稳播完每个月的直播时长，不影响她做其他事情，她倒乐得开播。

排位继续，顾苏看似一切正常，只不过在对位的时候，粉丝发现，她漏刀了。

Su 漏刀，这事可不常见。

直播间不少人都看出她心事重重，刷着屏问她是不是有什么心事。

她撑着头看了一会儿弹幕，忽然转向邻座的兔斯基："兔子，我问你个问题。"

"啊？"兔斯基打大乱斗打得兴起，连头都顾不上回，"想让我带你双排是不是？"

"那不是，我又没病。"

"……"

弹幕：

【可别给我笑死了，Su 这是什么 VIP 喷位。】

【兔子，队里总算有人能治你了，看你以后还敢不敢到处说骚话。】

弹幕嘻嘻哈哈一片，顾苏浑然不觉，一局排位结束，她索性拉住兔斯基，急于证明自己的想法："兔子，如果一个人生病了，你会怎么做？"

这下兔斯基终于意识到了事情不对劲，他停下鼠标："……谁生病了？这人跟我什么关系？你不是家里有什么事儿吧？有事跟哥说，我绝对义不容辞。"

"不是，就是……"顾苏琢磨了半天措辞，"……打个比方，一个对你而言比较重要的人，生了个小病，比如感冒啊，发烧啊，咳嗽啊，头疼啊，胃疼啊，什么的。"

"啊，这种病啊。"兔斯基看着顾苏诚恳求教的目光，心生一计，猛地拍手，"当然让他多喝热水啊！热水可是个好东西！网上说了，热水能治百病！"

顾苏单手撑腮，听完他的话，使劲一点头。


这时，弹幕的风向齐刷刷变了。

【完了，完了，小仙女信了！】

【小仙女的表情何止是信了，根本就是"英雄所见略同"好不好！】

【求求你了，别听这些电竞钢铁直男的意见好吗？来问我！人称平平无奇恋爱小天才！】

顾苏迷茫地看着弹幕："多喝热水，不对吗？"

【对对对当然对，不光要多喝热水，还要多熬夜！】

【不不不，熬夜伤身，建议直接通宵！】

【别祸害我女神了行不行？你们看不出来吗，她是认真问的！】

这么多人都说喝热水没问题，那就是没问题。

看吧，她根本就没做错嘛。

果然是盛洹的问题。

盛洹的感冒来得快去得也快，顾苏觉得，这多少有她"多喝热水"的功劳。只不过那次茶水间的不期而遇后，盛洹的态度忽然冷了许多，除了常规训练，在基地对她基本视而不见。

不过顾苏已经没那么多精力考虑他的小情绪，各式各样的训练赛接踵而至，加上日常排位直播，几乎占据了她所有的日常生活。

自从顾苏的身份曝光之后，各个战队出于对新人的警惕，到处寻找蛛丝马迹，试图调查顾苏的身份。但没人能想到韩服路人王竟然是个妹子，是妹子就算了，还被国内战队招募，到目前为止，顾苏只在训练赛被针对，没占多少便宜。

顾苏虽然英雄池不深，但好在学得快，版本强势英雄多练也是拿得出手的，在目不暇给的推进中，迎来了她在 LPL 的第一场比赛。

为了吸睛，每个赛季第一天的比赛通常会安排有看点的战队，比如曾经的"世仇"，比如话题度很高的选手。

因为顾苏的加入，再加之 FM 祖上也光荣过，联盟很"贴心"地给他们安排在了揭幕战。

"Su，你紧不紧张？要不要哥教你几个放松小技巧？"上场前，兔斯基在拉伸手臂之余，还有心情调侃两句。

说不紧张是假的，但引起心脏疯狂跳动的不止紧张，还有兴奋。第一次登上职业赛场的兴奋。

接下来，她会以一名职业选手的身份登台，打比赛。每一场输赢，都关系着这支队伍一整年的成绩。

她偷偷深呼吸，然后摇摇头。

"不紧张？骗人的吧！我第一次上场的时候，打的还是甲级！都差点尿裤子！"兔斯基只当她嘴硬，"我嘛，虚长你几岁，叫一声哥不过分吧。哥教你一招，多打几次比赛，就习惯成自然了！"

说完，他被自己幽默到了。他以为顾苏会喷他几句，甚至会被气笑，但等他借着后场昏暗的光，却发现顾苏正在全神贯注地盯着某处出神。

兔斯基完全被打击到了："不……不好笑吗？就算不好笑也值得一个白眼吧！不能连看都不看我一眼吧！"

"哥，放弃吧，人家可是连听都没听你说话。"洛洛像幽魂似的忽然出现在他身后，冷笑两声，又悄无声息飘走。

顾苏的确没听到兔斯基说什么，但她并不是故意的。此刻，她的脑子里像过电影似的回放这几天她为比赛做的准备。

为了配合队伍的打法，也让自己以最快的速度融入队伍，顾苏问盛洹要了之前 Wiki 在 FM 的比赛录像，他跟队友是如何配合，又是如何带领队伍取胜，她一帧一帧地研究和琢磨。

不得不说，Wiki 的操作是真的很好，顾苏把录像反反复复看了许多次，对线思路她学得会，但团战配合她还是有些迷惑。

她从前打的到底是路人局，跟职业比赛是完全不同的思路，而且从前她跟盛洹双排的时候大多是盛洹指挥，单排也全凭个人意识，完全谈不上配合。

兔斯基虽然句句不着调，但有句话说得不错。

——这支队伍磨合时间太短了，哪怕训练赛输赢各半，看起来在往好的方向发展，但一切在上赛场之前，都是未知。

导播在耳麦里催促选手登场，上台之前，盛洹依次轻拍每一个选手的肩膀，在轮到顾苏的时候，他的手迟迟未落，终于还是轻触上去。

"别紧张，好好打。"

宛如天外之音，将顾苏从混沌里扯回现实。她回头对上盛洹的眼睛，下意识地点了头。

解说甲："哎，看到没有，今天的场馆也是座无虚席！"

解说乙："这多正常啊，反正我摊牌了——我就是来看盛教练的。"

"看脸还是看 BP 啊？"

"说什么呢，当然是看洹神的——神之 BP！"

"是吗？我以为都是来看 Su 的。"

"哈哈，不开玩笑了，欢迎 FM 新任中单 Su 选手来到 LPL！作为联盟第一位女性选手，同时也是年轻的小将，加入 FM 这种近来关注度颇高的战队，是十分需要勇气的。相信很多人都在屏幕前等待她的首秀，请大家给予她掌声，同时也一起期待新人的表现！"

豪门战队，意味着粉丝对成绩的期待值也更高。掌声如潮水般蜂拥而至，夹杂了高声呼喝，顾苏没见过这阵仗，突如其来的动静让她的大脑瞬间陷入空白。

无论是通明的灯光，还是宽敞的赛场，抑或密密麻麻的观众，扩音器带着回声的解说，都足够让人头晕目眩。

导播依次给选手镜头，有意在顾苏身上多停了一会儿，接着镜头转向观众席，前排的粉丝立刻挥舞着灯牌，试图吸引摄像机的注意。

"FM 冲冲冲！"

"洛洛今天 K 头（抢'人头'）了吗？"

"洹别训选手了训我！我爱听！"


从上场开始，顾苏就一言不发，哪怕隔音耳麦隔掉了绝大部分的场外音，但白得刺目的镁光灯仍是吊起了她所有神经。

注意力被分散，手心开始发冷，她轻轻蜷起僵硬的手指，在脑海里努力思索后，惊惧地发现，没有找到任何类似的场景来让她安心。

这一切都提醒着她，跟她从前打过的所有局都不一样，跟训练赛更是相差甚远。

这一刻开始，顾苏才真正意识到，成为职业选手，到底是什么感受。

"顾苏，你没事儿吧？"坐在顾苏旁边的 Jump 瞥到她频繁调整鼠标的位置，分明是紧张的表现。

"没事。"顾苏的后背绷得笔直，唇色出奇的淡，显然不是没事的样子。

在几步外指导兔斯基如何对线的盛洹侧头过来，眯了眯眸。

这丫头竟然也有害怕的时候。

他不由得生了点其他心思，又强行压了下去。


从这一刻起，正式进入比赛。

每个转会期战队或多或少都有人员变动，因此常规赛的第一场比赛大多是战术的试水，但它又代表着本赛季的第一次亮相和之后战队的士气，同样不能小觑。

快轮到中路选英雄，盛洹提前站在顾苏身后，发现顾苏找英雄几次滑过了头，鼠标都有点握不稳。

紧张成这样？

盛洹盯着她绷紧的双唇，侧身点在屏幕上替她找到 Pick（选择英雄）的英雄。收回手时，不知是有意还是无意，指腹轻轻蹭过顾苏的手背。干燥温热的纹路几乎立刻让顾苏清醒。

"这把玩什么？"没等顾苏回答，盛洹已经说出方案，"这局对面都是进场英雄，铁男更适合我们反手（后手，后发制人）。"

铁男？

训练赛拿功能性中单还被对面打野针对的痛苦回忆瞬间涌现。

铁男是当前版本英雄，训练时顾苏倒是练过。但她本身不爱玩这种半肉中单，更喜欢飘逸的刺客法师。

何况，这是她在 LPL 的首秀。她想留下值得纪念的回忆。

顾苏咬住下唇："还有其他选择吗？"

"你想玩什么？"盛洹反问。

"狐狸。"

狐狸，全名九尾妖狐·阿狸，也是顾苏的本命英雄——她很喜欢狐狸的皮肤，施法时会飘花瓣，有一种魅惑的美。

可这并不是狐狸强势版本，在设计师的削弱下，狐狸蓝耗变高，几乎要被砍出赛场。

"我能打的，训练赛不也有拿非版本英雄的时候吗？这个阵容狐狸可以配合进场。"

她对她的狐狸有自信，在训练赛中也得到了印证。她可是打上过韩服第一的路人王，常规赛而已，她有什么可担心的？

"不行。"没想到，盛洹拒绝得干脆。

"……为什么？"

眼看读秒倒计时，耳机里响起提示，盛洹不容置疑："就铁男。"


铁男在最后一个位置被锁下来。

BP时间争分夺秒，盛洹已经在做后续安排，顾苏听着耳机里熟悉又陌生的声音，有一瞬间的怔忡。

第一场比赛就让她玩手生的英雄，盛洹是不是故意针对她？可她最近好像没有得罪他吧？她不是做了一个合格的前任，跟他始终保持着上下级的和谐关系吗？之前她主动示好，难道他没有感觉到？

还是说，盛洹不信任她？

"别走神。"顾苏一激灵，听到盛洹在问她，"刚才我说的你记住了？"

倒数读秒，顾苏再不情愿，还是什么都没说。她凭记忆点好天赋，心不在焉道："嗯，记住了，这局中路就打线，前期稳住发育，不要上头……"

"我说的是，第一局比赛不要紧张，正常发挥，多跟队友交流。"盛洹皱眉，"还学会自己编词了？"

"反正差不多意思。"陌生的环境，紧张的气氛，无形的压力，顾苏多少带了点脾气，"知道了，盛教练。"

这个称呼让盛洹脸色微沉。

导播也很懂事，从进入 BP 环节开始就给了顾苏不少镜头。只是顾苏不知道的是，镜头里她的不苟言笑为弹幕提供了多少素材。

【Su 怎么都不跟队友交流，至少笑一笑让队友放松点吧。】

【学学女主播。】

【职业选手学主播？你怎么不学学其他选手的技术？】

【有没有一种可能，是小仙女根本不想玩铁男。】

【Su 直播都玩刺客，铁男这英雄太笨了，肯定不是她擅长的啊！】

下场前，盛洹回头看一眼场中的大屏幕，确认摄像机没有在拍他们的视角。他单手掐住麦克风，另一只手绕过顾苏肩膀，将她的耳麦拉开一些，贴近她耳侧轻声道："赢一把，我让你玩狐狸。"

顾苏讶然抬头。

"真的？"

塑料触碰头骨有细碎的声响，下一瞬盛洹已经将她耳麦戴好，神色如常在麦克风里回答："真的。"

这段屏蔽了众人的对话让其他几只听得云里雾里，而盛教练也并不解释，又叮嘱了几句就结束了 BP。

"Su，刚教练跟你说什么了，什么真的假的。"

等待出小兵前，几人一字站位分散在河道草蹲守，兔斯基到底忍不住一颗八卦的心，疯狂给中路的顾苏发信号。

"他说，如果这局赢了，下局他奖励我一把狐狸。"

顾苏眼睛亮晶晶的，眼前这个手握巨型武器、长相豪迈的残酷军阀似乎也变得可爱起来。

"狐狸……狐狸？不可能吧，这版本的狐狸，他真让你玩？"

"嗯。"顾苏不再说话，只全神贯注地盯着屏幕，刚才紧张的情绪仿佛烟消云散，"这版本狐狸的伤害是不够，但团战可以配合进场。打野保下路，我就猥琐发育。"

好像这局比赛他们已经赢下来一样。

小兵走过二塔，比赛正式进入对线期，兔斯基不敢再分神，只得挠挠头："啊，啊……那行……狐狸就……狐狸……"

"奖励"对顾苏真的很好用，不知道是不是盛洹给她吃了颗定心丸，顾苏没有再对铁男这个英雄表达出任何嫌弃，居然整场稳定发挥。

前中期跟对面中单打得有来有回，没有出现明显的操作失误，到了后期，FM 以一波关键团战成功拿下一局。

有了第一局的经验，顾苏也逐渐适应了比赛的节奏，回到后台，老霍对几个人挨个夸奖，尤其狠狠夸了顾苏。

顾苏倒没太在意，发挥得好不好她自己心里知道。听盛洹简单复盘之后，就到了上场的时间。

第二局，BP 开始。

解说甲："上场比赛 Su 的发挥还不错，前期虽然被抓死两次，但中期几波团战直接关了对面 AD 也很关键……什么？狐狸！ FM 的 Counter 位（后手选出克制对方已选英雄的英雄）选了狐狸？"

解说乙："这……FM 第一场比赛就放了个大招啊！早就听说盛教 BP 十分吊诡，喜欢用出其不意的阵容压制，难道这是训练赛的秘密武器？"

解说甲："秘密武器不都应该留在关键局吗？第一场比赛……是想给对手，或者说全联盟一个下马威？还是说，在帮选手找自信？"

同一时间，赛场上。

盛洹爽快道："答应你的，这把玩狐狸。"

"狐狸……也不是不行……"Jump 偷瞄盛洹，见他毫无反应，眼一闭一睁，视死如归，"选！就选自信的！有什么问题！"

沉寂了许久的安诚忽然说："那把这下路压力很大吧。"

"哎呀，这赛季第一场比赛，多练阵容多磨合，现在出问题总比进了季后赛出问题好，是不是，你们说是不是？"在兔斯基的眼里，教练这波必然在大气层，他想不到教练为什么这么做，只因为他层次太低。

"顾苏？"盛洹谁也没理，只盯着那个窄窄的后背，像是在等待确定的答案。

顾苏没太多犹豫："我想玩。"

盛洹点头："那就选。"

教练的决定，自然没有人再说什么。

读图结束，峡谷地图尽现眼前。


通常，赛季初 LPL 都走稳扎稳打的路线，很少有战队想玩花活，毕竟稍有不慎，很有可能把自己玩没了。但 FM 今年的第一场比赛就玩非版本强势英雄，实在让人看不懂。

在后台的老霍能想到唯一的解释，也就只有盛大教练想在真正的职业赛场上考验顾苏的应变力和耐受力，他很难说清，盛教是对顾苏太严厉，还是希望她快点成长。

老霍担忧地搓着手，很担心如果教训老板，他会不会明天就失业。但盛洹前所未有的执教方式，还是让他担心不已。

不会吧，打压选手是会被联盟约谈的啊！


盛洹一回来，跟老霍打了个照面。

虽然老霍什么都没说，但盛洹知道他有一肚子话想问。他拉开椅子面对屏幕坐下，目不斜视："有话就说。"

"这可是你让我说的，我说了你可不许生气。"本着敬业精神，老霍还是选择直言劝谏，"盛教，我们现在是走鼓励教育的路子，但对新人也不能太严厉……"

"你觉得我对她严厉？"盛洹盯紧屏幕，游戏里，狐狸正在想方设法压制对面，他用拇指轻轻搓着下颌，"你招她进来的时候，想到过她有多难搞吗？"

"难搞？你跟我说顾苏这么文文静静、腼腼腆腆、平常连话都少的姑娘难搞？"老霍瞪大眼睛，"是你答应她能玩狐狸，怎么好意思甩锅给人家小姑娘……"

"那你是没见过她排位喷人的时候。"盛洹冷笑，"如果你手里有一把你从来没见过的武器，你会怎么办？直接开枪，还是先学会使用方法？"

老霍足足反应了三十秒才明白盛洹到底是什么意思："怎么可能，你是说她真的很难搞？"

联想起平时跟顾苏相处的一点一滴，他很难不怀疑是盛洹在诓他。

盛洹冷嗤道："选手不是机器，他们也是人，也有情绪，比赛有赢就会有输。顾苏才十九岁，你指望她一进队就是一名合格且成熟的职业选手？"

老霍一想也是这么个道理："行，就算你说对了，但她再难搞也难不过 Wiki 吧？你还怕她？"

"不一样。"盛洹摇头，"顾苏的使用方法……"

没有人比他更清楚了。

打一巴掌，要给颗枣，哪怕是毒枣，也得她咽下去再告诉她。

不然，学不会听话。

顾苏训练赛是打得不错，还有不少惊为天人的操作。但训练赛和正赛，完全是两回事，自己和对手也完全是两种心态。

训练赛乱杀，正赛被吊锤，是再常见不过的事。

"对了，"盛洹忽然想到什么，"今天 Wiki 怎么没有随队？"

"……Wiki 根本就没归队你不知道吗？"

"他人呢？"

"Wiki 想玩失踪什么时候找得见人了……"

"……"盛洹收敛心神，那小子的事儿比赛完再说。

屏幕上，Jump 配合狐狸抓对面中路，但伤害不够，白白浪费了打野的刷野时间，立时落后对面打野一级。

盛洹收回目光，翻开笔记本，开始准备下一局 BP。

这一局即使输了，也没什么大不了。

有时候，输比赢更重要。

狐狸之所以是顾苏的本命英雄，不仅是因为好看的外观，更是盛洹带她玩的第一个英雄。新手期通常没什么英雄池，只有少数几个拿得出手的英雄，而顾苏就靠着狐狸，上分如喝水。后来在韩服排位，只要队友不坑基本都能赢下。

自信和战绩彼此成就，她想在刚登上赛场时也亮一手绝活。

但这一切的前提，是在 RANK。

这一次，仅仅在对线期，狐狸的疲软就显现出来，Jump 几次来中路帮她抓人都没抓到，加上对面又有泰坦这种强开团辅助，硬是限制住了狐狸的进场。

前期没拿到优势，狐狸彻底在中期失去了作用，装备比对面中单差半个大件。由于前期 Jump 强行保中路，下路没有打野照顾，只能蹲在塔下挂机，发育始终劣于对面。

经济劣势，阵容限制，让这局比赛提前进入垃圾时间，不过三十分钟，FM 的基地水晶已经完全裸露，彻底输掉了比赛。

输了。

而且输得并不意外。

事实证明盛洹对比赛的预判相当准确，他不仅提前做好了下局的BP，还特意去后台的通道里等他们回来。

　　输了一小局比赛，也不是关键局，选手们心态还算不错。顾苏走在最后，垂着眼，不知道在想些什么，在看到盛洹时，脚步顿住。

　　"你过瘾了？"

　　他声音很平静，不是训斥也不是指责。就像曾经无数次深夜，她缠着盛洹陪她打游戏，盛洹课业忙，时常要熬夜写论文，但经常拗不过她，陪她打几把。两个人有一张长长的书桌，并肩坐在一起打游戏，盛洹也会这样回头笑着问她："玩爽了？还满意吗，公主殿下？"

　　那副神情，似乎顾苏说她想要天上的月亮，他都能替她摘下来。

　　顾苏没说话。


　　中场休息时间不多，盛洹抬手看了眼腕表。学会适应团队，不是一天两天的事，很多话没时间说，也没空间说，需要顾苏自己领悟。

　　他倾身离她更近一些："你不想玩铁男，我尊重你的意愿。但你要考虑好，如果要因为个人好恶影响到战队的胜负，因此带来的后果，你要不要承受。"

　　顾苏觉得眼眶发热，她想不通哪里出了问题。她不自觉地将整张脸都皱在一起："可我……不是想输啊。"

　　她明明比谁都想赢。

　　"我知道，所以我才答应让你玩狐狸。"盛洹放缓了声音，平静而有力，"顾苏，享受比赛，不要畏惧它。"

　　享受比赛，不要畏惧它。

　　之后很多年，每当顾苏在职业赛场的征伐中迷茫时，都会想起这句话。


　　上场前，盛洹问："下把还玩狐狸吗？"

顾苏咬咬下唇："听教练的。"

不情愿的样子让盛洹忍不住发笑，他抿了下唇，意味深长道："你确定？"

顾苏一闭眼："别问了，趁我还没后悔。"

盛洹压平才弯起的唇角："走吧，这可是你在 LPL 的第一场比赛，我知道你不想输。"

入场音乐起，主持人开始报队名，在前场观众的欢呼声中，顾苏诚实摇头："不是我想不想。"

输了会怎么样，她也不知道。

"是我不允许自己输。"


顾苏走向赛场。

她等了这么久的职业生涯，如今终于圆梦，才遇到挫折，她怎么可能认输。

盛洹不可能一辈子做她的后盾，输掉的局，她要靠自己打回来。


在这最后一小局，顾苏爆发出与前两场完全不相同的能量。

FM 战队常规赛第一场比赛，最终以 2:1 拿下胜利，其中 Su 以 4.1 的 KDA（击杀死亡比）成为第三局的 MVP（本场比赛发挥最为出色的选手，通常由赛事工作人员评选）。


赛后采访环节。

导播当然希望顾苏接受采访，有热度有争议才有看点，何况不少人都等着顾苏在台前第一次亮相。老霍身为多年的电竞经理，自然也懂流量密码，于是询问顾苏意见。

"采访？"顾苏在后台被叫住，茫然回头，毫无心理准备。

"嗯，采访。"老霍讲得头头是道，"不用有压力，主持人问什么回答什么，问到战术和一些核心问题搪塞过去就行。到时候我会先打声招呼，不会为难你。"

顾苏心里一万个不想去。

如果是线上镜头，看不到观众，她还能从容应对。但面对台下那么多观众，她只觉得呼吸都困难。

"换个人吧。"一旁的盛洹出声拦住，"这种公众场合让她再适应适应。"

大家采访的采访，候车的候车，只剩他们两人一前一后往场外走，每一步都离喧嚣更远。

刚经历过精神高度集中的比赛，此刻顾苏只觉得疲惫，脚好像踩在软绵绵的棉花上，云山雾罩般。

在联盟的第一场正赛，虽然有波折，但也算赢了下来。她抱紧外设包，偷偷弯起嘴角，没留神横在眼前的路障，差点撞上去。

下一秒，整个身子被猛地向后一拽，她抬头，看到盛洹提着她的胳膊，冷着脸看她。

"呃……"顾苏一时语塞，觉得应该说点什么，"谢谢？"

这声道谢似乎逗乐了盛洹，他顺势拿过她手里的包："回味什么呢，第二局狐狸的精彩操作？"

原本还沉浸在艰难胜利后的余韵中，顾苏听完这话，顿时清醒了。她偷偷瞪她一眼，在他看过来时迅速别开视线："教练不是应该鼓励队员的吗？"

盛洹把背包甩在肩上，闻言轻嗤："所以你今天是 2：0 对面了？"

"……"

原来工作中跟恋爱中的男人完全不同，从前有多温柔，如今就有多犀利，顾苏忍不住嘟哝："你平时对其他选手都这样吗？"

"如果是其他选手，"盛洹肩宽个高，走在前面几乎挡住了大半的路，他目不斜视，"回基地之后我会特训。"

"特训？"顾苏开始好奇了，"除了自定义练基本功还有特训？"

盛洹脚步慢下来，垂着眼看了她一会儿，说："你不会想知道的。"


赛后参访进行时。

虽然被采访的是 Jump，但主持人显然醉翁之意不在酒，简单问了几个比赛相关的问题，话锋一转，直指今天不肯露面的顾苏。

主持人："战队里来了一位新选手，也是联盟第一位女性选手，想问问 Jump 觉得跟她配合起来怎么样？"

Jump："她刚入队嘛，也是新人，我们还在磨合，但她个人能力很强，能在队伍逆境的时候站出来。"

主持人对于这种话题很敏感："你觉得她是更偏向个人打法而非团队打法的选手？"

Jump 一时有口难言："啊，不……不是，怎么说呢，选手能力强是好事吧？"

主持人继续追问："在率先赢下一局的情况下，Su 选出了非版本英雄狐狸，请问做出这个决定是如何考虑的呢？"

如此具有诱导性的问题，Jump 真不知道该怎么回答，他捏紧话筒，磕磕巴巴："是……是战术。"

观众哄笑，都等着还有没有什么更劲爆的问题，主持人见好就收，倒也没有继续为难他，最后问："那么，请给这位刚加入 FM 的新生代选手一些鼓励吧。"

镜头前，Jump 低头想了想，接着抬起头，眼底泛着真诚的光芒："希望下次我没有去中路游走的时候，她能轻点喷我。"

Loading

▸▸ 第 五 章 ▸▸

现在还学会吊着人了？

/ ////////// /

"哎，LPL 第一场比赛就拿 MVP，真羡慕啊……Su 这下扬眉吐气了吧！"大巴车上，兔斯基啧啧感叹。

后排安诚不耐烦地推了把前排座椅："坐远点，酸味儿熏到我了。"

"我就是酸了，有什么问题，MVP 是荣耀！别跟我说你不酸……算了快让我上微博看看粉丝是怎么夸我的，我那波船长二连桶能上赛时集锦吧……"他脸色忽然一变，"不是，怎么都在喷啊？"

顾苏还在想狐狸的事情，听罢有点蒙，也拿出手机。

这不是开门红吗？怎么还喷起来了？

坐在最后排的盛洹原本在跟教练组复盘比赛，先是一愣，立刻察觉出不对。

他起身快步走到顾苏身边，想先拦住她，可惜，来不及了。


原本去年 FM 成绩不大好，休赛期老粉们也很佛系，顾苏的曝光给这支正在重组的队伍再次带来不少热度，但大多数是积极的声音，她是全联盟第一位女选手，从某种意义上说，这是开创先河。

只不过，这其中也有不少人在观望。毕竟电子竞技，用成绩说话。

原本热度一直没有到顶的 FM 超话一夜间冲上榜首，顾苏点进去，首先看到一条：【今天那手狐狸选的怎么回事？教练组会不会做 BP？】

回复一：【赢了不就行了，你什么段位指点教练组？】

回复二：【该不会是什么训练赛的秘密武器，结果拿出来打输了吧。】

回复三：【中单英雄勺（电竞梗，指精通的英雄非常少，反义词是英雄海）呗，版本热门英雄不会！要我说，FM 招了个女选手替 Wiki，就觉得离谱。】

回复四：【先去看看苏直播再说，还是有几个能拿得出手的英雄的。】

回复五：【人家首秀 MVP，你除了键盘还有什么？】

回复六：【MVP 明显是导播鼓励选手好吧，最后那局下路双人组的发挥不够拿 MVP 的？】

回复七：【我只能说 FM 这套卸磨杀驴玩得贼六，当初没有 Wiki，FM 能保级成功？能有现在的流量？现在看他有手伤用完就扔？】

评论走向朝另一个不可控的方向发展。


顾苏继续往下翻。

基本都在吵。

FM 这次胜利引发了 Wiki 粉丝的爆炸。

本来，让替补首发，Wiki 的粉丝已经很不高兴，但都本着看战队笑话的心情——如果新人表现不好，那战队还是要乖乖请 Wiki 出山，到时候谁是 FM 队内唯一真大腿，自不必说。

没想到这妹子有点实力，这下粉丝坐不住了，都怕 Wiki 坐冷板凳，于是纷纷揪着顾苏失利的那一局和 Wiki 的功业批评战队。

"我说，非要搞选手心态？选手是要比赛成绩的不是靠抢资源的不知道吗？"

兔斯基愤愤不平切换小号，在超话里疯狂开麦。

"没有流量哪有今天这么好的日子？"安诚打职业早，一路走过来，见惯了冷暖。他不冷不热道，"有什么办法，忍着吧。"

忍着。是，那么多电竞选手一路走来，大多都是忍着的。

可是，事实明明不是这样的，网上那些人为什么要这样说？

顾苏继续滑屏幕。

滑到一半，手机被遮住。

她抬头，盛洹在她身侧坐下。他将顾苏堵在自己与车窗之间，隔开一方小小的世界。联盟规定教练上场 BP 必须穿正装，盛洹今天一身烟灰色西装线条挺阔，这时候只剩一件薄薄的衬衣，没有领带的领口松了两颗扣子。车内黯淡，只有窗外流线般的弧光一闪而过，映进他漆黑深沉的眼。顾苏赛时只顾着紧张，现在见了他，倒忍不住多看了几眼。

见盛洹因为她的注视而意味不明挑高了眉，她收回目光，低下头。

熟悉的气息和温度萦绕，因为骂战而狂跳不已的心似乎也因为他的存在，渐渐慢下来。


盛洹的手还遮在屏幕上。

顾苏没再坚持，索性把手机丢给他，看着窗外模糊的夜景不说话。

"难受？"车内的轰鸣让他的声音听不大真切。

"有点。"顾苏诚实回答。

"转过头来我看看。"

"……不想转。"

"怎么，我们的公主殿下，以后都不打算见人了？"

盛洹的存在感太强，从气息到体温，无一不提醒着她这个男人曾跟她如此熟悉，她没法真的无视他。

顾苏不情愿地转过头。

借着窗外时明时暗的光，盛洹仔细端详了一会儿："还行，没哭。"

"我在你心里就是遇事只会哭吗？"顾苏咬紧下唇。

盛洹似笑非笑："当时韩服十连跪的时候是谁哭得哄也哄不好？差点连键盘都砸了。"

不要和前男友成为"同事"，不然他会知道自己所有的黑历史。

顾苏不再说话。她确实难受，但不是因为被喷难受，而是自己白送了黑粉一个喷点。

　　她经历少，很多事情想得不够深，从前身处象牙塔，见到的世界只有天窗大。如今，一切都不一样了。


　　另一边，盛洄靠回座位，闭眼琢磨。

　　其实今天事件的爆发点不是 BP，也不是输了一小局，而是粉丝环境。

　　常规赛也是试错的过程，练阵容无可厚非，但在节奏的影响下，很多事情被无限放大，避不了也躲不开。

　　想成为一个合格的职业选手，也得学会接受这些，然后在这些无形的压迫下，自由开花。

　　盛洄忽然有些后悔。

　　如果这件事发生在顾苏入队之后，或许节奏不会这么大，但这偏偏是她的首秀。

　　有那么多人盯着她。


　　回到基地，魔鬼教练破天荒大赦天下。

　　"今天晚上先不复盘了，都收拾一下，出去吃饭。"

　　Jump 嗷一嗓子喊醒已经熟睡的邻居："开荤了，开荤了！"

　　"盛教请客，不得吃顿好的！"

　　几个人咋咋呼呼，甩下外设包摩拳擦掌就要出发，走在最后的兔斯基看顾苏半天没动静，转头喊她："苏，走啊！"

　　"我……不去了。"

　　Jump 说："不能不去，走吧，走吧，饭还是要吃的，要劳逸结合懂不！"

　　"我这个月直播时间不够，要补。"

　　直播时长，每个职业选手的痛。

　　Jump 挠挠头，不再说什么，众人看顾苏确实没有去的意思，索性放她在基地一个人清静。在纷纷张罗着给她打包消夜之后，几人勾肩搭背出门了。

基地霎时安静下来，只剩几台机箱散发着微弱的热量。

这段时间训练赛打下来，顾苏的生物钟彻底跟上了"职业选手"日夜颠倒的节奏，现在还不到十点，她不想睡。

想来想去，她还是打开了直播。

空荡荡的基地，需要一点其他声音。

原本以为半夜没有多少人看直播，但刚一开播，一下涌进好多夜猫子，粉丝刷屏刷得厉害，都祝她拿到首胜。

顾苏抿嘴不作声，心脏像被狠狠捏了一下。

弹幕刷了一会儿，开始问些七七八八的：【怎么就你一个人，其他人呢？】

顾苏老实回答："去吃饭了。"

弹幕：

【你怎么不去？】

【不是吧，谁想和他们几个去吃饭啊，闹闹哄哄也不会顾着妹子。】

【今天比赛不是赢了吗，怎么感觉她心情不好。】

【是看超话了吧。我跟你说，里面乌烟瘴气的，熏人！】

顾苏假装没看到弹幕，沉默地打开韩服。

最近训练赛多，RANK 自然得打得少，排名也跟着掉。她登进去，想排几把练练英雄。所幸，经历了一晚上大起大落，老天还算眷顾她，一连几局排到的队友还算给力，一波连胜之后，她心情明显好了许多。

扔在桌边的手机振动。

她拿起来一看，是盛洹问她消夜要吃什么。

顾苏随便点了几样，刚想发送，弹幕又刷起来了：

【这么晚了，给谁发微信呢。】

【小仙女谈恋爱了？】

【呜呜呜，不会吧！】

顾苏在一片脑洞冲破天际的弹幕中，眼尖地看到一条。

——【对面的阿卡丽好像是Wiki。】

接着，真有人查到了：【是Wiki，他这ID用了几年了，一直没换过。】

顾苏扫了眼直播助手，只觉得一股电流从后背窜上脖颈。

刚被Wiki女友粉冲，转头就碰到正主在自己对面，今晚绝对要被营销号轮一圈。

顾苏心里那点胜负欲又顶上来了。

她这人有个毛病，好胜心太重。超话喷她英雄勾，她就想打喷子的脸。

没多想，她锁了版本热门英雄，佐伊。


经历过大小赛事，FM其他队员已经能成熟地看待输赢，此刻正在火锅店大快朵颐。

眼看时间指向十二点，盛洹打开手机，顾苏还没回复。

这丫头，该不会又想不开了吧。

他放下筷子，众人纷纷侧目。

盛洹："你们先吃。"

老霍："什么事儿都得吃了饭再说啊，我看你没吃多少吧。"

"不饿。"撂下这句话，盛洹起身去结账。

几个人看着他离开的背影。

"盛教急着去哪儿啊？"兔斯基刚将涮好的肉直接扔嘴里，这时候正张着嘴猛哈气，"不是跟女朋友分手了吗，还搞半夜失踪呢。"

Jump不以为然："盛教半夜失踪都是休赛期好不好，平时哪见他离过队啊？"

老霍端着油碟吃得正香，闻言抬头："什么乱七八糟的，洹神是回基地了。"又想到什么，肉掉碗里，油溅了他一脸，"不是，你怎么知道他有女朋友？还知道他分手了？"

连他都没见过盛洹的女朋友！

兔斯基："这就是你八卦嗅觉不灵敏！你要相信职业选手对大局的预判……"

"……滚！"


盛洹回到基地的时候，正碰上顾苏一局排位刚开，看她心不在焉在主界面和直播界面中间来回切换，不知道看到了什么，忽然又坐得笔直。

以前排位的时候，如果被对面虐了，那第二次再排到这个人，顾苏就会打起十二分精神应对。盛洹看她认真的样子，觉得有趣，站在她身后看了一会儿，果然看到顾苏对线开始处处压制对面。

"这是碰着谁了？"他问。

身后突兀的人声让顾苏差点跳起来，她一把摘了耳机，往后一看，刚想说话，转头看到屏幕已经灰了。

就这么分神的工夫，被阿卡丽打了个线杀（指在对线时不需要打野就能击杀敌方）。

顾苏："……"

弹幕继续刷屏。

【有一说一，Wiki 对线能力是真的恐怖。】

【哈哈哈哈，小仙女跟 Wiki 对线还敢心不在焉啊。】

满屏的 Wiki，盛洹不想看见都难。

而他也终于明白，顾苏忽然这么认真的原因。

弹幕：

【后面是谁？是不是盛教练？】

【求求盛教练也开个直播好不好！这么好看的脸不要浪费了！】

【教练我不听话能不能给我做特训啊！】

网友们一向见一个爱一个，这会儿又纷纷刷起盛洹，顾苏的心思本就不在游戏上，而盛洹也完全没有离开的意思，一直站在她身后。

也分不清是盛洹还是对手让她分心，这局干脆被 Wiki 血虐。

DEFEAT（失败）。

不仅掉分，还当着直播间十几万观众的面被中单正主打了个对穿。

顾苏的心态又快炸了。

好歹房管比较给力，黑粉早就被封得七七八八，弹幕也看出来顾苏的疲惫，都在催她早点休息。

顾苏揉了把脸，打算再玩一局，赢了睡觉，就在这时，主界面忽然弹出新的好友申请。

是 Wiki。

顾苏下意识回头看，还没说话，始终没有离开的盛洹先一步开口："加他。"

看着他不豫的脸色，顾苏不敢忤逆，点了同意。

很快，对面发来消息：【你好，小中单。】

不少外援只知道中文的发音和意思，并不知道怎么写，一般都会打拼音。Wiki 虽然中文说得不够标准，字倒是认得全。

弹幕：

【什么情况，怎么看起来这两人不太熟啊？】

【打同一个位置又不能一起打训练赛，怎么熟啊？】

【但平时开会复盘肯定都在一起的吧，怎么可能不熟。】

【Wiki 是不是一直没归队啊，平时不开直播就算了，赛前路透也没见过他。】

弹幕又开始瞎带节奏，这时候顾苏要不回应肯定又被黑什么队内不合，她在对话框也打了个"你好"，下一秒，手里已经空了。

她侧头，看到盛洹手里正拿着她的鼠标，直接邀请 Wiki 双排。

顾苏：？

弹幕：？

在弹幕一排接着一排的问号中，Wiki 真进来了。

"干吗？……我直播呢。"顾苏看他这样子，想问又不敢问。

她心里觉得盛洹不会做出什么出格的事儿，他从来冷静自持，做事也是礼貌周到，几乎让人挑不出错。但今天着实有些不对劲。

盛洹没理她，直接连麦，顺手摘下顾苏一边的耳机，塞进耳朵，同时拉大音量。

背景音有短暂的嘈杂，似乎开着音乐，片刻的沉默后，Wiki 操着带口音的普通话"喂"了一声。

顾苏屏住呼吸，拿眼睛询问盛洹。

后者倒没再打哑谜，掐着麦克风，平静地开口："你在哪儿？"

盛洹这句话直接给对方放了个沉默。

这时候弹幕已经不淡定了，不知道 FM 在玩什么花活儿。

"在哪儿？"盛洹像是不耐，又催促一遍。

"啊，盛教练……"耳机那边，Wiki 似乎憋不住笑了，笑声既无奈又无辜，他笑了一会儿，含糊说了句，"回去了，这就回去了。"

接着语音切断，Wiki 退出双排。

挂断前，顾苏恍惚听到了一个女声："你还要在我这儿躲到什么时候？"


弹幕刷得更凶：

【这什么情况，我看不懂了。】

【不是，他俩共用一副耳机怎么能如此自然啊！】

【我只说两个字：般配！】

【别乱说，人脉姐来科普一下，盛教可是大冰山，不近女色的……

哦不，除了他前女友。连史筱杭对他有好感他都无动于衷哎！】

【不是吧，Wiki 今天没有随队吗？真就常规赛不上场，季后赛拿命 C？】

【我早就想说了，就 Wiki 这个职业态度早退役早完事，别觉得中国战队的钱好挣。】

【别引战好吗，队内要和谐！和谐才有成绩！】

弹幕刷什么的都有，盛洹看都没看，直接扔下鼠标，拿着手机就往外走。

弹幕又开始发挥：

【盛教这个表情好像要去训人……】

【哎，这群兔崽子真是太不让人省心了，之前是哪次确定进世界赛来着，野辅上单一起去喝酒，差点跟隔壁桌打起来，盛教半夜去局子里捞人。】

【还有这事儿？前面的懂哥快给我讲讲。】

"……"顾苏觉得今晚选择开直播就是个错误。

也顾不得弹幕爆炸，她抻着脖子看了一眼盛洹的背影，感到事态的确有些不妙，于是跟着摘下耳机，匆匆留下一句："今天就播到这里吧。"光速下播，追在盛洹身后。

走廊没开灯，盛洹站在尽头的窗下，倚着墙，打电话。

顾苏沉默地走过去。

电话似乎已经拨通了一阵，而盛洹始终神情松散，维持着拨通电话的姿势，视线随顾苏由远及近，忽然没头没尾问了一句："……这小子比赛都不打，不会是为了去找你吧。"

四周静得出奇，顾苏清晰地听到电话那头是个女声："你说什么呢，我怎么听不懂啊？"

"别装了，你这人不是最喜欢吊着不负责吗？"

"这口锅我可不敢接，你的宝贝队员不愿意回战队是你的问题，不是我的。"一阵低低的笑声过后，那边继续说，"不过他合同这赛季就到期了吧，你们准备标价多少？洹神，看在老朋友的分儿上，打个折？"

"私联选手怎么处罚别跟我说你不知道，再说……"盛洹冷哼，"能进什么队，能卖多少钱，都看他这赛季表现，以后还想拿联盟顶薪，这赛季就让他好好打。"

"啧，别把你自己说得像个生意人，你不是把梦想看得比什么都金贵吗，盛——大——教——练——"

"唐冉，我不想跟你扯这些没用的。"似乎是终于不耐烦，他站直身体，"看在从前的交情上，我再提醒你一句，为了防止那些不尊重比赛的混子钻空子恶心人，联盟新规，常规赛不上场的选手是没资格打季后赛的。你要是真为他好，就劝他赶紧回来。"


挂断电话，盛洹把手机揣回口袋，俯视着眼前那个单薄的身形。

走廊里没有暖风，顾苏顺手披了件珊瑚绒的玩偶睡衣，一直垂到脚踝，露出一双粉色兔耳朵毛绒拖鞋，长长的耳朵委屈似的垂在两边。

小姑娘眼睛瞪得大大的。

"呃，我真不是故意要窥探隐私的。"顾苏双手举过头顶，因为队服过大而始终藏在袖子里的手露了出来，"你下次不能打击报复逼我玩铁男。"

盛洹捏了捏眉心："没人逼你玩铁男。"一顿，"你出来干什么？"

"我……"顾苏一下子也不知道自己在干什么，是担心盛洹的状态，还是好奇 Wiki 的事？她想了想，问，"Wiki 手伤真这么严重？"

Wiki 有手伤是不假，但哪个电竞选手身上没点伤病，不都是硬扛着训练比赛，也只有 Wiki 一而再再而三拿伤病当借口。

"严重？他就是不想归队。"

这个逻辑顾苏理解不了："那他为什么要打职业啊……"

盛洹冷笑："是个好问题，我也想知道。"

当下电竞行业的环境比从前是好了不少，包括但不限于规模、影响力、薪资，但多少人初心不变，多少人是为了高薪，谁也说不好。

职业选手出道早，鼎盛期也就二十左右的年纪，又没多少社会经验，除了个别选手长期在社会上摸爬滚打，情商高以外，基本都年轻气盛，不服管。

尤其是 Wiki 这种有人气有成绩的，难免自傲。

盛洹觉得烦躁，眼前一道黑影一闪而过。

一股淡得几乎闻不到的香气，不知是洗发水还是沐浴露，从前只有他贴她极近时才会嗅到。那些夜晚又不期而遇地被想起，盛洹心口缩了缩，避开顾苏的"Gank"："顾苏，你凭什么管我？"

盛洹说得对，她的确没资格再管他。

顾苏抿紧唇。

这副受了委屈的样子，看得盛洹一阵烦闷，又毫无办法。

"刚刚那是谁啊？"这话刚问出口顾苏就后悔了，但问都问了，索性问得更彻底点，"听起来好像是个女的……"

盛洹侧头看她："嗯，是女的。"声音不咸不淡的。

"……怎么以前没听你说过她，你们……"

以前？

他的眼低下去，看到阴影里的小姑娘，忐忑又局促。

这是不是，她第一次对他这么关心？

盛洹忽然觉得有点讽刺。

"顾苏，你别忘了当初可是你把我甩了。现在才想起来对我的过去感兴趣……"走廊暗得让人不安，他低至她耳侧，将声线压得很低，嘲弄地笑了一声，"是不是有点晚？"

月光落在他肩头，像是织了薄薄的银纱。

平时盛洹是赏罚分明、尽职尽责的教练，但只要跟他独处，他身上的那种侵略和压迫，甚至，还带了那么一点儿怨恨，都让顾苏无所适从。

确认顾苏没事儿，盛洹也不纠结，回教练办公室复盘去了。

空荡荡的走廊只剩顾苏一人。

她望着尽头溢出暖光的门缝，思绪有点飘。

是从什么时候开始呢……

没记错的话，是去年，顾苏大一的时候，新生入学仪式盛洹作为学院学生代表讲话，之后的提问环节，她问了几个问题，也是那时候盛洹礼貌地表示，可以加个联系方式，以后有什么问题随时问他。

顾苏没做他想，加了微信，真就时不时问他一些专业性的问题。

后来，盛洹邀请她一起去图书馆，顾苏认为这是请学霸辅导作业的好机会，爽快答应。偶尔食堂相遇，盛洹会替她排队买饭。

起初顾苏把这当成是盛洹的教养好，是绅士的礼仪。次数多了，连室友都察觉出不对劲，问她：盛学长是不是喜欢你啊？

顾苏觉得那是没有的事儿。

久而久之，大家都习以为常，以为两个人就这么平平淡淡友达以上恋人未满的时候，忽然出了一个小小的意外。

有人跟顾苏告白。

当时的阵仗弄得还有点大，直接在顾苏楼下摆满了蜡烛和玫瑰花，从宿舍楼上看去，像做法似的。

而这个人，顾苏甚至不认识他。

后来别人告诉顾苏，因为她曾经在自习室借过他笔，就被那人盯上了。

不过这都是后话了。

那时候，顾苏根本就没下楼。任凭楼下怎么喊她的名字，她都无动于衷，戴着耳机做作业。

——效率出奇地高。

当晚，盛洹不知怎么也出现在她们宿舍楼下，顾苏确认看热闹的人都走光了，又担心盛洹是不是有什么要紧事，穿着睡衣匆匆下楼。

盛洹在烧光的蜡烛和被踩得七零八落的玫瑰花中间，就这么牢牢盯着她看。

顾苏不明所以，但看他的神情肃穆，又不太敢作声。

一地破碎颓败，盛洹忽然就软了神色，垂眼问她要不要在一起试试。

弯月破云而出，顾苏愣了。

她没想到盛洹会跟她告白。

盛洹在学校里名气不小，长得好，讲文明懂礼貌，没有不良嗜好，虽然不知道家里条件如何，但看他平时的穿着日用总归不差，在学生间人气很高。但对于顾苏来说，她始终当他是关照学妹的学长。

她还没对哪个男人生出过想要恋爱的心思。

室友都撺掇顾苏，她也就迷迷糊糊地答应了。

这是顾苏的初恋。

在顾苏的世界里，这段恋爱她更多的是被动接受。盛洹是个完美的男朋友，对她呵护备至，百依百顺。但从她提分手的那一刻起，盛洹好像就完全变了。

她知道盛洹有不少爱慕者，告白的人也比比皆是，别人都说盛洹为人礼貌却疏离冷漠，拒绝人也毫不留情，不喜欢就是不喜欢。

起初她不相信，盛洹明明温柔得要死，等分手后她才意识到——原来大家说的都是真的。

温柔是他，冷漠也是他。只是对待不同的人，不同的面而已。

如今，她也被归在了"冷漠"一面。

顾苏跟他在一起，从来没深入考虑过，但教科书一样的"完美男友"，是真的喜欢她吗？

经过"连麦事件"，在一片舆论和压力下，Wiki 终于归队。

顾苏到训练室时，就觉得气氛不对。几个人坐在各自的位置排位，平时嬉笑打闹的氛围一概不见。

在一群人中，她看到了 Wiki。

他抻着腿靠在椅子上，百无聊赖地摆弄一枚硬币，电脑上是英雄联盟的登录界面，没在排位，就只是挂在那儿，显示着主人的身份。

"Wiki 回来了？"老霍不知道哪里听来的消息，一阵风似的从楼上窜下来，"回来就好，回来就好。高层很关注你的身体健康情况，特意给你请了业内知名的医生，我现在就打电话让他明天过来。"

众人心思各异，Wiki 就像没看见似的，该少的礼节一样不少，点头跟老霍道谢。

"上楼收拾收拾，你有伤就少训练，保持手感就行，比赛的话……"老霍挠挠头，比赛到底谁上他可做不了主，这么想着，自然而然就把目光投向顾苏。

顾苏：？

看她是什么意思？

Wiki 顺着他的视线看过来，冲她笑了笑："那把狐狸玩得不错。"

顾苏一愣，反应过来他说的是她首秀那场。

可那一小局输了。

这话听起来就有那么点讽刺的意味，兔斯基忍不住发话："哥，苏第一次打顶级联赛，操作没变形已经是大心脏了，不需要这么刻薄吧。"

Wiki 好像费了点劲才把这段冗长的中文消化掉，他依然好脾气地笑着："我是真的在夸她。"

"行了行了，过去的比赛就别提了，总看身后那是懦夫行为，我们要向前看！"见气氛不对，老霍立刻出来打圆场，"Wiki，你去二楼找盛教报个到，好好跟他说，他都是为你好。"

"为我好？"Wiki意味深长笑了下，后半句话没说出来，转身上楼了。

"我们战队是什么啊，酒店吗？想来就来想走就走，不是我说，管理层可真有点偏心，能不能对选手一视同仁。"Wiki前脚刚走，安诚就忍不住抱怨。

"安总，一视同仁就有点上纲上线了，公平都是相对的，哪有绝对的——"洛洛在一旁冷嘲热讽。

"哎哟，行了行了，咱们先训练好不好，都是一个战队的，哪有什么隔夜仇。别忘了，电子竞技，成绩第一。"老霍一个头两个大，挥挥手让队员们散了，"今天加餐，小龙虾管饱！"

翌日，正赛开始，Wiki作为轮换选手随队。

赛前出首发名单，又是一波节奏。那次顾苏和Wiki在排位中偶遇的直播录像又被拿出来指指点点，不少人都说明明Wiki比赛打赢了Su，为什么首发还是Su，是不是有什么内幕。

Jump最讨厌这些节奏舆论，在大巴车上嚷嚷："搁这儿演电竞戏是吧！谁打得好谁上呗，成绩第一位！再说，那么久没打训练赛，能直接上场吗？"

顾苏忍不住回头，座位缝隙里看到Wiki好像没听见似的，塞着耳机看窗外风景。在他身后，盛湢面无表情地坐在最后一排，双眼微合，不知道是睡是醒。

她转回来坐正，拿出手机无所事事地上下划拉。

从她入队起，舆论压力就没有停过，虽然外界的评价不至于真的对她产生影响，但听多了多少觉得烦，也觉得生气。

为什么素未谋面的人会有如此大的恶意？

她想不通。

手机弹出一条微信，她下意识地点开。

Huan：【别看微博。】

Su：【……你透视眼啊。】

Huan：【不是你先偷看我？】

Su：【？】

Huan：【再看今天给你选塞恩。】

Su：【……】

顾苏默默关掉刚点开的微博。


顾苏回想起训练赛 Neil 住在中路的恐惧，在盛洹的同意下，直接按下强势打线英雄，开局十分钟把对面中路打了个对穿，让打野帮无可帮。然而后期因为一波团战失误，FM 痛失第一小局。

第二局，双方中单英雄互换，顾苏再次杀穿中路，正反手教你怎么打中单。

后台，一直 OB 的 Wiki 闷声笑了出来："行了 Su，看出来，你真的很担心，首发位置不保了。"

第三局开始，对面中单直接在公屏告饶："打不过打不过，女侠，练阵容而已，点到为止好不好，让我有点游戏体验！"

顾苏："这话跟你们打野说。"

对面小中单看顾苏心意已决，就想去劝 Neil，可当他看到 Neil 决绝的表情，到嘴边的话又咽了回去。

盛洹把这一切看在眼里，不动声色地问顾苏："这把想玩什么？"

顾苏被他的主动询问搞得发毛："我还有选择权？"

"当然。我的执教方式很民主。"他的视线越过赛场中央，另一边，坐在打野位置的年轻选手皱紧眉，如临大敌。

盛洹收回视线，那个小打野对顾苏抱着什么心思，她恐怕还不知道："前两把他们打野都没在中路做到事，现在决胜局，想必他会更急。"

顾苏一愣："你怎么知道？"

盛洹卷起手里的笔记本，轻敲顾苏的头："因为我是教练。"他垂目重新把笔记本打开，翻了几页，"选维克托，这把你打线。"

一场心理博弈在几句闲谈间完成，盛洹摘下耳机交给裁判，从容下台，徒留其余几人面面相觑。

顾苏想的是，盛洹今天怎么破天荒地开始征求她的意见，难道他吃错药了？

其他人想的是：盛教今天怎么这么温柔？


如盛洹所料，Neil非但没有听自家中单的话，反而整场都显得很急躁，因为太想做事，几次去中路蹲人。可惜顾苏早有预料，从对线期就开始专注打线，死死守在自家中路一塔前，在附近没有打野反蹲的时候甚至不过河道。

Su的维稳政策直接导致Neil做不到事情，浪费了前期刷野时间，反而是Jump疯狂入侵对面野区，前期几波漂亮的Gank拉大己方经济优势，让FM在三十分钟顺利拿下比赛。


比赛结束。

顾苏再次拒绝赛后采访。

盛洹照例等在后台。

无论输赢，她褪下万众期待的目光，第一个见到的一定是他。

顾苏心情不错，整个人都闪着光，甚至走路都变得轻快，她露出一个大大的笑脸，接着，她看到了盛洹身后的Neil。

她没想到Neil直接把她堵在了休息室走廊。

盛洹靠在墙上，下巴朝他身后一扬："你们休息室在那边。"

到底是前辈，又是功勋赫赫的神话，Neil 有点不敢看盛洹，低头避开他的直视："不是，我找 Su 有点事。"

盛洹扬了扬眉："需要我回避？"

打野认真且郑重地点了个头。

盛洹笑了下，走了。

尽显前辈对后辈的包容。


盛洹到场馆外点了支烟。

烟雾缭绕，像是隔绝了喧嚣。夜晚的空气总比白天安静些，盛洹深深吐气，仰头活动僵硬的肩膀。

年轻气盛啊。有时候倒真让他有点羡慕。

虽然他不觉得联盟里这些毛头小子真能拿捏住顾苏，顾苏看似单纯，像是很好哄的那种小姑娘，其实比谁都执拗，心里有套逻辑，谁都说不动她。

但……

他回头看一眼溢出明亮灯光的场馆。

他希望她大放异彩。

但有时候，看到她被那么多人爱慕追逐，心里还是会生出股莫名烦躁。


另一边。

顾苏对于被对家打野堵在楼道里这件事情很是意外，讲道理，要堵也应该是对家中单堵她，毕竟竞技体育发生肢体冲突也不是没有的事儿。

但就算她把把爆对方的线，也不至于就从线上变成线下互殴吧？

她想拦住盛洹，可盛洹走得太快，她连他衣角都没抓住。

在前台赛后采访的问答声中，她一个脆皮法师无奈之下要和打野

Solo（单挑）。

顾苏悄悄后退半步，轻声问："……有事儿吗？"

"咳咳，恭喜，今天打得不错。"Neil 脸红得很不自然。

但在顾苏看来，这个脸红，很可能是生气引起的。她的思绪飞快运转，在"这可是比赛后台要是真的动手他会被禁赛吧"和"但谁说得准呢，输了比赛想去拔对方网线这事儿自己都想干"之间反复横跳。

终于，在用余光瞥到自家休息室的门缝里有人影攒动，她多少感到一些安心，盛洹不救她，她的队友，总不能见死不救吧，不然明天训练赛他们准备四打五？

顾苏定了定神，说："没事的话，我先回去了。"

"等等！"Neil 声音陡然增大。

顾苏一个后撤步，想大喊救命。

"那个……我能不能……跟你认识一下？"

这个发展完全出乎顾苏的意料，她把到嘴边的呼救生生咽下去："我们不是已经认识了吗？"

"我是说……"看到女神，Neil 的脑子明显不够用，仅凭着冲上大脑的血液支撑着他不至于拔腿就跑，"能不能加个微信？就当交个朋友，以后可以一起双排。"

接着，在顾苏不可置信的目光里，Neil 用复杂的语言阐述了对她的喜欢，言简意赅就是希望能和她认识，同时有进一步发展。

顾苏有那么一瞬间不理解："为什么想跟我交朋友？我们又不是同一位置，也不能交流经验，而且我们是……竞争关系？"

"因为觉得你很厉害。"Neil 很诚恳，脑子一热，说话根本不经过大脑，"我的梦想就是找一个会打游戏的女朋友。"

顾苏的眼神更加疑惑。

接着她后知后觉地意识到，这好像是示好。

怪不得刚才盛洹走得那么干脆，原来是在给年轻的后辈留空间。

她心里蓦地冒出一股无名火，盛大教练，真是大公无私！

面前，Neil 还在喋喋不休："跟女朋友一起走下路，她选璐璐给我套盾，我选大嘴一秒五喷，你不觉得很幸福吗？"

顾苏终于回神，赛时高度集中，这会儿终于轻松下来的大脑不情不愿地开始思考。她不是没听过这种言论，"游戏打得好的女生太酷了""你是很多男生梦寐以求的那种类型""能当你的男朋友一定很幸福吧"，他们似乎对打游戏的女生有种片面的误解，好像她们去打游戏，是为了可以跟打游戏的男生谈恋爱一样。

难道，女生打游戏不能跟男生一样，只是因为喜欢吗？

除了公共卫生间，这个世界上还有需要分性别才能做的事情吗？

在她对面，Neil 坦然又殷切地举着微信二维码，顾苏瞥了一眼，怒其不争地摇摇头："兄弟，醒醒，你的女朋友第一应该是你喜欢，第二才是会打游戏。"

她绕过仍呆立在原地的 Neil，往出口走去："同样，第一，我是我；第二，我喜欢英雄联盟，跟我是男是女没有关系。"

"哦对了，"她忽然停下脚步，转头看着 Neil，一字一句认真地说，"我不玩辅助，更不玩软辅，我最喜欢玩的是刺客，走单人路。"

顾苏拒绝人的方式总是毫不留情且直戳心脏。

从某种角度来说，跟盛洹还真有些相似。

蹲在休息室门后看热闹的众人再也忍不住，一窝蜂地冲出来，笑声响彻整个后台。

Jump 笑得尤为大声："你找苏当女朋友是多想不开，你俩双排你不尴尬吗？别人都是带妹上分，为了让妹子崇拜自己，你俩谁带谁上分啊？"

兔斯基看了 Jump 一眼，转头对 Neil 道："兄弟给你个建议，别因为苏的外表又纯又乖就对她抱有什么不该有的期待，一局游戏输了她要喷你三十遍废物打野带崩三路。"

"……Su会喷人？"Neil有点气闷，"所以是我韩服分不够高？"

兔斯基摇了摇头："可能跟你韩服分没什么关系，只是你没有恋爱雷达。"

眼看着Neil开始怀疑人生，Jump颇有种同是打野惺惺惜惺惺的错觉，忍不住上前安慰两句："不就是被拒绝嘛，有什么大不了的！走，回去一起大乱斗！英雄联盟多好玩啊，找什么女朋友！"

Neil甩开他的手，回头瞪他："活该你单身。"说完转身进了休息室，摔上了门。

砰的一声响让Jump愣在当场，他怔怔看着自己扶住虚空的手，不可置信道："不是，怎么我安慰他，他还骂我啊？"


"体贴"地为顾苏和Neil留出个人空间的盛洹正跟先一步出来安顿车队的老霍在场外说话。

老霍网感不发达，平时很少高强度"冲浪"，这时候还蒙在鼓里："哎，不是，超话和贴吧怎么又在吵Wiki，说你之前跟他连麦？都是啥啊，你们到底怎么了？"

盛洹摇摇头。

在裹挟寒意的春夜里，老霍硬是急出一头汗："也不是我们不让Wiki上啊，那不是训练赛顾苏打得好吗？再说，就算没有苏，他本来也不想打，冲劲儿都没了怎么打比赛。"

盛洹闭眼深吸气，冷笑了一声。

老霍还在喋喋不休："要不，我们还是增加Wiki曝光度，不管用什么方法，安排点出镜，免得粉丝们……"

盛洹斜睨他："他这几个月都接了多少商务了？训练赛才打几把？这就是你想出来的招儿？"

"那怎么办，你想个招，稳住粉丝，也稳住这些小子的心态！"

"我花钱雇你，还要帮你干活儿？"

"……"

盛洹鲜有脾气外露的时候。

老霍不知道为什么他火气这么大，下意识就往后门看，这么一看之下，就看到整面的玻璃窗里，AABB 的打野正面带红晕局促地跟顾苏说话。

到底是见过不少大世面的人，他瞬间生出一个连自己都无法相信的想法。

盛洹嫌烦似的移开目光，眼不见为净："Wiki 的事儿，想个办法把舆论压住。"

老霍简直为这个战队操碎了心："连你都没办法，我能怎么办……"

说到这儿，一道光直劈天灵盖，老霍计上心来，甚至觉得自己从来没有这么开窍过！

"对了，他不是一直追 Born 的女领队吗？就那个唐冉，你不也认识？要不你找找她，让她想个办法劝劝呢？"

"唐冉一直想挖 Wiki 过去，你是准备送羊入虎口？"

"嗨，那不是 Born 给不起那么高的价格吗？ Wiki 也算是联盟顶薪了吧，毕竟商业价值摆在那儿……"

一段沸沸扬扬的扯皮中响起吱呀一声，刚才还紧闭的后门被推开，穿着宽大队服的小小身影探出头，与两个男人面面相觑。

顾苏也没想到出门就撞到盛洹，原本她只是不想继续跟人掰扯，既然她无法掌控局势发展，那不如干脆避开。

没想到，外面的气氛还不如里面。

难挨的沉默。

在回去继续跟 Neil 同处一个空间，还是出来面对盛洹之间，顾苏毫不犹豫地选择了后者。至少眼前这个不会做出什么奇怪的举动。她坦然跟老霍打了个招呼，就蹲在一边，大有一副"今天外面就算下刀子也绝不会再踏进场馆一步"的架势。

两步外，盛洹只瞥了她一眼就移开目光。

老霍一看这阵仗，再迟钝也察觉到什么，他摆摆手："哎，你们聊，你们聊，我去看看车到了没有。"一溜烟跑了。

比赛结束，观众早就散场，原本喧嚣的场馆也陷入空寂。盛洹用指尖点点她身后："聊完了？"

顾苏没什么好气："嗯。"

天色已晚，呼吸间都是潮湿的空气，盛洹倚着墙，淡淡问她："怎么，不是跟你表白吗，还生气了？"

果然，他早就看出来了。

顾苏没什么好气："是表白了，怎么了？"

"没怎么。"盛洹看上去若无其事，"你答应了？"

从前不是没遇见过，即使知道她有男朋友，还来跟她示好的人。顾苏大心脏，很多事情需要摆在台面上，所以总是后知后觉，直到对方正式跟她表达心意。

那时候盛洹也是这样戏谑调侃，不知是自信顾苏不会被抢走，还是真的不生气。

不生气是不是就代表不喜欢？

顾苏这么想着，就赌气问："你在吃醋吗？"

"吃前女友的醋？我没那个爱好。"盛洹站直身体，双手插兜，仍是闲闲站着，"不过身为你的教练，还是劝你一句，比赛为重。"

"我知道。"顾苏仰头看着他，目光一派大义凛然，义正词严道，"男人影响我平 A 的速度。"

"哦。"盛洹先是一愣，接着嘴角勾起个要弯不弯的弧度，"所以是没答应。"

顾苏被噎得说不出话。

怎么三言两语又被他戳破了心思？她一脚踢开地上的碎石："但我也没拒绝啊。"

盛洹冷笑了声："是翅膀硬了，现在还学会吊着人了？"


顾苏招人喜欢，盛洹一直都知道。

只是顾苏对感情并不敏感，更无法接受"突如其来"的好感。因此他才选择不动声色接近她，让她放下防备，徐徐图之，他有的是耐心。

可那番轰动学校的表白让盛洹失去了一贯的冷静。

要是她先被别人抢走了怎么办。即使只有万分之一的可能，他也不想将她拱手让人。

那晚表白并不是一个好时机，盛洹向来事事妥当，怎么可能没有预见，只是他开始害怕了。他甚至没来得及深思，冲动本不应该存在他的世界。

那句"要不要在一起试试"说出口的时候，盛洹就后悔了，他的表白应该更浪漫、更有把握，而不是在别人留下的一地狼藉上，跟她这样开始。

没想到顾苏答应了。

那一夜他甚至没有睡着，翻来覆去直到天亮。因为从小的家庭教养，让他与人交往，尤其是与女生交往，从不越雷池半步，束缚的教育限制了自由，同时也限制了感情。

他不会爱人。

直到天边初亮，他终于打开手机，开始搜索：【如何做一个合格的男朋友。】

互联网不愧是集大成者，教会了他不少技能。

他一直以为，只要他做得够好，这份感情就可以持续下去。

只是顾苏冷得厉害。

他活了二十四年，第一次生出"不敢"的情绪。天知道他有多喜欢她，却不敢那么喜欢她，他怕吓到她，怕给她太多压力，也怕她无法回应。

　　他以为有的人天生感情淡薄。

　　可他没想到，顾苏对电竞那么热爱。因为这份热爱，丢弃他丢弃得如此轻易。

　　是她没有那么喜欢他。

Loading

▶▶ **第六章** ▶▶

爱的开始是崇拜

/ ////////// /

昏黄的月色漫上孤零零矗立着的场馆，后门台阶下，葱葱郁郁的树遮住了石头小路。路的尽头，两个人各怀心事，站在初春的寒夜里。

　　谁也没有先说话，像是在无声较劲。

　　说来奇怪，从前两人几乎没吵过架，所有的相处都像温水，平淡又不留痕迹，淌过生活的每一个间隙。

　　而如今分手，面对彼此时，又似乎都有气，可谁都不知道这股气从何而来。


　　"前面是人是鬼啊！"

　　正在两人僵持不下之际，一声凄厉的哀号响彻天际。

　　"鬼没被你吓死我被你吓死了！"兔斯基拍着胸口，"我说你什么时候去配个眼镜？这身高差除了是盛教和 Su 还能是谁？"

　　他说完这话忽然沉默下来，谨慎地四下打量了一遍。

　　孤男，寡女，午夜花园。

　　兔斯基忽然生出个大胆的想法。

　　另一头，Jump 试探道："……盛教？"

　　盛洹回头扫他们一眼，撂下一句："走吧，回去复盘。"长腿一迈，把众人甩在身后。

　　兔斯基头一次没有哀号魔鬼教练不给他们活路，他陷入沉思。

"想什么呢，走啊。" Jump 推了他一把。

"你说，咱们教练，该不会……"兔斯基看了顾苏一眼，又看了一眼只留下一个背影的盛洹，忽然说不出话了。

盛教明明还留着那些乱七八糟的粉红色少女装饰，电脑屏保也还是和前女友的合影，虽然只是背影……可分明是还没忘了前任啊！有句话说忘不了前任是新欢不够好，难道盛教就是想借新欢忘掉前任？

暴风雨一样密集的想法占据了兔斯基的全部大脑，他下意识回头看顾苏。

大半夜的顾苏被这眼神看得发毛："干吗？"

兔斯基试探她："你知道教练之前有女朋友吧？"

忽然提起这茬，顾苏有些接不上话。

"知……道？"

"你听过一个词叫备胎吗？"

"也……听过？"

"你年纪小，不知道人心险恶！"兔斯基仿佛发现了惊天大秘密，痛心疾首地提醒顾苏，"我跟你说，盛教练一直忘不了他之前的女朋友，你看看他前女友送的那些东西，都没扔！"

忘不了前女友，还惦记顾苏！

顾苏沉默了一会儿："也有可能是，他用得顺手而已？"

"顺手？"兔斯基差点没把手里的键盘吞下去，"就他那个娘里娘气的喝水杯、低幼的动物手机壳，还有他车里那些粉红色的挂件和毛绒玩具，你真觉得盛教会用得顺手？"

不远处，盛洹先一步上了大巴车，隔着车窗玻璃，她看到盛洹面无表情一路走到后排，矮身坐下。

"我跟你说，你要小心点！洹神是顶尖教练没错，无论对战队、对队员都是认真又负责，但他对感情……"兔斯基也不知道盛洹对待感情什么样，但在他的认知里，这种天之骄子，要样貌有样貌、要家世有家世、要能力有能力，很难不飘吧。

路灯昏黄的光晕映在顾苏脸上，衬得她像个易碎的瓷娃娃。她垂头默不作声地走向大巴车，忽然问："他很喜欢以前的女朋友吗？"

"是。"兔斯基看顾苏这副失恋的样子，以为她已经对盛浔动了心，一时百感交集，一边是仰望已久的教练，一边是并肩作战的队友，手心手背都是肉，怎么也不能厚此薄彼啊。

他清清嗓子，试图安慰顾苏："不过你别伤心，感情这东西……也说不定，虽然现在看起来盛教练喜欢什么东西都专一又长情……"

顾苏接口："我才不信。"

兔斯基："啥？"

顾苏垂眼，摇摇头："没事。"

兔斯基愣了半天，捡回刚才没说完的话："不过，万一呢，你说是吧。你是联盟史无前例的女性职业选手，这种载入史册的事情都能做到，让盛教练变心爱上你有什么难的！"

顾苏停下脚步："变心？"

兔斯基感到气氛不太对。

顾苏好像刚刚回过神："对了你刚才说什么低幼来着？"

兔斯基也是一愣："盛教的手机壳，啥意思？"

大巴车近在眼前，顾苏踏上车厢，回头冲他一笑："兔子，你还是好好想想，今天回去怎么跟浔神解释你在上路被单杀的事情吧。"

"能不提这茬吗？"


兔斯基一路上都在想七想八，偏偏毫无恋爱经验的大脑得不出任何结论。

他鬼使神差地回头，大巴车的最后一排，盛浔正在看刚才的比赛回放。导播很懂，在顾苏出场时，镜头停留的时间比其他人都长。

盛浔的拇指就搭在手机边缘，似乎是想快进，在屏幕上轻擦了两下，进度条纹丝不动。他就这么架着手，黢黑的眸失去焦距，不知道在想些什么。

一句话没过脑子就从兔斯基嘴里蹦了出来："Su 挺好的哈。"

在一片难挨的沉默里，盛洹极慢极慢地抬起头："嗯？"

冰冷的目光让兔斯基忍不住缩了缩脖子，但他还是硬着头皮说道："那你要对人家负责啊，人家一个小姑娘，初入社会，教练我看你也是正直的人，你可不能把人家当忘记前任的工具……"

盛洹："我为什么要忘了前任？"

兔斯基："？"

盛洹："坐回去。"

这两人跟谁打哑谜呢？


常规赛越到后期，赛程就越紧，选手压力也就越大。所以不少战队都会让选手在前期就完成平台规定的直播时间，回到基地，几个人迫于老霍的压力，开了直播。

"幸好今天比赛赢了，要是输了我都不敢开播，这不得三千弹幕问候我全家老小。"兔斯基喃喃自语打开摄像头，登上游戏准备抱 Jump 大腿上分。

粉丝就等着这几个小子开播，这时候一窝蜂涌进直播间。

【怎么就你啊，快让 Su 开播。】

【今天比赛太刺激了，正反手教你打中单，我的女神啊！】

【对面那打野是不是心态被打崩了，我看他上车的时候失魂落魄的。】

【Neil 年纪小啊，心态不稳也是正常。】

【不会吧，我在场馆外面蹲盛教的时候，还看到 Neil 跟 Su 在场馆里说话，那时候他挺正常的啊。】

【Su 跟 Neil 认识？但她不是刚来吗？】

眼看着弹幕聊了起来，兔斯基的八卦魂又冉冉升起，他索性退出排位，蹲在自己直播间吃瓜。

兔斯基："你们也看到了？那个训练赛特、别、照、顾、苏，气得她都拿露露玩四保一了。"

弹幕哈哈一片：

【不是吧，Su 得气成什么样啊，连刺客都不玩了就怕被 Neil 抓吗？哈哈哈哈哈！】

【Neil 这臭小子不是垂涎我们 Su 漂亮吧，不可以！】

【兔子你可得把咱闺女保护好了，不然我看不起你！】

【想看小仙女玩露露！】

兔斯基看了直摇头："别了吧，这也就是安总那盘 C 了，他要是没 C，Su 不得喷他吃资源还没输出啊。"

粉丝嘻嘻哈哈，分享今晚比赛胜利的喜悦，难得有如此平和的氛围，连兔斯基都被迷惑了双眼。

今晚这直播开得值啊！

他晃晃悠悠单排了两把，一胜一负，还拿了一局 MVP，正飘飘然试图结束这个愉快的夜晚，忽然一条弹幕，像是悠悠小调里不和谐的杂音兀然响起。

【你们看隔壁了吗？今天 Wiki 的手感好得不得了，已经五连胜了！】

直播间的观众数量以肉眼可见的速度狂掉，不少人都跑到 Wiki 的直播间围观，接着又回来呼朋引伴。

【四杀狐狸，一打二残血反杀，这是人能打出来的操作？】

还沉浸在幻想里的兔斯基这时候终于清醒。

他回头看了一眼毫不知情认真排位的顾苏，脑子里冒出两个字——

坏了。

不知道 Wiki 打了什么鸡血，这一晚，他连胜八盘，积分直逼排行榜前十，用的还是顾苏的本命英雄九尾妖狐。

于是粉丝又炸了。


一大早，老霍已经连打了五个催命夺魂 Call，在他擦干脑门的汗准备打第六个的时候，那边的洹神才终于不耐烦接起了电话。

"喂。"

嘶哑的声音彰示着主人的心情并不怎么愉悦。

箭在弦上不得不发，老霍吞吞吐吐，终于将打了十几遍的腹稿背了出来。

电话静默了半天，盛洹的声音才终于响起："所以你为了安抚粉丝，要 Wiki 首发？"

老霍把手机夹在肩膀上，空着的手继续抹着汗："是这个意思。"

盛洹这会儿彻底清醒，他屈起一条腿倚在床头，闭眼沉思一会儿："战队有战队的规矩，消极训练还能上场比赛，其他选手怎么想？"

"哎，盛教你是法纪严明……但也得考虑舆论不是，你希望粉丝天天闹，影响这几个还在打比赛的孩子的心情啊？"

盛洹没说话。

舆论对一个人的影响，他比任何人都清楚。

这会儿天已大亮，楼下终于响起动静，不知是早起的鸟儿，还是彻夜训练的猫。盛洹深深吸气，终于还是松了口："行了，我来想办法。"


不愧是说一不二的盛教练，行动力让老霍望尘莫及。

等他赶到基地的时候，Wiki 已经被盛洹叫到办公室单独训话了。

"霍经理，这是……"Jump 说话难得降低音量，生怕惊动了盛教迁怒于他。

老霍也没见过这阵仗，但此时此刻他除了安抚什么都做不了："啊……没事儿，你们该训练训练，我上去看看。"

楼下山雨欲来，楼上一片死寂。

老霍匆匆上楼，就看到盛洹冷着脸坐在办公桌后，Wiki靠墙站着，手里玩着一枚硬币。

之前比赛赶得急，没来得及处理他的事，老霍没想到盛洹选在这个时候算总账。

这些职业选手，年少成名，尤其拿过成绩的，心怀傲气。盛洹对这些心知肚明，想要让他们遵守规矩，不能来硬的，但太软他们也听不进去。

然而自Wiki归队以来，盛洹始终表现出一种敬业的疏离，就像暴风雨前的宁静，犯人知道他要受刑，但不知道哪天受刑，最难熬的就是这段等待的时间。

键盘有节奏地敲击，几分钟后，盛洹终于抬头："私自离队，夜不归宿，处罚听清了？"

"嗯。"Wiki好像就不会生气，还是笑着，"罚钱，下个月工资里扣。"

盛洹双手交叠放在桌案，身子往前靠："好，处罚说完了，现在说说比赛。"

"啊……"Wiki后知后觉，"比赛，我还上场吗？战队不是……"他指了指门外，"有新中单了？"

"哎哟，因为你手伤嘛，上不了场的时候不是还得……"

老霍正琢磨怎么打圆场，才能把这屋子里所有不满的情绪抹平，盛洹已经打断他："新中单是出于战队长远发展考虑，对于你来说，是良性竞争轮换。你打职业的态度，不用我再跟你重复了吧？"

Wiki笑笑，没再反驳。

盛洹将视线落回屏幕："那就常规惯例，训练赛谁赢得多谁首发。"

"不用比这个。女士优先，我让给她。"Wiki说得很诚恳。

"我接手这个战队的时候跟每一个选手都说过，奥林匹克精神，要有风度地接受失败。"

盛洹关掉屏幕上的训练计划，桌面屏保完全露了出来，那是一张合影，一男一女背对镜头，一起联机打游戏，画面里零零星星全都是粉色的配饰。

他扫了一眼就收回视线，目光直视眼前态度谦逊却像是空无灵魂的少年："在此之前，还有一个先决条件，那就是——全力争胜。"

职业选手没一个不希望自己坐稳首发，在赛场上驰骋，为梦想也好，为自我价值也好，竞技体育的魅力，就是如此直观地体现在"结果"上。

入这行就没有轻松的，谁不是靠心里那股毅力撑下来，不想打比赛的选手，多半是状态或者心态出了问题。

盛洹从前也见过无法克服心魔的选手，彻底将自己封闭起来，最终黯然离开赛场。他是想组全华班不假，可这不代表他能眼睁睁看着曾经为战队效力的、有天赋的选手，就这么自生自灭。

"替补嘛，谁不是看饮水机上来的，倒是 FM 愿意给新人机会，别的队哪有这好事儿，恨不得直接组银河战舰，春天招人秋天夺冠。"兔子好声好气安慰始终一言不发端坐在电脑前的顾苏，"别的不说，你有一样所有现役中单都没有的优势！"

顾苏停下百无聊赖刷新页面的手，掀起眼皮。

"你年轻啊！"

顾苏又把眼低下。

"资本家急功近利，谁在乎选手吃多少苦，他们只想看到他们想要的结果，过程怎么样，不重要。"Jump 也加入安慰大军，"习惯就好。"

"但 Wiki 也真的……非要这时候玩狐狸吗？不知道论坛吵得多凶吗？在这儿带自己节奏？"兔斯基抱怨。

短短两个月，顾苏经历了从替补直接晋升首发，可椅子还没坐热，正牌中单归队，让她的电竞生涯岌岌可危。在永不停歇的舆论下，她的命运摇摆不定，别说她只是新人，就算是老牌职业选手，心态也很难不受影响。

好歹也是并肩作战过的队友，几个人都不忍心看她这么消沉。

顾苏终于在一片同情的目光中抬起头："你们到底在说什么？"

曾经打过两年替补、摸到首发座位都能兴奋半天的兔斯基代入感超强："Wiki 回来了你要去替补了，你不是在难过这个？"

"难过？"

顾苏抬头看着二楼的方向。

她不明白她有什么可难过的。

开始她只是有些担心，Wiki 那副油盐不进的样子，盛洹跟他对上多半会生气。盛洹要操心的事已经够多的了，她不想他为难。

但就在这一瞬间，顾苏忽然又觉得根本没什么可担心。以盛洹的能力，还需要她来操心？

她仰起脸，透着光的眼里是不解和坚定："洹神不是说过，首发的人选看训练赛成绩决定吗？还是你们都觉得，我打不过 Wiki？"


盛洹定制的训练赛很公平，一天十小场，顾苏和 Wiki 每人各半，针对个人开发不同的战术体系。

Wiki 英雄池比顾苏深，同时又更有经验，自然能适应多种打法。

顾苏强的一直是打线，但遇到单核阵容变换就很难跟上节奏，相反Wiki 是六边形战士，对线游走团战能力都很强。

电子竞技，成绩说话，前几天训练赛，两人输赢各半。盛洹不是没有让她尝试过支援和功能型中单，只是效果都一般，眼看着比赛日期一天天逼近，顾苏开始生出一种从未有过的焦虑感。

心态不稳直接导致容易上头。

输了，输了，又输了。

顾苏狠狠推了一把键盘，显示器接口松了，屏幕一秒黑下来。接着她在黑色的反光里看到了一个垂头丧气的少女——身后站着一个高挑的男人。

她觉得自己总有一天会被盛洹吓出心脏病。


盛洹手里的平板还未关闭，上面是顾苏最近的排位记录——一排璐璐加里奥卡牌铁男。这些她从来不会玩的英雄，如今却频繁地出现在她的排位记录里。

这些天，她单独训练的时间越来越长。

他看着眼前不知道多久没打理过头发的少女，刘海凌乱地压在额头上，忽然就问出一句："后悔吗？"

顾苏一愣："什么？"

跟我分手后悔过吗？

他明明能给她安逸富足的生活，无论是学业还是事业，她都有更好更光明的坦途。可她选择在这里日夜颠倒，整日与电脑为伴，枯燥又单调地日复一日训练。同龄的女孩子大多都在校园里洋溢着最美好的青春，穿漂亮的裙子游玩拍照，而她把她的青春留给了电竞。


这时候已经凌晨三点，其他选手纷纷休息，只剩顾苏一盘又一盘跟自己较劲。

训练室亮着昏黄的灯，盛洹的神情莫名有点悲伤。

从前盛洹温柔包容，像一张巨大的网，将她拢在其中，似乎无处不在，令人安心又能自由呼吸。而如今的盛洹，离她很近却又很远，她看不懂也猜不透。

顾苏在一片难挨的沉默里，轻声问："你是想问我，来打职业后悔吗？"

盛洹沉默。

的确，如果不是一意孤行要来打职业，选择彻头彻尾换了一个人生，她也许根本不需要面对这些。

但是……

"不后悔。"顾苏仰起一张小脸，虽然光线昏暗，但她好像在发光，"我选择的路，不后悔。"

挣扎在自己选择的困境里，好像还挺有趣的。

盛洹深深看她。

是啊，她怎么会后悔呢？无论是跟他分手还是打职业，不撞南墙绝不回头，这不就是他沉迷于她的原因吗？专注做一件事情，即使没有聚光灯，也自带光芒，迷人得让人移不开视线。

"小疯子。"他从喉咙里挤出这句话。

"嗯？"

盛洹收起了多余的情绪，依旧是那个一丝不苟的魔鬼教练："你认为这么苦练下去会有效果？"

顾苏一愣："你也觉得我不如 Wiki 强？"

被喷子嘲讽、被队友怀疑，哪怕是管理层被舆论施压、采取牺牲她的方式希望保全战队，她都毫无异议，至少盛洹给了她一个公平竞争的机会。

打不过，她无话可说。但她绝不会认输。

谁都可以质疑她，只有盛洹不行。

他应该是最了解她的人，不是吗？

那一瞬间的落寞没有逃过盛洹的眼睛，他的语气不由自主变得低缓："你的上限很高，不用怀疑自己。"

顾苏没说话。

盛洹收起平板，转身往楼上走："跟我上来。"


顾苏跟着盛洹进了会议室。

会议室没开灯，盛洹直接打开电视，用平板投屏，调出顾苏最近一次训练赛记录。他熟稔地拨动进度条，直接拉到某一点，毫不犹豫。

这一串行云流水的动作熟练得让人心疼，顾苏叹为观止，这到底是研究了多少遍？

盛洹倒没什么特别的反应，扬扬下巴，顾苏顺势坐在他对面。

屏幕的荧光照亮他半边侧脸，专注又疏离。

从前顾苏甚少跟他有什么"工作"上的交流，私下相处时盛洹也多半没什么棱角，属于家教和修养好得让人不敢逼视的高岭之花。现在忽然换了一种姿态，顾苏忍不住就多看了几眼。

盛洹按下暂停键："困了？"

"啊，没。"顾苏回神，用力揉了揉脸颊。

盛洹收回目光，视线重回屏幕："不困就给我讲讲，这波你为什么上？"

顾苏屏息回忆，这局训练赛他们前期劣势，要想翻盘就必须找机会反打。而这时候对面 AD 正好在河道落单，被顾苏找到机会，想凭着刺客的爆发力一套将其秒掉。

盛洹听完后点头："你处理得没问题，这里确实是对面给机会。"

那这副唯她是问的架势是怎么回事？

盛洹忽略她一副要怒不怒的神情，连续敲两次空格键，画面跳了一帧之后又静止："你的时机找得很好，但队友跟不上你，没法及时替你补伤害。如果你们是优势，凭装备差你还能拖住对面，但你们本来经济劣势，这波等于白送。"

顾苏一愣："……我没想那么多。"

盛洹循循善诱："那现在，你知道你的问题出在哪里了吗？"

顾苏咬着下唇，被前男友训的滋味儿真不好受啊。

她低声："没看队友位置。"

盛洹轻哂："是你打比赛的习惯。"


长夜慢悠悠的，一眼望不到头。

盛洹抱起双臂，靠在椅背上："赛场瞬息万变，很多时候你没有思考的空间，做的决策都是下意识的反应。换句话说，是你处理问题的经验不够，但这种东西急不来，需要慢慢养成习惯。多思考，而不是无目的地练习。"

顾苏皱起眉，回忆起训练赛和正赛的团战画面。很多时候一场比赛就像一段时光，只有站在终点回头望，才能看清结局在做出某个决定时就已经注定，只是当时并不知道，还以为那只是再寻常不过的脚印。

"我知道你想证明自己，但很多时候问题就出在这里，你越是想做好，就越容易着急，反而会适得其反。职业选手遭受质疑是再寻常不过的事情，你不必向那些怀疑你的人证明，你只需要做好自己，然后，享受每一局游戏。"

心事被戳破的窘况压得顾苏逃似的躲开盛洹的目光，英雄联盟曾经给了她多大的信心和荣耀，在玩家中，她无疑是顶尖的，但在联盟里，有天赋的人太多太多了。

每年有多少天才少年发光发热，又有多少曾经的天才黯然退场？

"我不是说你打得不好，是你欠缺处理问题的经验，"盛洹撑住额头，"有时候我真想不明白，我怎么就……"

后半句声音太低，顾苏听不大清楚，但前半句她听得真切，她低声又不甘道："我知道了。"

这副敢怒不敢言的样子好像羽毛拂过胸口，让盛洹心里陷下去一块，他忍住笑，扬眉道："知道了，就说谢谢教练。"

要笑不笑的声音听得顾苏直咬牙："谁要叫你……"

"嗯？"盛洹听出她的不情愿，"不叫教练，那你想叫什么？"

顾苏被他噎得不知道怎么回答才合适。

"行了。"眼看不剩多少时间，盛洹也不再拖着她加训，"你想坐稳首发就适应更多的打法，练英雄熟练度没问题，但更重要的是打法配合，英雄练熟了也只能解决对线，战术还是靠训练赛和复盘。常规赛只有 BO3（三局两胜），季后赛是 BO5（五局三胜），做足战术储备才有往上走的可能。"

从盛洹办公室出来，天已经是灰白色，熹微的晨光铺在窗台上，看了一整晚的电脑，又被硬塞了一堆理论知识，顾苏只觉得头重脚轻。

她洗了把脸，看到半夜杜檀发来的消息，回了一句，没想到杜檀秒回：【姐姐，你这是没睡啊还是早起？】

Su：【准备睡了，你这是？】

檀：【这不是要月考了嘛，早起复习。】

Su：【学霸，你不拿年级第一天理不容。】

檀：【你们职业选手这么拼的吗？都通宵训练？】

Su：【也不是，刚才盛洹给我开小灶。】

她随手发了条语音，将会议室里的情况简略描述。

接着，对话框显示"正在输入"，足足过了一分钟，杜檀的消息才发过来。

檀：【所以你跟前男友深夜在会议室独处，他就给你讲了两个小时训练战术？说出去谁信？】

谁信？她信啊。

Su：【不然呢？】

檀：【不是，就算你不属于妖娆那挂的，盛洹对你没有那种想法，但盛洹对你也毫无吸引力吗？】

Su：【不至于……】

檀：【至少不会只是聊工作吧……】

顾苏用混沌的大脑努力思考了三十秒，实在不知道怎么回复，索性一扔手机，倒头就睡。

带节奏的中单会承担一部分指挥位，这也是顾苏欠缺的。指挥意味着要有足够好的大局观，对局势判断，赛场之上，瞬息就能决定胜负。

顾苏找来各种比赛视频不停揣摩，发现前中期节奏的中单会跟辅助各路游走支援，找机会扩大经济优势。

好巧不巧，那段时间洛洛肠胃炎，光是训练赛已经很吃力，顾苏实在不好意思开口让他陪自己加训。她来联盟时间短，除了自己的队伍之外也没什么相熟的选手。

好闺密杜檀义不容辞地给她分享直播间：【哇，这弟弟长得不错。】

顾苏看了一眼，似乎是熊队的辅助，刚从青训上来，是长相特别乖的弟弟。

杜檀还在絮絮叨叨：【声音也好听，快，拉他一起打游戏！】

顾苏退出查战绩的页面：【不了。】

檀：【？】

Su：【他有点菜。】

檀：【……我终于理解为什么你跟洹神在会议室单独待了一晚上什么都没发生了。】

Su：【什么叫什么都没发生？我俩明明讨论了一晚上战术体系啊。】

檀：【我要去复习了，再见。】


顾苏莫名其妙地收起手机。

"顾苏姐，你要找辅助双排？"洛洛眼珠一动，鬼主意一大堆，"要不你找 AABB 的辅助双排？"

AABB 的辅助神方，也是联盟新晋辅助，在如今这个软辅遍地的版本里，神方一手硬辅开团，为 AABB 带起了不少节奏，在之前的比赛里也是盛洹做战术主要针对的选手之一。

顾苏又查了他战绩，胜率不错，可以双排。

她不知道邀请其他队伍的选手双排需不需要走流程，就问洛洛："他 ID 多少？"

洛洛腼腆一笑，埋下一颗暗雷："你直接加他好友不好吧，显得很没诚意，要不，你去他直播间问问？"

AABB 跟 FM 在同一个直播平台直播，顾苏进去的时候，神方正好在直播。

顾苏的直播账号是官方认证的选手号，进入直播间会有五彩斑斓的特效，不少粉丝看到顾苏的 ID 已经嗅出一丝瓜的气息，很快直播间热度开始飙升。

顾苏浑然不觉，她认真开始自我介绍："你好，我是 FM 战队的中单选手 Su，请问，你双排不？"

神方没看弹幕，还在排位。

等了两分钟，顾苏又发了一条，接着又发了一条。

弹幕的数量以肉眼可见的速度变多变密。

【方啊，Su 找你双排。】

【看弹幕。】

【赶紧投了吧，仙女找你打游戏都不来？】

【我不关心我们方跟不跟仙女双排，我只关心 Neil 现在是什么心情。】

【关 Neil 啥事儿？】

【Neil 暗恋 Su 啊，你到底是不是 AABB 队粉，这都不知道？哦不，现在是明恋了，Neil 直播的时候自己说的，大家不用带节奏，主播自己会带。】


顾苏也没太注意弹幕说什么，只盯着认真打游戏的神方，转头问洛洛："弹幕刷得太快了，他好像看不到。"

洛洛笑眯眯道："你给他发付费弹幕啊，他一准能看到。"

付费弹幕是会在屏幕中央停留的弹幕，很多土豪为了跟主播互动，就会刷付费弹幕，而面对这样的金主，主播一般都会礼貌性地回应。

顾苏叹了口气，充了一百块钱。

这个月又要超支了。

顾苏对金钱有个准则，该花的钱绝不手软，不该花的钱一分不花。给神方刷礼物这事儿，就属于不该花的钱。

自带炫彩效果的弹幕闪现在屏幕中央，神方终于看到了顾苏，日女在他手下一个大招指向了墙，被自家 AD 追着点问号也无动于衷，他瞪着那条弹幕哆哆嗦嗦地问："Su……Su？FM 的 Su 选手？"

紧接着直播间里响起什么东西倒地的声音，接着是一声惊异的男声："谁？"

【哈哈，Neil 这是什么职业选手的反 Gank 意识。】

【Neil 被自家辅助偷家了！】

【我要笑死了，快去 Neil 的直播间，眼睛都杀红了。】

【已经有营销号在录屏了，电竞仙女为对手一掷千金为哪般？】

【FM 搁这儿玩美人计要搞得人家队内分裂是吧。】

【AABB 野辅恩断义绝！】

【我以为 Su 这个年纪的女生会喜欢比自己年长的……没想到你是这样的。】

【男人可以永远喜欢十八岁的女孩子，女孩子就不能喜欢弟弟？】

弹幕越刷越离谱，原本不同队的选手双排并不是什么新鲜的事情，只是粉丝一波一波闹着，神方反而怂了。

他偷偷看了一眼旁边面色铁青的 Neil……算了，他还想再多打两年职业。

顾苏也没想到，原本挺简单的一件事最后搞得如此复杂，她撑着腮帮盯着直播间的弹幕认真思考到底是哪里出了问题。

是她说话不够客气，还是钱给少了，神方不想双排？

放在桌面上的手机响动，顾苏拿起来，是条微信消息。

Huan：【上号。】

Su：【干什么？】

Huan：【双排。】


刚玩英雄联盟的时候，盛洹对顾苏的游戏天赋并不了解，平时他从不跟女生打游戏，还停留在对女生打游戏的刻板印象，就让她从最易上手的辅助开始玩，他玩 AD 打配合。对新人来说，辅助确实好上手，何况他是辅助出身，教导她还是绰绰有余。

没想到第一次双排，顾苏的辅助直接冲脸，追着对面 A，根本想不起来保护 AD。

一连输了几局，小姑娘皱着一张脸问他："我是不是很菜？"

盛洹沉默良久："我觉得你不适合玩辅助。"

"那我适合什么？"

盛洹不想打击她的积极性："试试刺客中单吧。"


一切的伊始源于好奇。

就像他见顾苏的第一面，他也很好奇，这个开口就问他"学长，你有女朋友吗……不是我问的，是前座的同学刚才在互相问，我看她们也没问你，就趁这个机会替她们问一下"的姑娘，到底是真的替别人问，还是她自己想知道。

顾苏从来不知道她有多招人喜欢。

尤其是联盟里这些选手，正是青春冲动的年纪，她不招惹别人，已经足够让人惦记，没想到今天还主动约人双排。

盛洹冷着脸关掉神方的直播。

春季赛开赛之后事情应接不暇，他已经很久没有打开过英雄联盟，长时间不打排位手感多少有点生疏，他先开自定义打了两把找手感，退出后输入顾苏的游戏 ID，邀请双排。

瞬息，顾苏的游戏窗口弹出新提示，她看着盛洹全新的游戏 ID，有些愣神。

曾经她跟盛洹的韩服 ID 是情侣名字，在盛洹给她起了 SuHu 之后，她也闹着要盛洹把 ID 一起改掉。盛洹自然随她。

分手之后，盛洹就再也没有登录过韩服账号，唯一的一次是上去改名。

或许，那些情侣的物件他没扔掉，只是因为还有使用价值。而 ID 这种带有象征意义的东西，在分开之后，才应该彻底不扯上关系。

思绪弯弯绕绕，总逃不开从前。

盛洹从前跟她双排的时候什么位置都玩，玩打野居多，AD 其次，上单最少，但在顾苏印象中，盛洹从来没有玩过辅助。曾经她也惊叹于盛洹的英雄池深不可测，只是排位时盛洹多是稳扎稳打，保证游戏胜利为前提，不会执着于惊艳的操作，所有的发挥空间都留给了顾苏。

那时候，生活虽然平淡，但每一处都被幸福塞满。

顾苏回神，退出了直播间，接受双排邀请。

在她进入房间的瞬间，盛洹的消息已经跟着发了过来。

Huan：【开麦。】

顾苏乖乖打开麦克风。

"喂。"

盛洹大约是在办公室，通话那边几乎听不到杂音，他的声音沉得骇人，响在顾苏的耳机里，听着还有点咬牙切齿的意味："你就不能给我安分一天？"

顾苏一脸茫然："我干啥了？"

盛洹："招惹一个还不够，还要招惹一片？"

顾苏："我到底干啥了？"

盛洹："AABB是什么吸引你？是他们战队伙食好还是他们队服好看？"

眼看着游戏将要开始，选人倒计时，盛洹在三楼按下锤石。

顾苏蒙了："……你生气也不用玩辅助惩罚我。"

盛洹：？

我认识你两年了，游戏也双排了上千把，我就没见你玩过辅助！你会辅助吗？还是故意选自己不会玩的让我掉分？

当然，这些话顾苏没敢说出来。

刚被盛洹拉进双排的时候，她还沉浸在回忆里，根本没注意他首选辅助位。

现在，她想后悔也来不及了。

不想排可以不排。

顾苏敢怒不敢言，可教练喊你双排你敢动吗？

不敢动。


游戏开始。

起初被盛洹突然的邀约搞蒙的顾苏，在进入游戏后很快冷静下来，跟对面中路你来我往，眼看耗光了对面两瓶药，正准备找机会单杀，忽然瞥到小地图上，一个头像正绕过河道往中路赶。

顾苏：？

作为一个专注打线的中单，顾苏最讨厌的就是——

"你别蹭我经验！"

耳机里淡淡响起两个字："忍着。"

顾苏一波线推过去，盛洹正好升六级，他给下路发了个信号，就摇着钩子往下走："来团。"

……是在抢六级啊。

她当这是一次跟从前一样的情侣双排，盛洹却当这是一场教练对选手的教学。

　　可最初要认真打游戏的，不正是她自己吗？

　　到底是他变了，还是她变了？

　　下路，顾苏家的打野奥拉夫先一步到位，中辅二人双双消失在线上，对面下路明显开始警惕，缩在自家塔下不敢露头，哪知道奥拉夫支援得更快，正大光明站在对面的脸上四包二，成功击杀掉对面辅助。

　　对面 AD 残血，顾苏杀心已起，就要深追，这时对面打野和中路忽然在野区冒头，看来是想要反打。

　　"……"

　　眼看几个技能朝她砸过来，顾苏心道这回出大事了，"人头"没捞到还要送对面一个"头"，等会儿可怎么对线？她视死如归转身，却看到面前点着一盏灯笼。

　　盛洹的语速快且稳，像是早就预料到顾苏会上头："点灯笼，走！"

　　顾苏眼疾手快，出手的那一刻人已经飞到锤石身边。

　　好险，还好这只是排位，要是训练赛，就这波复盘能被盛洹骂十分钟。

　　顾苏保住了小命，心有余悸地扶正耳机，她知道盛洹绝对要发脾气，只能犹犹豫豫先狡辩："这波其实是……应该怎么说呢……总之就是第一次中辅双排……还没有培养默契……"

　　盛洹正在河道排眼，闻言冷笑："你能活命难道不是因为我太了解你了吗，顾苏？"

　　他尾音拖得老长，这个念了不知多少遍的名字从他的喉咙滑到舌尖，一字一字清晰得让顾苏浑身发麻。

　　顾苏自知理亏，眼看盛洹又来中路闻经验，只好睁一只眼闭一只眼："你非要这么说呢也不是不行……"

　　锤石在中路停了片刻，在河道草里插了个刁钻的眼位，转身又往下路走。

顾苏听到一声模糊的笑。

十五分钟，先锋团。

自家打野和辅助已经到位，上路推完线也在往河道靠，团战一触即发，双方都在不停走位找机会。

顾苏："洹哥你当心，对面……"

话未完，锤石钩子忽然出手，以一个极其刁钻的角度，硬是从对面辅助和上单中间穿过，精准钩住中单。

"好钩！帅啊，洹神！"精神高度集中的顾苏并不知道自己说了什么，她始终紧紧盯着中单的位置，在中单被盛洹勾回来的瞬间，一套连招直接将中单掼死。

锤石收了钩子往下路走，耳机里，盛洹不紧不慢道："你刚才说什么？"

好像说了什么了不得的话。顾苏回想刚才，只觉得双颊有些发热。

"……我说，打游戏的时候就认真点，别聊天。"

这是顾苏第一次见盛洹打辅助。从前他玩打野都是节奏型，没想到辅助却这么有攻击性。锤石就像峡谷里神出鬼没的幽灵，他精准地预测出对面打野的位置，做好眼位，前期在中上两路抓人，中期团战几波神钩出手，直钩对面 C 位。

游戏结束，锤石以最高评分拿下 MVP——在英雄联盟排位的机制里，辅助获得 MVP 比其他位置更难。

背景音消失，顾苏退回等待界面，谁都没有再说话。

盛洹的锤石，是怎么做到钩子命中率高达 90% 的？这得是"锤石专精哥"吧？

顾苏战术咳嗽一声，接着，耳机里响起低沉的男音，带了点意味不明的嘲弄："不说点什么？"

“对不起，我为刚才质疑过你道歉。”

低低一声轻嘁钻进顾苏的耳朵。

“还有呢？”

“还有……你锤石真厉害！哈……哈哈。”

如此不走心的评价也并没有让盛洹心情变好多少，他活动了下手腕，继续问："还有呢？"

“还有……”顾苏默默咬住下唇，“下次能不能不凶我了？”

“别血口喷人，我什么时候凶你了。”

顾苏的声音听起来很委屈，她抱起腿回忆："你蹭我经验、补我炮车就算了，排眼钱还让给别人，拿我养 AD 是吧……"原本只是不爽，没想到越说越气，她从前跟盛洹双排的时候哪受过这个气。

可她却不能说什么，她知道盛洹的每一个决策都是正确的，但她气就气在盛洹的理智。

那是种看不出爱意的冷静自持，不知为什么，让她有点难受。

顾苏索性关了麦克风，一个人生闷着不说话。

另一边，盛洹闭了闭眼。他向后一仰，后背陷进座椅里。

她还真是知道怎么样对付自己最有效啊！

他重新睁开眼："不是赢了吗，赢了还能生气？峡谷钢琴家，拿出你那套团战输了一秒十喷的架势。"

顾苏放下腿，重新打开耳麦，认真地问："可是联盟不是规定职业选手排位的时候不可以喷人吗？"

“记得还挺清楚。”

顾苏唇边扬起一个小小的微笑，想到自己正在生气，又将嘴角按下。接着想到，盛洹又不在旁边，那……笑就笑吧。

像是预知一般，盛洹的声音追着她的笑意而来："进游戏。"

“来了。”

同一时间，论坛已经竖起高楼，大家都在讨论"Su在和谁双排"。

一楼：【反正神方在直播，不是他。】

二楼：【那只有可能是洛洛了呗。】

三楼：【不可能，洛洛一般都软辅保安总，这一手强开游走带节奏的辅助必不可能是洛洛。】

三楼楼中楼：【再说洛洛的钩子怎么可能这么准？】

四楼：【楼上你在内涵谁我不说。】

五楼：【我有个大胆的猜测，FM全队玩辅助的除了洛洛，就只剩那个男人。】

六楼：【插眼。】

七楼：【插眼。】

八楼：【谁啊你倒是说啊？】

九楼：【不会有人不知道Huan神是S3、S4的世界冠军吧，打辅助位置的，不会吧。】

十楼：【哦吼，这就很有意思了。听说Huan神退役之后就再也不打英雄联盟，今天是为顾苏破戒了？】

十一楼：【该说不说的，弹幕都在说Su已经走了的时候，神方还挺失落。】

众人一通分析，觉得最有可能跟顾苏双排中辅双游的，除了盛渲不做第二人想，有专人开了顾苏的韩服OB视角，瞬间十几万热度。

【好像还真是盛教。】

【对不起各位，我嗑到了。】

【我想看Su打游戏上头喷盛教。】

【你想看Su职业生涯结束是吧。】

【等等，我没记错的话，这个号不是从前经常跟SuHu双排的那个工具人吗？原来是盛教？】

【是啊，我还嗑过他们两个人的CP，结果最近看到两个人双双不

登录。】

　　【说起来，SuHu 好像也很久不上了。】

　　【啧，旧爱哪抵得上新欢。】

　　【不过 SuHu 是男的吧，楼上你乱嗑也不怕被盛教暗杀？】

　　【只能说是理论男性，毕竟不会真有妹子能打上韩服前十吧。】

　　【但有没有一种可能，她就是……】

　　【不会吧，这也太巧了？电视剧都不敢这么拍。】

　　【或者，两个都是很厉害的人，本来就能相互吸引寻到同类呢？】

　　【可是听说洹神刚分手不久，而且连战队的人都说他有多爱多爱前女友……转眼就变心？是我看错他了！】


　　因为不知道该怎么解释教练当她陪练这件事，顾苏跟盛洹双排的时候都不开直播。五局排位，盛洹分别拿了五个不同的辅助，全方位无死角给她解释战术和时机。

　　不知过了多久，顾苏松了一直紧绷的神经，过度专注让人很难察觉到时间流逝，这会儿她才觉得疲惫。

　　原来用脑子打游戏这么累人。

　　她盯着游戏界面，说："我好像明白问题出在哪里了。"

　　语音交流真是神奇的东西，明明见不到对方的人，看不到对方的表情，但无论是对着屏幕还是对着石头，却能感觉对方陪在自己身边一样。五感中仅有声音的感知，无意之间放大了情绪和想象的画面。

　　她听到盛洹认真问她："出在哪里了？"

　　顾苏撑住下巴，似乎看到盛洹一双漆黑的眼睛，那是她最喜欢他专注的样子："队内缺一个跟你一样的指挥。"

　　"你这个主意打得有点大。"盛洹左右转着僵硬的脖颈，好久没有长时间打游戏，身体机能真的不如从前，"我光做 BP 还不够，还想让我上场指挥？"

顾苏呢喃："也是，你好像有点全能。"

"嗯？"

"……没什么。"她深吸气，"你是不是累了？"

盛洹声音已经是难掩的疲惫，身体年龄已经不支持他长时间久坐："还行，还练吗？"

"不了吧。"顾苏摇头，才意识到盛洹看不到，于是说，"你应该已经吃不消了吧？老人家？"

"嗯。"盛洹淡淡道，"年纪是大了，精力比不上年轻人。"

顾苏："关年轻人啥事儿？"

而后盛洹一言不发退了双排，徒留顾苏一个人对着屏幕。

啊？又生气了？刚才不是还好好的？

他咋这么爱生气？


睡前，杜檀例行跟顾苏深夜八卦。

檀：【转发微博】

檀：【我刚逛你们战队超话看到的。】

战队超话？她自己都没看过这玩意儿。

檀：【我跟你说，粉丝想法可多了，说什么你其实是战队老板亲女儿啊，什么你是白富美亲爹给俱乐部砸了一个亿来打职业就是玩票啊，还有说你是战队新想出来的营销手段。】

Su：【他们不如说我能打职业是因为教练是我前男友，至少有一半是真的。】

檀：【职业选手禁止自黑。】

顾苏没再回复，随手点开杜檀刚发给她的微博。

檀：【我发你的那个，看了没？原来洹神不光学业牛，电竞也挺厉害啊，全球总冠军……怎么之前在学校从来没听他说过，不然学校里那群女的又要疯了吧。】

顾苏喃喃："什么全球总冠军……"声音在她看到微博内容之后戛然而止。

那条微博是她跟盛洹双排的精彩集锦，下面的热评第一是这么写的：【Huan 神还有人不知道？远古大神，当时被誉为天才辅助选手，很早就被韩国战队挖走了。S3、S4 时期 LCK（英雄联盟职业联赛韩国赛区）唯一的华人外援。S5 开始 LPL 才开始走向正规，当时有俱乐部找到他，让他回国带队，为中国赛区拿个冠军，可惜他合约到期回国之后销声匿迹。】

盛洹……是全世界唯一一个英雄联盟华人总冠军……

所以他今晚的那些操作和思路，根本就不是为了执教而学出来的，是他曾经打职业的经验和训练。在那个 LCK 游戏理解普遍高于 LPL 的年代，盛洹竟然能成为被 LCK 主动邀请的外援，而且，还一连拿下两个世界冠军。

檀：【世界冠军前女友、现役 FM 英雄联盟分部职业选手如何评价这条微博？】

Su：【我以前不光不知道他是 FM 的总教练，甚至不知道他是全世界唯一一个华人总冠军。】

檀：【所以是很厉害的意思吗？】

Su：【你理解成每一个职业选手的最终目标，洹哥六年前就做到了。】

檀：【听起来确实挺厉害的？不过这么大的事情，你怎么会不知道？就算他没告诉你，但这玩意儿不是百度一下就能知道吗？】

Su：【你会没事儿百度你男朋友吗？】

檀：【也是。】

Su：【关键百度里也没写啊！】

檀：【你还真的百度了！】

Su：【君生我未生。】

檀：【？】

檀：【顾苏，你这恋爱感来得有点晚吧。】

大约是缘分使然，他们在错的时间遇到对的人，步调始终无法合二为一，盛洹已经完成了他的职业目标，可她才刚刚开始。

现在，他是她的前辈，是她的引路人。在这条遍布荆棘的路上，他已经身先士卒，为后辈们铺开一条康庄大道。原来她走的每一步，都是在追随着他曾经的脚步，所以她才能走得如此平稳。

不知该说是阴错阳差，还是缘分使然。

像下过一场浓重的冬雪，那些深埋地底的种子经历了严寒，开始发芽。

不畏寒冬，终会开花。

爱的开始是崇拜。

Loading

▶▶ 第七章 ▶▶

偏爱才是爱的极致

/ ////////// /

粉丝努力了一整晚，都没有扒出"实锤"说盛洹就是跟顾苏双排一整晚的辅助，倒是有不少营销号剪了两人双排的实况，但正主们都没露脸，热度自然不高。

所幸没掀起什么大风浪。


一连几天顾苏都躲着盛洹。

她不是逃避，只是不知道该如何面对他。

她既气他从没有告诉过自己真相，他的一切都是她从别人口中知道，又恼她当时怎么就没有多在意一点。她从不过问盛洹的经历，他想说的就说，不想说的她也不会强迫，人应该着眼于未来，而不是曾经。

韩国电竞生态她略有耳闻，军事化训练的压力和并不算优异的环境，盛洹在这条路上走得有多艰辛，她根本无从想象。这个达成了她的梦想、曾站在聚光灯下享尽荣耀的男人，是她的前男友。

他们曾亲密无间。

心里像是涨潮，浪刮过沙滩，留下细细密密的孔，她需要消化这种情绪的转变。


杜檀还时不时发消息嘲笑她：【跟洹神分手，后悔了吗？昨天你对他爱搭不理，今天他让你高攀不起。】

Su：【什么时候月考？都复习好了是吧？】

檀：【……你活该单身！】

顾苏放下手机。

知道盛洹是 FM 教练的时候，顾苏的确后悔过。后悔为什么当初那么多蛛丝马迹她都没发觉，满心满眼只有英雄联盟。

现在，她反而不后悔了。

磨砺会让人自省。

如果只是一成不变的安稳，她可能永远都不知道自己到底喜欢盛洹什么。


就在顾苏感情理不清，事业也理不顺的档口，老霍兴冲冲跑来告诉她，为了缓和战队最近紧张的气氛，他替选手们接了一场表演赛。

训练室，老霍愁眉苦脸地摇头道："嗨呀，本来我也不打算接的，但金主爸爸实在给得太多了……"

兔斯基："又要我去靠脸吃饭了是吧？算了，能者多劳，我为这个战队付出太多了……"

老霍："你不去。"

兔斯基："？"

老霍看向顾苏："主要是 Su。"

兔斯基："……"

顾苏后知后觉，从排位里抬起头："表演赛是啥？"

老霍一拍兔斯基的后背："兔子，你讲讲！"

兔斯基刚受了挫，这会儿哪有心思做科普："不讲，我又不去，讲什么讲。"

这副德行生生把老霍气笑了："去去去，全队都去！多一个人多一份钱呢……"

兔斯基这才松了口，清清嗓子，娓娓道来。

表演赛，顾名思义是表演性质的比赛，以娱乐大众为主，结果并不重要。在电子竞技发展迅猛的今天，不少平台为了宣传，会请一些知名选手和主播打表演赛吸睛。

"不光有你们，还有其他战队的选手！"

顾苏听完，又转回屏幕："我不想去。"

老霍急了："哎，别不去啊，你不去我可怎么交代。"

她不是很想过多露脸，何况还是完全为了取悦大众的形式。

顾苏反应冷淡，兔斯基倒是兴致勃勃，一把抽过老霍手里的赛事流程："还有史筱杭啊！"

不知是不是职业选手天生敏锐，顾苏立刻捕捉到了兔斯基语气的不对劲："史筱杭？谁？"

兔斯基还没说话，一旁的 Jump 尽显大喇叭本色："LPL 美女主持史筱杭，又有颜值又有身材，家里挺有钱，来做主持人纯属为爱发电。听说她一直暗恋，也不能算暗恋吧，毕竟全联盟都知道她对盛教有好感。"

顾苏补兵的手停了一下。

老霍人精，看到顾苏这样，心里大概明白了什么。他拿回兔斯基手里的流程单，故意叹了口气："哎，我们战队一向尊重选手，既然 Su 不想去就不去吧，留在基地正常训练。不过嘛，盛教是主办方点名要上场的，我得想想能不能给他安排点跟主持人的互动什么的……"

游戏正进行到最后一波关键团，顾苏将键盘按得噼啪作响，直到推掉对面的水晶，她停下手，起身去接水："表演赛是吧？我去。"

兔斯基：？

"嘿，那敢情好！我就说吧，我们苏选手很听话，跟你们这些一眼看不住就搞事的浑小子可不一样。"

"不是，你夸苏就夸，怎么还拉踩我们呢？"Jump 急着辩解，"而且你确定听话是形容她的？"

老霍浑不在意地挥了挥手，目的已经达成，他正沾沾自喜。隔壁的兔斯基探头看着顾苏离开的背影，心里莫名涌上不安："我怎么觉得火药味儿有点重啊，Su不会表演赛也当正赛打吧，那到时候不得被粉丝嘲讽说她没风度啊！"

光是想想就觉得腥风血雨，他打了个哆嗦，又重新坐正，看向老霍："我好像发现，我们Su跟盛教……"

老霍还没高兴完，这一句话差点把他送走。他一巴掌拍掉兔斯基的耳机："你直播再乱说话以后都别给我开麦！"

"那怎么了，不也经常有人说我跟Jump吗……"

下一秒，老霍的声音响彻整个基地："那能一样吗？"

"开你们的玩笑，怎么看也是假的！但他俩能一样吗？万一……"剩下的话老霍没说出口。

万一是真的呢。


主办方特意挑了赛程相对空闲的周末，FM一行人出发去场地。

除了FM，还有几个直播平台知名主播，三三两两在后台休息，顾苏的目光在现场睃了一圈，很快锁定了目标。

一个很漂亮的女生正对着镜子做造型，发型师拿着卷发棒替她卷头发，长发铺在肩上，衬得皮肤又细又白。

顾苏低头看看自己身上宽大又毫无新意的队服，心里莫名地有点低落。

"Su，干吗呢，去化妆啊。今天你可不能逃了，这场比赛需要你！"老霍咋咋呼呼张罗选手，顾苏收回心思，跟了上去。


主办方考虑到职业战队的私密性，特意为他们单独准备了化妆间，顾苏到的时候，发现盛洹已经先一步做好妆发，正在跟主办方沟通活动事宜。

顾苏点了个头算打招呼，绕过他们准备接受化妆师的审判，身后，盛洹三两句话结束交谈，几步跨到她身前："我听老霍说你不想来，怎么又来了？"

造型师不会放过任何一个给盛洹做造型的机会，这会儿他还穿着私服，但头发明显是打理过，周遭都在做赛前准备，乱糟糟的，他就将她隔绝在喧嚣之外，蹙起眉低眼看着她。

顾苏摇了摇头："觉得最近这段时间状态不好，来换换心情也挺好的。"

这个答案显然不能让盛洹信服，他狐疑地眯起眼睛："有心事？"

"啊？"顾苏这才回想起上次双排后除了日常训练她就再也没有跟盛洹单独说过话，"没有啊。"

盛洹打量她片刻："顾苏，你说谎的功力，真是毫无长进啊！"

"……"

通常这时候，顾苏都会回怼几句，但今天却一言不发。

看来是真有事儿。

通道里人来人往，盛洹把她拽到角落，高大的身影将她牢牢包裹，他仔细端详她，似乎想从她脸上看出些端倪："我是你教练，知道吗？什么事你都可以跟我说。我不希望你带着情绪参加活动。如果你不想，我可以去跟主办方协商。"

盛洹处理事情从来都很得体，至少在跟她有关的事情上，她从未感到任何不舒服。很久之后，她才明白，那是一种包容。而包容的前提，势必是他比她更宽广，才能装下她。


化妆间嘈杂，没人察觉到角落里的插曲。

顾苏忍住不瞪他。

怎么说啊？

说我发现我前男友，就是你，是唯一一个华人世界冠军，是我的梦想和目标，是我的前辈，是我最想成为的人。原本可以离你更近一点，但是不巧，我半年前刚把你甩了。

还是说，从前我对你的关心真的不够，甚至连你的过去都不知道，这几天我一直在反思。

倒不是不能跟他聊聊，但眼下明显不是一个适合聊天的场合，化妆师在不远处大声喊着她的名字，她只好伸手推他："回去说。"顿了顿，"我没有不愿意打娱乐赛，当然也没有很愿意。我的意思是，这是我的工作，不是吗？既然答应了来参加，我会好好打完的。"

盛洹露出怀疑的神色，还想再说什么，顾苏却已矮身从他身边钻过，一溜烟跑去化妆了。

顾苏不喜欢太重的妆感，甚至觉得脸上厚厚的粉底影响她打游戏。再三叮嘱化妆师少用点粉底之后，她抱着手机刷下一场正赛的对手——Born战队的比赛回放。

专注似乎让她在周围竖起屏蔽墙，直到身边的兔斯基碰碰她的胳膊："Su，回头。"

顾苏看了一眼，发现史筱杭不知道什么时候来了他们的化妆间，正跟盛洹说话。不知说起什么，她开心地笑起来，伸手挽了下耳边的头发，妩媚又撩人。

顾苏低下头，继续刷着视频。

兔斯基戳她："哎，不生气？"

"我生什么气？"顾苏头也不抬，"下周跟Born比赛，听说他们上单是单杀王，你可别吓哭。不过你求我，我可以考虑跟你换线。"

兔斯基："……"真不知道Neil看上你什么了？喷人喷得好？

门口的两个人还在。

顾苏没有偷听别人说话的习惯，奈何这位女主持一点也不避讳，她作为职业选手五感又灵敏得不行，想装作听不到都难。

"盛教练，比赛结束要不要去吃点东西？"

盛洹正跟路过的工作人员沟通，闻言绅士十足地拒绝："抱歉，比赛结束还要带队员复盘昨天的训练赛。"

"那复完盘呢？"

"特训。"

"……"

"特训完呢？"

盛洹皱了皱眉，就这么盯着她："史小姐，你们主持人的工作……"他偏头沉思片刻，似乎在寻找合适的措辞，"是不是空闲的时间比较多？"

史筱杭一时语塞。

谁大晚上工作？

除了他们这些职业选手。


顾苏眼睛盯着闪动的屏幕，思绪却越飘越远。

盛洹在学校的时候就很招人惦记，多的是小姑娘递情书，每次顾苏都笑眯眯地看着他在教室门口铁青着脸拒姑娘们于千里之外，然后扑上去给他一个大大的拥抱，摸摸他的头："真乖。"

盛洹："……你这是在摸你家狗？"

顾苏笑得眼睛都弯了："你就是我的大狗子啊，给我看家护院、保驾护航的那种，是不是啊，大狗子？"


"顾苏。"

顾苏还沉浸在回忆里，冷不丁被叫了一声，一时没回过神来。

直到耳机被人拽下来，她才茫然抬头，对上盛洹铁青的脸，茫然道："啊？狗子，你叫我？"

兔斯基一口可乐喷在了茶几上。

全世界可能也只有顾苏敢这么叫，还叫得堂而皇之，大义凛然。

盛洹神色不变，直起身，眯了眯眸，转而一笑："嗯，是叫你。"
又一顿，"今天晚上，你单独特训。"

顾苏张了张嘴，半天没找着自己的声音。

倒是盛洹身后的史筱杭听到这番话，心里不大舒服。

小粉丝们喜欢"CP乱炖"，盛洹和顾苏男才女貌，不少粉丝带了滤镜，
看他们两个人很般配。眼前这一幕，幸好没多少人看到，不然让谁看这
都是板上钉钉的欢喜冤家。

眼看自己再待下去就太没眼力见，即使再不甘心，史筱杭也只能暂
时离开。

顾苏收回目光："人走了。"

盛洹："谁走了？"

顾苏："你不是找个借口推约会吗，现在推掉了。"她用眼神示意
门边，那意思是，利用完我了，你可以走了。

盛洹冷笑："你以为我在跟你开玩笑？"他回头看了眼，"说特训
就特训。"

顾苏："……还没比赛为什么让我特训？"

盛洹："因为我是你的教练。"


兔斯基第一次见盛教如此理直气壮地不要脸："您这是公报私仇！"

盛洹一个眼风扫过去："你也想特训？"

兔斯基缩回沙发里："其实我想说的是，您真是一个尽职尽责的好
教练。"

顾苏："……"


门外，赛事主持人正在核对场上事宜，史筱杭趁她路过时悄悄把她
拉到一边："亲爱的能不能帮我跟红方队长说一声，一会儿别选我？"

主持人笑着答应下来，又压低声音问她："啧啧，你啊，还惦记洹神？"

史筱杭脸上漫上红晕："你别管了，帮我个忙，过几天请你吃大餐。"

"行，多大的事儿，包在我身上。不过，他对你都没兴趣吗？他到底喜欢什么样的啊？"

"这不是还在接触中嘛，他平时工作忙，估计也没什么时间考虑这些。"

"是吗？对了，你有没有了解过他前女友是什么类型的？听说他对前女友可钟情了。"

史筱杭脸上的笑意僵住。她下意识回头，未关严的门缝，刚好能看到那个窝在化妆镜前抱着手机刷比赛回放的小姑娘，任凭化妆师在她脸上如何折腾，连头都没抬一下，似乎屏幕上手掌大的游戏就是她关注的全部世界。

专注，执着，沉溺。


为了节目效果，比赛分组由双方的队长选人决定，盛洹作为蓝方队长，首先被主持人采访。

主持人意有所指问盛洹有没有期待同队的队友。

现场静下来，大家屏息等待。

比起选手，盛洹对外的信息少之又少，除了偶尔的教练采访和在选手直播间出现，在非比赛场合几乎见不到盛洹。如今总算有能见到盛教亲自打游戏的机会，自然都期待能多了解。

所有人都在期待着他的答案，包括顾苏。

顾苏还是不习惯在公众场合露脸，就低着头玩自己的袖口，耳朵却不放过场上的一点细微声响。

他会怎么选？入场前主办方特意强调要考虑比赛的观赏性，如果双方实力差距太大不太好，盛洹做事向来顾全大局，势必会选择一些弱势的队员。

比如，史筱杭。

在纷乱的猜测中，她听到盛洹说："平时没有跟队员们一起打比赛的机会，今天很期待。"

台下响起欢呼，顾苏下意识抬眼一看，盛洹今天也穿着战队队服，不再是一丝不苟的正装，整个人露出一种难得一见的少年气。

是走在学校里路过的女生都会回头看一眼的学长，这样的盛洹，顾苏再熟悉不过。

像是察觉到她的目光，盛洹转头看过来时，只来得及看到顾苏若无其事转开的视线。

幸运女神似乎也站在了盛洹一边，第一局猜拳结束，盛洹赢了。

直播间观众纷纷猜测盛洹会首选谁。

【选史筱杭！跟 LPL 第一美女主持一起打职业是所有男人的梦！】

【一起打，然后呢？输了还不是喷女生。】

【不可能！】

【盛教年纪也不小了，该考虑考虑终身大事了——选史筱杭！】

【就没人想看盛教跟 Su 一队吗？想想 Su 上头喷盛教就很刺激！嘿嘿嘿！】

盛洹微微垂眼，像是思考了片刻。接着，他抬起头，视线落在队伍中央。

"顾苏。"他用眼神示意，"过来。"

他的首选是顾苏。

意料之外，情理之中。

顾苏走过心里不甘的史筱杭，走过情绪复杂的兔斯基，站在盛洹身侧。

她的指尖擦过他衣摆边缘，提醒着她与他的距离。

主持人立刻拿着话筒过来："Su选手第一次跟盛教练同队打比赛，心情如何？"

顾苏沉默片刻："……我很开心。"

【平时赛后被教练训还不够，还要赛中在语音里挨训，哈哈哈。】

【Su满脸写着开心。】

主持人继续问："有没有什么话想跟队长说的？"

顾苏低头想了一会儿："比赛的时候别训我，我害怕。"

盛洱："……"

猜拳有输有赢，盛洱又依次选了兔斯基和一位主播，几轮之后，史筱杭意外地剩到了最后的轮次。

又到了盛洱仅剩的选人环节。

史筱杭肉眼可见地紧张起来。

这次如果落选，她会被动归到红队，而且是作为没人要的最后一个队员。

虽然只是娱乐赛，但传出去必定不好听。

跟选手不同，史筱杭今天穿着镶亮片的修身小礼服，脚踩水晶高跟鞋，在台上熠熠发光。在等待命运判决的时刻，她眼底开始泛红，双手偷偷交握，那副我见犹怜的样子，顾苏看着都有点心疼。

梨花带雨，真是美人儿啊！

顾苏用指尖戳盛洱后背。

盛洱微微侧头，用低得只有两个人能听到的声音问："怎么？"

"绅士一点。别把女生剩到最后。"

盛洱露出一个"你有毛病"的表情，被顾苏瞪了回去。

盛洱从来都是一个绅士，绅士不仅仅是一种状态，更是一种良好教养的体现。那种融在骨子里的教育，体现在他待人接物的一点一滴。

其中包括跟他不喜欢又喜欢他的人保持距离。

但在绅士的底线下，还有一道底线。这个底线的名字叫顾苏。

他可以为她做任何事，包括在她的要求下同意跟她分手，即使她是他在这个世界上最不想放弃的人。

包括此刻。

他几不可察地深吸一口气："我选史筱杭。"

史筱杭先是露出惊喜的表情，接着踩着高跟鞋，哒哒哒走到盛洹的身边。

她高出顾苏半个头，直接把顾苏挡了个严严实实。

盛洹向外侧站了站，露出顾苏的位置，回头吩咐队友："去选手席，准备比赛吧。"


双方位置随机，盛洹中单，史筱杭辅助，兔斯基 AD，顾苏打野，主播随到上单。

"盛教，布置一下战术吧，我看对面都讨论好久了。"主播刚坐下就开始着急，也想多听听职业战队对游戏的理解，"我还跟对面上单打赌，谁输了谁去对方直播间刷五个大游艇！"

游艇是直播平台的虚拟礼物。

"是啊，难得和洹神一起打游戏，洹神，教教我吧？"史筱杭说。

盛洹正在调试设备，他调整好麦克风的距离，瞥了眼一唱一和的两人，才说："娱乐赛，开心就好。"

"啊，不是吧，还以为能偷师呢！"主播哀号一声。

"真想打的话，不如打出点观赏性，节目效果对直播也很重要。"盛洹说着，伸手去拿水。

手指没触到水杯，触到一片温热柔软。

在他左边的位置，顾苏正握着他桌上的那杯水。

四目相对，顾苏不甘示弱地回视他，小声说："抢我水干吗？"

盛洹也没松手，挑起眉："有没有一种可能，你的水杯在你左手边？"

顾苏回头一看："……"收回手，"对不起，我记错了。"

手背滑过有些粗粝的指尖，顾苏端起自己的水杯，低头咽下一小口凉水。

游戏开始。

顾苏正襟危坐，然而手下却开始不知所措。

她有点不知道该怎么娱乐比赛。

相比她，史筱杭就放松多了，三句话离不开中路："洹神，风女一级学什么技能呀？"

"洹神，需要帮忙推线吗？"

"哇，洹神压刀了！"

顾苏被她喊得头疼，按下 Tab 键弹出对战信息——多两个补刀也算压刀吗？

不止如此，史筱杭三级开始就往中路游走，饶是兔斯基不好意思对女生发作也忍不住点信号："辅助？我辅助呢？"

盛洹原本对线对得好好的，这会儿忽然来个人，反而打乱他的节奏。何况这波兵线还没推过去，不是游走的时候，他点小地图让史筱杭离开："去下。"

没想到被盛洹干脆拒绝，史筱杭急道："我可以跟你一起游走的……"

虽然她对游戏的理解确实不高，但偶尔也会看比赛，比如她知道野辅经常会双游。虽然刚才盛洹没有随到 AD 位，两个人无法在下路一起快乐游戏，但前中期她还是能跟盛洹一起游走。

多沟通多交流有助于增进感情。

她看到好多电竞 CP 就是这么在一起的。

这时候兔斯基已经被对面压线压到缩在塔下，碍于史筱杭是女生，憋红了脸也没敢说话。顾苏在上半区刷野，见到这情况，终于忍不住开口：
"中路推线，辅助去下，我刷完野来小龙。"

史筱杭毕竟只是主持，游戏理解自然没那么高，顾苏能一眼看清局
势让她多少有些挂不住面子，她张了张嘴刚想反驳娱乐赛何必这么认真，
耳机里已经跟着响起一道沉沉的声音打断她的话："听她的。"

兔斯基终于松了一口气："谢谢野王大佬。"

史筱杭咬紧下唇，游戏里，辅助在河道愣了两秒，转身向下塔走去。

送走史筱杭，顾苏按照刷野路线，一路绕开眼位直奔小龙坑。

对面也早有预感，打野和下路都开始向河道移动。

这次娱乐赛，除了职业选手，主办方还请了一些平台知名主播，顾
苏他们不选自己的位置，就是怕粉丝说他们欺负人，但主播们纷纷选用
自己擅长的位置，都想着能跟职业选手一较高下，如果再打出什么亮眼
的操作，到时候人气又能暴涨一波。

顾苏很少玩打野位，这时候小龙团也不免有点慌，打野丢了龙跟丢
了面子没区别，这次她要没拿到龙，估计又得供营销号洗三天的版。

"别怕，拉扯打。"耳机里，盛洹语速飞快对她说，"先杀人，
再拿龙。"

对方到位的时候，小龙还有半血，顾苏停手一边注意着龙的血量，
一边走位防止对方开到自己。团战爆发不过瞬息，她没太多思考的时间，
所有的操作都是下意识反应。

然而，她没想到的是，史筱杭竟然第一个冲上去，把盾套在盛洹身上。
对面见到这操作也傻了，但还是眼疾手快抓住机会秒掉 AD。

兔斯基的屏幕瞬间黑下去，他抱头长啸一声："啊——我怎么被秒了！"

第二个被秒的就是史筱杭，她怔怔道："对不起……"

没了 AD，小龙团自然没打过。

顾苏重新做好河道视野，正准备继续刷野的时候，史筱杭忽然出声

安慰她："Su 选手，丢了条小龙而已，没关系的，娱乐赛不用太在意。"

顾苏一个眼插歪，只觉得一股无名火从心底里冒出来，噌噌烧上头。

比赛向后推进，盛洹看了眼小地图，给正在野区刷野的顾苏点信号："打野来中路蹲一波。"

地图上，顾苏正在自家野区刷 F6，闻言连动都没动："辅助去。"

史筱杭心里一喜，还没来得及动，盛洹忽然出声："顾苏。"

"啊？"

"不开心了？"

"……"

队内语音霎时安静，都听得出洹神声音里的关心，还带着说不上的调笑，盛洹继续旁若无人道："来中路，这波兵给你。"

哪个打野能抗拒三路选手让经济给自己，至少顾苏无法拒绝。

偏爱才是爱的极致。

史筱杭愣愣看着美滋滋去中路吃兵的顾苏。这时候她才终于明白，游戏里的这一对中野，他们两个人熟稔的相处方式，根本没有第三个人的缝隙。

连解说都一脸蒙，却一句话都不敢说，谁敢质疑盛洹啊，那可是联盟杀伐果决的魔鬼教练。

三条路各有各的心思，输掉比赛毫不意外。顾苏在休息室冷着脸给杜檀发微信：【刚才比赛的时候我好像闻到一股浓重的"茶味"。】

杜檀：【怎么了？水杯倒了？你们电竞选手还挺会保养，不喝咖啡都直接喝茶吗？红茶、绿茶，还是白茶啊？】

Su：【绿茶，"茶"香四溢的那种。】

杜檀：【哦，这个啊，很简单，只要你比她更"茶"……】

杜檀：【逃避是解决不了问题的，你嫉妒说明你还爱他！】

顾苏早就收了手机。

她窝在沙发上边啃饼干边看史筱杭又蹭到他们的化妆间，不住夸赞盛洹刚才赛时的精彩操作。饼干碎渣掉在她的队服上，她站起来拍掉，视线又瞥见门口的一男一女，一口咬碎嘴里剩下的饼干，向他们走去。

"教练。"

盛洹侧头："嗯？"

盛洹的肤色不算白，属于欧美流行的健康色，再加上他棱角分明的五官和高挑的身材，多少有几分混血的味道。他额前是细碎的刘海，垂下的眼睫盖住漆黑的眼睛，松散的领口露出散漫的少年气。

这副样子，顾苏还真有点喜欢。

她凝神思了五秒钟，挖掘着自己有史以来遇到的最委屈的事情，想来想去也只想到排位五连跪无能狂怒砸键盘的时候，她叹了口气，尽量扁起嘴，试图挤出两滴鳄鱼的眼泪："教练，史主持，你们在聊什么？不会是因为我刚才没抢到龙所以说我坏话吧。"

史筱杭惊呆了："怎么会啊，Su 选手，我刚才一个字都没提到你。"

"是吗？"扁着嘴有点累，顾苏放松了表情，但仍然用委屈的声音说，"可是刚才比赛的时候，史姐姐好凶啊！"

背后，兔斯基一口可乐又喷在了茶几上——我喝可乐的时候你们两个能不能离我远点啊！

前方传来上场的信号，史筱杭没想到顾苏出这一招，匆匆打了个招呼就回去补妆。

顾苏再"茶"下去都要发酵了。她转向全程一言不发看自己一个人表演的盛洹："美女好看吗？教练？"

休息室空气流通不大好，盛洹将视线落在她泛红的小脸，答非所问："刚才碰到红方的队长了。"

顾苏一时有点跟不上节奏："然后呢？"

"红方队长说，有人给他带话，让他分组的时候别选史筱杭。"

顾苏扬着调子"啊"了一声："谁啊？为什么不让他选？"说完反应过来，"啊，那她……"

她是真的在为自己和盛洹创造机会。

盛洹抱着肩，眉梢上挑，好整以暇地看着她："还让我选她吗？嗯？"

顾苏看他这副样子就气不打一处来，长那么好看又那么有能力干什么啊！还不是到处招蜂引蝶！她把吃剩一半的饼干用力塞他怀里："你爱选不选！问我干吗！"

盛洹看着自家选手气鼓鼓的背影，扬扬眉，自言自语一句："原来你也不是想把我往外推。"转身去找赛事组。


第二局直接取消了现场选人环节，顾苏上场的时候，听主持人说两位队长已经提前选好了分组，顾苏还在蓝方，而史筱杭，去了红方。

这局同样是随机选位置，盛洹随机到 AD 位，好巧不巧，顾苏随到辅助位。不少粉丝开始在直播间激动地刷屏。

【来了来了，好戏来了！】

【我就说吧，我一直都想看 Su 上头喷盛教来着。】

【哈哈哈哈哈你到底有什么奇怪的癖好啊——别说，我也想看。】


顾苏第一次坐在选手席边缘位置，总觉得右手边空荡荡的。唯一的热源来自左手边的 AD 位置。

不比上回，这次盛洹全神贯注在为队内安排战术，连顾苏也忍不住跟着认真起来："你想让我拿什么辅助配合你？"

虽然她真的不喜欢玩辅助。

盛洹手指划过鼠标滚轮，闻言淡淡："我想让你别拿辅助。"

"……"她回想起曾经跟盛洹上排时为数不多选辅助的局。

看不起谁呢？

最后盛洹选了大嘴，她选了璐璐。

读秒环节，顾苏看着盛洹又重复了一遍战术安排，忍不住问："不是说好娱乐比赛吗？"

盛洹眼睛盯着屏幕，端起水杯送到嘴边，对着麦克风说："今天不让你赢一次，回去你还不把基地拆了？"

下路双人组你一言我一语，似乎其他人都不存在，活在空气墙（游戏中，视觉上看上去可以通过、实际行动会被阻碍的边界，常见于非开放世界游戏）外的剩下三个队友面面相觑：这儿还有活人呢！

刚上线，对面的辅助就亮了个哭的表情，像是在卖萌让对面不要杀自己。

顾苏愣了一下才反应过来，这是史筱杭。

游戏里，大嘴从璐璐身边走过，史筱杭又亮了一个吐舌头的表情。

"我现在回一个什么表情会显得我既大度又没有故意无视她。"顾苏认真问。

盛洹似乎心情不错，他点了两下鼠标："我来吧。"

盛洹回亮了 FM 的队标。（在英雄联盟的游戏中，玩家可以亮出提前设定好的表情或队标，有些时候被认为具有嘲讽意味。）

不知道对面怎么沟通的，刚开始对线就十分激进，拼命找盛洹和顾苏换血，顾苏被点得心态有点炸，甚少玩双人线让她有点不适应。

像是看出她的烦躁，盛洹在下一波兵线到来前快速道："这波兵升二，跟他们打。"

升二级的一瞬间，盛洹闪现上前技能全砸到对面辅助身上，顾苏跟上去平 A，眼看对面已经是残血，肌肉记忆发作，一个 Q 技能出手抢到"人头"。

盛洹："……"

交了闪，一血还拱手让人。

这波血亏。

解说甲："哈哈哈，Su 可要当心了，不是谁的'人头'都能抢的。"

解说乙："哎，话不能这么说，抢不行，但有没有一种可能，是洹神故意让给自家队员的？"

盛洹的问号追着顾苏从河道一路到自家血泉。

顾苏："别骂了别骂了，真是手滑，我给你出个香炉可以吧。"

炽热香炉，在某一个游戏版本里甚至被称为最强辅助装备，可以为己方英雄提供治疗和护盾，并在强化时间内提升该英雄的攻击速度并附带魔法伤害。

顾苏这是决心放弃融在骨子里的中单思想，彻底沦为工具人。

盛洹意外地挑挑眉，当然没放弃顾苏甘愿为他打辅助的感人行为，并且得寸进尺："行，那你裸香炉。"

"做人留一线好吗，盛大教练！"

这时候，一级就被顾苏送回家的史筱杭忽然在公屏打字：【Su 选手，我刚才真的没有说你坏话，不信你可以问盛教，不要针对我了好不好？】

顾苏握着鼠标的手瞬间攥紧。

是可忍孰不可忍，她敲开公屏，正准备回复，没想到有人快她一步。

Huan：【她没有针对你。】

Huan：【因为今晚要单独加训，她不开心所以针对我，跟你没关系。】

顾苏：？

她自己都不知道她因为加训不开心了？

虽然也算不上开心。


这赤裸裸的袒护让公屏彻底安静。

众人再次蒙了，传说中铁面无私的魔鬼教练，竟然会如此袒护自家队员？

不知是不是盛洹的话起了作用，史筱杭终于不再说话。


游戏进行到八分钟，己方打野往下路走，盛洹正准备跟对方 AD 换血，好配合打野 Gank，就看到自家辅助站在他身后，小心翼翼走位。

盛洹发了个信号："卖一下。"

顾苏："？"

顾苏："我会死的。要不你卖吧，反正不会影响你职业生涯数据。"

盛洹："？"他有点气笑了，"我以前怎么没发现你这么记仇。"

"……"顾苏走位扭掉对方的技能，顺便替盛洹 A 兵，"现在发现也不晚。"

盛洹忍俊不禁，从前小姑娘爱赌气，开始他以为她是真的生气，后来才知道，她只是想让他哄她而已。

少女心性，他倒也乐意哄着。

"哦……"盛洹拖长了调子，故意问她，"那等会儿我残血对面开我怎么办？"

顾苏以为他真的担心 KDA，竟然有些保护欲："他开你，我开他，放心，保你不死。"

"行，那璐璐小姐，等会儿打起来的时候，可千万记得要保护我。"

"……"

语音频道里鸦雀无声。

洹神和 Su，没有一个得罪得起。

观众不知道发生了什么，只能看到这两个人在下路左右摇摆，就像一双穿反的鞋，能走路归能走路，但怎么看怎么别扭。而那个被称作魔鬼冷血、对选手要求严格到堪比少管所的教练，此刻在摄像头里神情放松，嘴角甚至有勾起来的弧度。

连解说都忍不住调笑。

解说甲："哈哈哈哈哈，看来这两个人杠上了，谁都不想上去卖！"

解说乙："Su 毕竟中单选手出身，不想掉 KDA 还是可以理解的。"

解说甲："不过，要是你在场上，你敢忤逆盛教吗？"

解说乙："我是不敢的，但场上的可是 Su 啊，我听说 Su 平时喷人可是……"

解说甲："哎哎哎，说话注意点，小仙女怎么会喷人呢！"

场下观众哄笑。


大约是察觉了他们的动向，对面打野也开始往下路靠，绕过河道视野，在下路露头。彼时盛洹压线压得深，看到打野的时候先给顾苏点了信号："……你走。"

可惜顾苏的盾已经套给盛洹，自己又裸香炉，连鞋都没出，对面打野又像早有准备似的直接跳过盛洹，一个控制技能按在顾苏身上。

眼看璐璐的血条见底，顾苏也放弃了抵抗："我走不了……"

最后一个字还没有说完，原本已经退到塔下的大嘴闪现上前，替璐璐挡下了致命的控制技能。

璐璐成功逃脱，而大嘴被击杀在塔下。


弹幕瞬间炸了。

【AD 闪现给辅助挡技能？！我酸死了。今天我就是柠檬精附体！】

【讲个笑话，Su 说她不玩软辅。】

【两个人搁这儿公费恋爱是吧！】

【要是盛教好像也不是不行，从外貌到实力我只能说一句，般配！】

连顾苏都愣了："……你怎么不走？"

"保你 KDA。"盛洹似乎毫不在意，点开商店买装备，"这局让你躺个 MVP。"

虽然不符合游戏规律，但顾苏的嘴角却止不住地上扬。

她是辅助啊，还要什么 KDA 呢。

盛洹从泉水里出来的时候，一波兵正好往塔下走，顾苏见没人注意，暗暗吃了两个近战小兵，顺手还补了个炮车。

盛洹切屏看到，也没拦她，慢悠悠走过去，看到顾苏正回家更新装备，他在泉水点了个问号："我兵呢？"

"送塔了啊。"顾苏连眼都不眨。

"是吗？"盛洹按下 TAB 键，随即淡淡道，"那你更新装备的钱哪儿来的？"

顾苏："……你不懂！"

"哦，是吗。"盛洹的声音带了若有似无的笑意，"那晚上特训的时候，你可得好好给我讲讲。"

"……"


坐在他们对面的兔斯基看了个全程，蓦地想起当初 Neil 跟顾苏告白的时候，那份不切实际的幻想——"跟女朋友一起走下路，她选璐璐给我套盾，我选大嘴一秒五喷，你不觉得很幸福吗？"

看到了吧，这就是跟苏一起走下路的结果——她不光不会给你套盾，还会补你炮车，抢你"人头"。


全局游戏盛洹都在指挥，轻易化解了对方一波又一波的反扑，在游戏进行到二十七分钟的时候带着大龙 Buff 推上对方高地，轻松拿下比赛胜利。

游戏里是敌人，游戏外还是朋友。

胜方走向败者，握手示意。所有人都嘻嘻哈哈，互相调侃着比赛里或精彩或拉胯的操作，只有一个人落寞地站在队尾，神情不快。

整个游戏后半程，史筱杭都在防着顾苏去骚扰她，甚至有可能是呼朋引伴越塔强杀她。她也做好了跟队友卖惨的准备，如果顾苏真这么做，游戏就会进入她最熟悉的环节。可事实上，她完全没有感觉到被针对，所有对线、游走、团战，都完全符合一个职业选手对场上局势最优的判断。除了因为辅助不熟练，偶尔忘记帮盛洹挡技能。

好像在顾苏眼里，她根本就不值一提，甚至连对手都算不上。

顾苏握了一轮手，正往台中央走，忽然被兔斯基悄悄拉住："这你不趁机报仇？多好的机会，不把史筱杭打个 0-10 让她当场乱哭你能甘心？"

顾苏拽回自己的袖子，有点纳闷："我为什么要针对她？游戏里的事情在游戏里解决，游戏外的事情在游戏外解决。"

兔斯基看着落空的右手，又看已经走去场中等待采访的顾苏，狠狠一咬牙："行！你大度！是哥小肚鸡肠了！"

今日战绩一胜一负，跟每一天的排位一样，有输有赢，这才是生活的真相。


主持人始终保持着良好的职业素养，依次采访每一个选手，在问到盛洹时，她神采奕奕，似乎想从盛洹口中套出什么消息似的："今天洹神打了两个位置，一个是中单一个是 AD，全都是 C 位选手，不知道洹神更喜欢玩哪个位置呢？"

"就像你说的一样，两个位置都是 C 位，只不过一个是单人路，一个是双人路，要说喜欢的话，还是双人路对我来说游戏性高一些。"说这话的时候，顾苏总觉得盛洹有意无意瞥了她一眼。

游戏性是什么意思？是她辅助他提高了游戏难度吗？

盛洹不愧是久经沙场，主持人又问了几个问题，他依然回答得官方又体面，说话滴水不漏。

眼看再问不出什么细节，最后，主持人来到顾苏身边。

主持人："Su选手今天打出了很多亮眼的操作，在第二局比赛刚开始的时候你杀掉了对面辅助，请问当时是怎么考虑的呢？"

摄像机恰好照到史筱杭有些委屈的脸。

现场响起小小的嘈杂声。

原本娱乐赛也就图个乐，现在倒显得她故意针对史筱杭一样。

主持人这么问已经很明显是在带节奏，说不定营销号连标题都起好了——职业选手针对主持人为哪般，是为男人争风吃醋还是不给其他女性生存空间。

顾苏有点厌烦这些无形的争斗，她清清嗓子："我要说我手滑你信吗，你肯定不信对吧。所以我故意的。"

现场惊呼声一片。

主持人没想到顾苏说话如此直接，愣在当场，翻了两遍手卡才找到接下来要问的问题："那Su选手也经历很多质疑，不知道你……对于这些质疑怎么看呢？"

顾苏穿着万年不变的队服，拉链拉到下巴，盖住白皙的脖颈，头发绑成双马尾，一张小脸干干净净，跟身边的史筱杭一比，妆淡得不行。她转头看向身侧的主持人，黑亮的眼底清透，疑惑又认真："怎么看？用手机看。"

台下霎时哄笑，主持人的脸也涨得通红，一时接不上话。

顾苏不惯她毛病，重新对着镜头，一字一顿道："以前会看，但现在不看了，我们教练不让。至于我呢，别人怎么评价我管不着，我只要赢就行了，其他的，我都不在乎。"

▶ **第八章** ▶

谈恋爱只会影响你平 Ａ 的速度

/ ////////// /

年轻，气盛，有冲劲儿。

年轻的职业选手大多如此。

顾苏也不例外。

回到后台，工作人员都在议论刚才采访的事情，看到选手回来时纷纷噤声。老霍在人群里迎接顾苏，他用所有人都能听到的声音说："说得好！职业选手就该有这种态度！狂有什么问题，赢就完事了！狂才敢打！狂才敢冲！"

顾苏原本还在反思，刚才说话是不是有点过于直接，但霍经理当众表明了自己的态度，等于告诉所有人战队在为她撑腰。

她心里涌上一阵暖流。

这一次她不是孤军奋战，有人站在她身后。

兔斯基深吸一口气，也拍了拍顾苏的肩膀："不会有人把你活跃现场气氛的话当真吧，营销号要带这个节奏那就真的是脑子有问题……"

"等晚点我让官博发个表情包，就玩梗……好了，收工回基地！等等，盛教你去哪儿？车已经来了！"老霍看到盛洹正往外走，赶忙出声拦住，"Su 今天……"

他四下看看，压低声音："你觉得她心情有缓解吗？你不是说她最近压力大，才让我劝她来参加这次活动换换脑子的吗？"

盛洹脱了外套搭在手臂上，闻言略想了想："晚点说，我有点事，你们先上车等我。"

盛洹来到停车场，巡视一圈，接着视线定在某辆私家车上，很快，车的后排门打开，史筱杭从里面出来。

"盛教练。"她还是穿着比赛时的礼服，夜风一吹，她缩了缩肩膀，双手环着胳膊，显然是觉得冷。

队服外套四平八稳搭在盛洹手臂上，他像是没看见似的，直截了当问："你找我？"

史筱杭点点头："今天比赛的时候没怎么交流，我听说……你跟女朋友分手了？"

盛洹挑起眉，玩味道："听谁说的？"

"是我一直都在打听你的消息，之前你拒绝我，是因为你有女朋友，但现在你单身了，那我……"

"史小姐。"盛洹依然维持着礼貌，只是脸上没有半点笑意，他出声打断她，"我确实跟我前女友分手了，也很感谢你对我的喜欢，但是抱歉，我心里有人了。"

似乎觉得没有再说下去的必要，他说完这番话转身就要离开。

史筱杭的表情从喜悦到惊讶最后变成落寞，她双眼含泪，在他身后问："是 Su 选手吗？"

冷风呼啸而过，史筱杭打了个哆嗦，见男人毫无回应，她仍然不甘心地喊："你知道这件事情被曝出来会有多大影响吗？她可是你的队员……"

不知道是哪个字让盛洹停下了脚步。他一步一步走回她身前，身形高大逼人，跟平时的彬彬有礼完全不同，强大的压迫感让她忍不住后退一步。

"洹神……"她的声音里多了自己都没察觉出的颤抖。

"之前我看在我们是同行的份上，不想把关系搞得太僵。但如果你因为任何原因针对我的选手，我不介意在联盟里多一个敌人。"

他拉开与她的距离，微微颔首，绅士依旧，仿佛刚才说出那些威胁的话是另有其人："史小姐，保重。"

顾苏坐在大巴车上，借着昏暗的路灯看着停车场的一男一女。

后座的兔斯基双手搭在她椅背上，跟她一起吃瓜："喂，教练跟史筱杭聊什么呢？"

顾苏头也没回："我哪知道。"

"不过史筱杭这么个大美女盛教竟然不动心吗？别说，他俩还挺配的。"兔斯基继续絮絮叨叨，"啧啧，盛教的品位真是成谜，你别瞪着我，我可是站在你这边的！不过我倒是有点好奇他前女友是什么样的人，能让他念念不忘……我不是说他现在还喜欢他前女友……哎算了，情啊爱啊的哥不懂，你要想问问铁男怎么出装我倒是能教教你。"

车窗玻璃呼上浅浅的白雾，顾苏回头看到史筱杭的长鬈发被夜风吹散，深 V 礼服下摆扬起来，露出纤细的脚踝，尽显风流妩媚的女人味儿。

盛洹站在史筱杭身边，单手插兜，队服被他穿得随性肆意。隔着层层叠叠的时光，顾苏似乎看到，五年前他站在赛场中央，捧起银杯时的年少张扬。

意气风发，万众瞩目。

他俩真的配吗？

顾苏低头看看自己身上的队服。

明明跟她更配一点。

不知是不是盛洹忘了特训的事情，还是他工作太多挤不出时间，他没再提，顾苏干脆也忘了，等她想起来的时候，已经是一个礼拜后的后台，她是替补。

替补这回事，说起来也有些话长。

自从 Wiki 归队以来，本着知己知彼百战不殆的原则，顾苏进行了长达半个月的观察，发现 Wiki 的作息真的很夸张，睡得早起得晚，不打训练赛的时候基本快到晚上才起床，训练赛迟到也是家常便饭，RANK 更是全凭心情。

但最近两周像打了鸡血似的，有几天顾苏起床的时候发现他已经在训练室里了，她以为是赛程已经进入白热化阶段，Wiki 终于开始发力，于是颇有危机意识地把闹钟调早了半个小时，结果过了两天她又在早起时看到了比她起得更早的 Wiki，就继续调早闹钟……

最后的结果是基地其他人都叫苦不迭。

"别'卷'了，别'卷'了，你说你们中单位置'卷'成这样，万一盛教发现轮换这招好用每个位置都招个替补，到时候大家一起'卷'……这倒没什么，但又是转会费又是工资战队承受得住吗！不为我们想想也为战队想想！"兔斯基顶着两个硕大的黑眼圈有气无力地讨伐两个"卷王"。

顾苏刚结束今天第三把 RANK，她抱着腿打开上一局游戏回放，在几波关键节点反复拉进度条："没有动力就不会进步，你懂什么轮换的含金量啊……"

"行行行，你们'卷'你们的，我得回去补个觉，下午还有两场训练赛，'卷王'不需要睡眠我需要……"

兔斯基边说边往楼上走，顾苏目送他上楼，顺势看到训练室另一头跟她同时训练的队友。

——Wiki 跟她同一个姿势，抱着腿神情专注地盯着屏幕，手下的鼠标点得飞快，偶尔活动下僵硬的手腕，又继续投身于游戏。

顾苏默默收回目光，开始排位。

原来他不是不能认真打游戏啊！

在中单互"卷"的影响下，整个战队都弥漫着一种紧张的气氛，好像总决赛前夕每个选手都背负着巨大的压力，结果直接导致训练赛不管哪个中单上场几乎全都是碾压对面的局势，而输的局也是摧枯拉朽毫无挽救机会，或者说，是根本没人想挽救，大家都想尽快进入下一把，计分变成了比赢下比赛更重要的事……

在这种事态下，Wiki 以一个小场的胜利成为今日首发。

"……Born 上单帝星打法激进，但也很容易神一场鬼一场，Wiki 和 Jump 多去上路游走，找帝星的破绽，帮上路打优势。"时间回到赛前的后台，盛洹正在做着最后的战术安排。

咚咚咚！

有人敲门。

盛洹以为是工作人员，反手将门打开。

一个穿着灰红色队服的年轻选手探进头。

顾苏还没反应，身后的老霍砰的一声站了起来。

"哎哟，霍经理，别激动别激动，我进来跟大家打个招呼。"年轻人目光一扫，在顾苏脸上停了片刻，越过顾苏看向她身侧，"今天是 Wiki 上吧？那就没问题了。"

他挥挥手："走了，我很期待今天的交手。"

随着关门声响起，室内霎时安静下来。顾苏不明就里地看过去，Wiki 全程都坐在沙发上，低着头，刘海盖住眼睛，看不清表情。

休息室的电视上正播着其他赛区的比赛，盛洹按下静音，走到 Wiki 面前："你最近又惹他了？"

Wiki 抬起头，难得没有笑，讥诮地扯起唇角："没有。"

"好。"盛洹的声音依旧平静，他环视一圈，"那我就再说一次，如你们所见，现在已经进入常规赛的后半段，每一场比赛的胜负都关系着季后赛的排名，季后赛拿一个好的名次，进入决赛的机会也就大一点。

我们保住春季赛积分，拿到全球总决赛门票的概率也就更大，你们知道积分有多重要。"他重新看着 Wiki，"能拿下的每一个小场都不要放弃，知道吗？"

在场的选手和工作人员屏气敛息，战战兢兢地应了声"是"。

每年每个赛区能进入全球总决赛的名额有限，今年 LPL 有三个名额，赢得夏季赛冠军的队伍将成为一号种子。全年积分最高的队伍将成为二号种子，而三号种子需要通过资格赛决出。

如果想进入世界赛，除非夏季赛有信心一举夺魁，否则春季赛和夏季赛的积分就相当重要。

导播催促进场，首发选手离开休息室，顾苏和老霍坐在后台的沙发上，盯着电视屏幕里主持人的报幕。信息流比现场画面有几秒的延时，于是在选手还没出场时，顾苏率先听到台前的欢呼呐喊。

她愣了愣，下意识走到门口。

通道尽头灯光刺目，小小的一方出入口却是另一片天地。

那里能争胜，那里有梦。

顾苏回到后台，BP 还没开始，老霍却像是比赛已经输了一半似的坐立难安，绕着茶几来回转圈看得顾苏头晕。

"霍经理？"顾苏看他这副样子，才后知后觉，"刚才到底是……"

被对面战队直接跳脸，顾苏还是第一次遇到。

"啊，什么？"老霍愣了愣，"哦，你说那个，说来话长啊！"

顾苏看着他，大有一副不得到答案不罢休的气势。

老霍被她盯得发毛："行行行，我告诉你……不过你听听就行了。刚才那个选手的队服你认识吧。"

Born 的标志性灰红配色，顾苏之前经常在各式贴吧论坛里看到。灰红，恢宏，还经常被他家粉丝拿出来作诗。

老霍叹了口气，继续说："那是他们中单蒋穹。"

顾苏"哦"了一声："所以他跟 Wiki 是有什么过节？"

"这个就是复杂的地方了，他们战队有个女经理叫唐冉，这你知道吧……"

唐冉……

顾苏想起来，那次盛洹在她排位的时候跟 Wiki 连麦，当时盛洹打电话的对象，似乎就是叫这个名字。

"唐冉带队也严格得很，一点都不比洹神差，选手有问题那是真骂。也不知道那小子怎么就喜欢上她了。听说啊——只是听说而已，那小子嘴巴严得很——是有一次蒋穹不服唐冉的管教，两个人吵起来了。结果这事儿让 Wiki 知道了，这小子就乱逞英雄，直接把人家揍了……"

"在后台？"

"肯定不能在后台打啊，后台那么多摄像机不要命啦，给人家留下铁一般的证据对他有什么好处。还算这小子聪明，堵在去停车场的路上，没摄像头……"

Wiki 能做出这么冲动的事情顾苏一时有些无法相信："结果呢？"

"结果？结果当然是花钱了事。双方都不想把事情闹大，唐冉也还算有良心，毕竟蒋穹也不占理，但梁子从此也结下了。所以我说洹神为你们操碎了心，你们别不信，当时战队没什么营收，赔偿的钱都是洹神出的——蒋穹那小子狮子大开口，要了不少钱呢。"

顾苏忽然懂了为什么这段时间 Wiki 如此反常。

原来不是什么竞技心觉醒奋发图强，而是想在赛场上跟蒋穹一决胜负。

她不了解 Wiki，更别说蒋穹或是唐冉，她无法对这件事情做出任何评价。

顾苏将视线转回屏幕。

如果一定要她发表看法，她只想说——爱情真是让人盲目。

"所以……"老霍在她身边欲言又止，终于豁出去似的，"不要谈恋爱！懂了吗？谈恋爱只会影响你平 A 的速度！为男人哭还不如为亚军哭！亚军起码还有奖金！谈恋爱能得到什么，只能得到——"

后续的话全都淹没在开门声中。

直播流的延迟，让老霍没能准确掌握盛洹结束下场的时间。

赛场冷气开得很足，相比休息室就变得狭小闷热，盛洹嫌热似的扯松了领带，掀起眼皮问："说什么呢？男人？谈恋爱？"

老霍当场蔫了："没……没什么……我以 Wiki 为反例劝 Su 就算谈恋爱也别耽误训练，当然以 Su 选手的专业态度我相信她能做到恋爱训练两不误。"

顾苏："……"你刚才可不是这么说的。

"行了。"盛洹在沙发上坐下，淡淡道，"正赛能让你看到平时注意不到的问题，别浪费机会，认真看。"

顾苏默默坐正，双手放到膝盖上，一副小学生上课的样子："好的，教练。"

盛洹一声轻嗤。

盛洹第一局 BP 做得很好，因为中路英雄池深，放出的 BAN 位足以补足上路和打野的空缺，因此足够给队伍选出版本强势的上野组合，而对方却把 BP 资源全都倾斜到了中路，似乎是看透了 FM 的战术，想要围绕中路做文章。

在大家都以为一切尘埃落定时，盛洹在耳机里跟选手谈笑风生，反手就把原本给上路选的鳄鱼摇到中路，而此时中路英雄已经 BAN 得差不多了，Born 只能仓促选下非版本英雄沙漠皇帝。

游戏开始，由于 BP 已经全方位碾压，Born 的阵容从前期就开始乏力，

FM 始终稳占优势。但不知是沟通失误还是决策出现问题，Wiki 送了一波"人头"，给了 Born 喘气的机会，直接将比赛拖入三十五分钟。

虽然最后还是以 FM 取胜告终，但赢得不算顺利。

第二局，双方 BP 均势，但两波关键团 Born 都打赢了，原本比赛能够一波结束，但不知道是 Born 故意为之，还是决策上有什么失误，原本中路抱团推上高地的 Born 忽然撤退去拿地图资源，等 FM 把线送出去 Born 又开始抱团推进，如此反复，比赛时间拉入四十分钟。

FM 几人脸色都不大好看。

"再这么拖下去恐怕要出事啊！"老霍头上都急出了汗，"这不是猫玩老鼠吗？他的手……"

盛洹脸色也不好看，他双手交叠撑在膝盖上，不知在想些什么，接着抬头，看了顾苏一眼。

顾苏被这一眼看得有点蒙。

"开一把自定义热手。"

顾苏隐隐意识到了什么："现在？"

"现在。"

盛洹说得斩钉截铁，顾苏也不敢耽搁，拖了把椅子就开游戏。


五十分钟，比赛结束，顾苏关了游戏。休息室的门打开，选手们依次入内，长时间的高强度操作让他们疲惫得说不出一句话。

Wiki 的脸色很差，白得透明，他一言不发靠在沙发上，随行的工作人员连忙给他放松肩膀，他疼得"嘶"了一声。

"怎么样，行不行？"老霍急道。

Wiki 睁开眼，眼底泛着红意。他用舌尖舔了舔后槽牙，头一次露出阴森的表情："真难缠啊！"

"你惹人家战队的时候就该想到人家会针对你。"盛洹重复了一遍老霍的问题，"还行不行？"

Wiki 重新闭上眼，额头上的冷汗顺着鬓角淌下来："我不想残废。"

盛洹点了个头，转向老霍，应急决策雷厉风行："两个方案，一是去跟联盟交涉，申请上局游戏重赛，理由是对面恶意拖延比赛时间，大概率会被驳回，不过可以让他缓缓伤势；二是……"

那个最简单也最正规的流程，他没有说下去。

"场外就医不行吗？他这样……"

盛洹打断他："我们有替补，伤病暂停行不通，如果判定两个中单都无法上场，这场比赛可能会直接判负。"

"不用纠结了。"顾苏脱下队服外套，只剩里面的短袖，她干脆地从电脑上拆下外设，"我上。"

一时没人说话。

Wiki 仍然闭着眼睛，只是眉头皱得更紧。

很多事情的开始，都是悄无声息，当时没有人知道那是导火索。如果今天顾苏上场，却输掉了比赛，导致季后赛的名次落后，到时如果没有打进决赛，痛失世界赛的名额，回溯时顾苏必然要背锅。

少女的背影单薄却坚定，似乎已经下定决心要背负战队的命运。

可盛洹忽然犹豫了。

他相信她的实力，可是……

他担心她还没有足够的大心脏承受窒息的压力。

盛洹太清楚那些带节奏的人无所不用其极，他一把按在她拆键盘的手上："这是生死局，你想好了？"

Born 和 FM 算是老对手，又互有恩怨，前面两场比赛打得又如此胶着，早就把粉丝们的期待钓到了最高，再加上之前顾苏的舆论节奏始终未歇，这盘决胜局，远不只是胜负那么简单。

然而她只有前进这一条路，不战而败，比被虐杀更难受。

"刚才你不是已经让我做准备了吗？是猜到了会有这样的结果吧。"顾苏的声音很轻，却坚定，"洹哥，输了也比判负强啊。"

是难。

但也并非死局。

她冲他点头："下场我上。"

解说甲："我们得到消息……下场比赛 FM 将进行人员更替，由 Su 选手代替 Wiki 选手上场。"

解说乙："现在压力也来到了 FM 这一方，这两支队伍的积分都咬得很死，这场也是争夺积分榜前四的关键局，所以小场胜负对他们来说都至关重要！"

赛场闪烁着一束束颜色不一的灯光，入场 BGM 陡然激昂，顾苏抱着外设入场。

屏幕上同步播放赛场画面，镜头适时一扫，扫过现场观众的灯牌，在一片红红绿绿里，导播刚好停在其中一块——永远相信 Su 选手！

举灯牌的粉丝似乎是发现导播正在给她镜头，于是疯狂舞动着灯牌，试图让牌子更显眼一点。

顾苏一回头就在大屏幕上看到这一幕，她愣愣盯着那块灯牌，直到导播把镜头转开，她才回神一般，脚下像踩着巨大的棉花，柔软得不真实。

"……顾苏。"她听到身后有清晰的声音，有人托住她的肩膀，支撑着她，将她拉回现实，"别想那么多，好好打。我相信你。"

顾苏悄悄攥紧双手。

她不是被放弃的那个人。

有人还在相信她。

或许，有些人就是能不费吹灰之力得到别人追求了一生的东西。就像 Wiki 身负让所有人望尘莫及的天赋，只需稍稍努力，就能轻易站在别人无法企及的高度。

但她绝不会因此认输。


游戏开始。

Born 上来就 BAN 了狐狸，倒是在盛洹的意料之中。

"他们该不会觉得 Su 只会玩这种需要队友配合的英雄吧，来，亮一手璐璐，让他们知道什么是四保一。"回到赛场，选手们的精力再次集中，Jump 担心大家受前两局的影响，努力活跃着队内的气氛。

"璐璐算了吧……"安诚明显是看过前几天的娱乐赛，心有余悸道，"多 K 我几个头我当场挂机信不信……"

对面显然是做足了准备，几手 BAN 位都按在 FM 最熟悉的体系上，试图击破他们的战术。

解说甲："上局游戏 Born 的 BP 明显针对了中路的位置，不知道这一局换人会不会换一种套路和打法呢？"

解说乙："不过临阵换将可是兵家大忌，把压力给到一个新人选手，不得不说盛教的安排也真是胆大啊！"

解说甲："据我所知 Su 是能力很强的 Carry 型选手，团队性上就稍弱一些，但现在游戏版本已经向上下两路倾斜，如果不改变战术思路可能真的没法破局……Su 选手选出了加里奥！比赛之前我特意看了RANK，她最近确实支援英雄练得很多，期待她今天亮眼的发挥！"


三 BAN 三选结束，Jump 眼见双方已经按死三个版本强势打野，忍不住问道："教练，我玩什么？"

盛洹换了只手拿笔记本，停在下路双人组身后："能配合加里奥进场的打野很多，先不急。下一手 Born 要针对下路，先出下路金克斯，这把跟他们打后期。"

果不其然，对面又 BAN 了两手 AD，最后，盛洹指挥最后一个

Counter 位选出了梦魇。

"梦魇！加里奥加梦魇！这把 FM 要玩'全球流'了！"解说甲激动道。

解说乙："这是 FM 之前从来没有玩过的套路，看来教练组的确早有准备！"

加里奥和梦魇都拥有远程支援的技能，同时也是可以带节奏的英雄，十分考验选手抓时机和支援的能力，尤其是中单，前期还要稳住对线保自己发育。

"我们阵容可以跟他们打一级团。"下台前，盛洹做着最后的嘱咐，"记住刚才在休息室安排的战术，这把线上稳住，等中野六级可以支援，注意避开对方强势期，多沟通。"他看了一眼选手席中央，少女后背挺得笔直，聚精会神地盯着游戏界面。

顾苏今天绑了高马尾，耳机压在她的发顶，发尾微卷柔顺地贴在肩上，露出一截细白的脖颈。队服的右臂上，是醒目的队标。

盛洹收回视线。

他从未觉得她离他如此近，哪怕是从前在一起的时候。无形之中，似乎有什么横亘在两人中间的透明隔阂被击碎。

热爱让她发光。

一进游戏，蒋穹就开始跟顾苏激情互动，隔着河道疯狂跳舞。

"喜欢跳舞是吧……"兔斯基站在野区，狠狠呸了一声，"第一次见面，嘲讽谁呢？"

"也许只是打招呼？"顾苏心态倒好，回亮了一个表情包，躲进草里回城，视角里，她重新从泉水出发，跟着 Jump 和下路双人组钻进对面的野区。

她用再平常不过的语调说："走啊，一级团。"

Jump 瞬间跃跃欲试："一级团好啊，这波很上头！我喜欢！"

于是，中野下路双人组成功在蓝 BUFF 处抓到对面打野。

Born 的下路想赶去支援，但到底晚了一步，只能眼睁睁看着一血被安诚拿到手，还被 Jump 反了一个蓝。

解说甲："FM 的一级团！明显是设计过的呀！"

解说乙："这次 Su 不跟你玩安稳打线了，就突出一个激进！"

此后，顾苏仗着推线优势，只要线推过河道就跟着 Jump 钻进对面野区，导致 Jump 升六的时候比对面打野高了整整一级。

Jump 开始拿先锋。

然而这时 Born 仗着上路帝星推线优势，上野也跟了过来，试图抢夺资源。

于是在上路河道附近爆发了小规模团战。

兔斯基没法支援，而顾苏的加里奥刚好升六级，在 Jump 和对面相互拉扯时，顾苏看准时机，一个盛大登场砸了下去。

加里奥的大招盛大登场，从原地飞起，并选择一个队友作为着陆位置，同时击晕周围的敌方。

但加里奥和梦魇的伤害明显不够，顾苏也只能保着 Jump 撤退，眼睁睁看着对面把峡谷先锋收入囊中。

原本全球流就是要在各路抓人，借机扩大己方经济优势，但顾苏的第一个大招没有换到任何资源，所以顾苏大招冷却好的这段时间里，对面只要防住梦魇关灯飞人，就可以尽情推线。

Born 的决策也十分果决，当即把先锋放在中路，收掉中路一塔，彻底解放蒋穹。

眼看节奏被对面抢去，顾苏只能在中路守线，FM 的战术似乎已经不攻自破。Born 急不可耐地想要扩大优势，要趁顾苏大招没好之前多做事，蒋穹转身去下路三保二，抓死安诚和洛洛。

这时 FM 经济已经落后了三千。

蒋穹继续在河道跳舞。

Jump 气得差点捏碎鼠标，忍不住大嗓门安慰顾苏："没事儿，苏妹子，一局比赛而已，大不了季后赛从后面打上去呗，多打几把当找状态。"

兔斯基被帝星压得喘不上气，这时候也不好意思叫打野上来帮忙，只能附和道："你还年轻，不要怕输，输了重新站起来，这才是青春热血！"

顾苏："……"

她定了定神，回想起跟盛洹双排时候的游走，当机立断："我去上路帮兔子推线，Jump 做好视野，等我下个大招。"

"啊，嗯……"熟悉的话语似曾相识，Jump 和兔斯基双双回忆起训练赛被魔鬼教练支配的恐惧，立刻端正坐好后才回过味儿来，"不对啊，Su 怎么说话越来越像……"

顾苏根本没听到他们说什么。


十六分钟，Born 拿完第二条小龙，打野顺势去下路 Gank，顾苏眼看蒋穹亮起 TP（传送），自己跟着放兵线同时 TP。

下路团战爆发。

在队友到位的瞬间，顾苏闪现进场嘲讽对面下路双人组，梦魇跟着关灯进场，配合安诚切掉对面 AD！

丧失了核心位的 Born 仗着蒋穹的经济优势还想反打，而兔斯基不知什么时候已经从上路绕进了对面野区，出现在 Born 众人身后。

加里奥的大招再次盖下，FM 完美开团完成一波 0 换 4，只剩蒋穹的诡术妖姬丝血逃生。

顾苏的这一波支援直接打开局面。

"Nice！"Jump 用力挥了下拳头，立刻得到了裁判的警告。

他悻悻收回手，站在中路对方的视野中，梦魇开始跳舞，他边跳边问：

"Su，要不要一起来啊？"

顾苏回城补装备，闻言看都没看："不去。"

Jump："……"

之后就开始无限抓边（抓上下两路）。

至此，FM 完美复刻了盛洹的战术安排，在对方强势期时避战，对面抱团他们单带，对面打大小龙他们带线逼塔，总之无论如何不打架，万不得已碰面也是拉扯为主，还时不时抓掉对方落单的英雄。

于是这一局比赛 Born 就像一拳打在了棉花上，焦躁却没有任何办法，在毫无察觉的情况下被拖入 FM 的节奏，等醒悟过来的时候，FM 已经站在了自家高地，一点一点 A 到眼前的水晶。

他们只能眼睁睁看着自己慢性死亡。

胜利的标志打在选手席的屏幕上。

顾苏摘掉耳机，听着现场的山呼海啸，深呼吸，再呼吸。

她赢了。

赛事直播间的弹幕更是刷得飞起。

【Su，小小的肩膀有大大的能量。】

【Su 选手可以啊！十九岁的大心脏！】

【我就说吧！努力是会有回报的！专注也是！】

盛洹例行等在训练室门口。

只是这一次，他是以张开双臂的姿势。

在欢呼声中谢幕的顾苏看到这一幕，先是愣了愣，接着，毫不犹豫地抱了上去。

就像是在外面拼搏，无论有多坚强，在看到最亲的人才会展露出脆弱。

盛洹的身体似乎有些僵硬，但顾苏已经顾不上这些，此刻她才从高度集中的状态里回神，连小腿都有些抖。

　　盛洹身上熟悉的味道，让她卸下了所有的重担。她更用力地环住他。

　　她太想证明自己，证明自己值得被信任，证明自己不该被抛弃，动力反而变成压力。

　　像置身于沼泽，附着在身上的泥泞和看不见的手不停地拉着她下坠、下坠，每走一步都艰难无比。

　　但她今天终于抽身而出，以万钧之力，为自己打破了桎梏。

　　"洹哥，谢谢你相信我。"

　　那双始终悬在半空的手终于落下，落在她的发顶，带着安抚的力量。

　　"你也要相信自己，嗯？"

　　顾苏重重点头。

　　她吸吸鼻子，强迫自己将身体从温暖源拉开，这时才察觉到现场气氛有些不对劲。

　　她缓缓回头，在她身后，有一排等着被盛教拥抱的选手。

　　以及气得脸色像红绿灯的老霍。

　　我不是才劝你谈恋爱不如打游戏吗？

　　顾苏："……"

　　盛洹："……"


　　安诚："是我穿越了还是记错时间了，今天打的是决赛吗？这么正式。"

　　洛洛一本正经瞎编："安总你懂什么，这叫每一次比赛都当决赛打，才能激发选手强劲的实力。"


　　顾苏重新看向面前的男人。

　　面前的男人也看着她。

盛洹沉默三秒："我只是坐久了伸展一下。"

"……"


于是顾苏又一次拒绝了赛后采访。

工作人员都急疯了，顾苏次次逃避采访，他们想搞个大新闻都不给机会，几次三番去邀请，无一例外都被盛洹彬彬有礼且不容置疑地拦了下来。

他们明明记得从前洹神不是这样的，带那群小子的时候哪有耐心温柔教导，全都是把他们毫不留情地推出去，让他们自生自灭，活下来的才能练就一身真本事。

到了顾苏这儿，全变了。

自家中单，自家教练惯着。

工作人员又羡慕又无奈。


大巴车上。

Su：【丢人，太丢人了，我可以换个星球生活吗？】

顾苏甩开所有的队友和工作人员，一个人跑上大巴车，缩在角落里给杜檀发消息。

檀：【没事，想开点。】

当顾苏以为她的好闺蜜要安慰她时，杜檀的第二条消息发了过来。

檀：【这辈子很快的。】

顾苏：【……】


这辈子快不快不知道，但她知道这一路都挺慢的。

车停稳后，顾苏等到全车走光了才慢吞吞下车，一辆火红色的牧马人从她身边飞过，停在院子的另一头。

车上下来一个扎马尾戴发箍穿牛仔服的高挑女生，顾苏没来得及看清长相，就看到她走向盛洹："走啊，去你们基地看看。"

盛洹好像没看到自己，冲女生点了个头，两人并肩往基地走。

顾苏在原地站了一会儿，踢石子玩，昏暗的灯影映出她一个人的影子。

怎么一个史筱杭刚走，又来一个。

曾经她只在他让她看到的一方小小天地，那里安稳无虞，他只属于她。可如今她走出了学校，再见到他，是在更宽广的世界。

顾苏觉得心底好像被灌了一瓶梅子汽水，有小小的气泡冒上来，一个个酸涩地炸开。

他们已经分手了，不是吗？

他有权利拥有新的生活。

他不再属于她了。


"喂，唐冉怎么来我们基地了，是寻仇还是刺探敌情啊？"顾苏一进基地，就听到 Jump 咋咋呼呼地问。

原来，那是唐冉啊！

顾苏心下稍松，接着又一紧。

时间刚过十点，今天鏖战三局，老霍特意给他们放了一晚上假，但除了 Wiki 被拉去做理疗，没人休息。不知是不是受今天比赛的影响，大家训练都格外积极。

只是排位的时候，顾苏始终心不在焉，眼神老往二楼的办公室飘。

兔斯基眼尖地问道："你看什么呢？"

顾苏嚼着一根鱿鱼丝："没什么。"

兔斯基别的时候没这么精明，每到这种情况雷达就开始发作，他凑过去："你要是真好奇，我去帮你看看？"

"我有什么可好奇的……"顾苏抱着腿，嘟嘟囔囔地刷微博，"你还是关心关心今天晚上能不能上大师吧。"

兔斯基充分感受到了什么叫引火烧身。

十几分钟后，两个人相继下楼。

脚步声响起的那一刻，顾苏像梦游惊醒似的猛地站起来，椅子被带出老远。

室内一时静极，顾苏茫然站在中间，吸引了所有人的目光。

"……我去倒杯水。"她沉默地推开椅子。

二楼，唐冉斜睨盛洹："啧，这难道是……"

盛洹扫她一眼："闭嘴。"


盛洹把唐冉送出基地。

"说正事吧。"唐冉在基地门外站定，"今天我来也是跟你们道个歉。"

"道歉就不必了，那小子该吃点教训。"盛洹冷嗤，"你今天来不会就只为了说这个吧？"

唐冉笑了："洹神，有了新中单，但也别忘了旧人啊。Wiki 也是你的队员，不能不当亲生的吧？"

盛洹道："你不用激我，我从来没有放弃过哪个队员，只有他们自己放弃。"

他深深吸一口气，抬头看到基地的窗户上映出半个人影，不着痕迹地笑了一声："倒是你们队……"

他正了神色，眼底泛出冷意："管教不好的队员可以送来这儿，我不介意帮你这个忙。唐冉，今天的事情，我希望是最后一次发生。"


顾苏趴在沙发靠背上看了一会儿，窗外，盛洹还穿着比赛时的西装，领带已经摘掉，衬衣的扣子松开两颗，胸口和锁骨隐隐可见。

两人不知道在说什么，盛洹始终没有笑。倒是唐冉，全程笑靥依旧，迷人又肆意。

这架势不一定还要说多久，顾苏还没吃晚饭，比赛的时候肾上腺素飙升，这时候才觉得饿，她想回去拿那包没吃完的鱿鱼丝，一回头，发现身边有个人跟她同一个姿势趴在沙发上。

Wiki下巴搁在胳膊肘上，头发蓬松像是刚洗过，像一只乖乖等主人回家的大狗。

顾苏一愣："你不是去做理疗了吗？"

Wiki看了她一眼，又看回窗外，下巴一张一合，声音闷闷的："她说，我打赢她带的队伍，她就同意跟我在一起。"

顾苏顺着他的目光看去，自己原来猜错了。不是年少轻狂要跟仇家一决高下，而是单纯为了喜欢的人拼命。

顾苏多少有点于心不忍，泛滥的同情心几乎是瞬间冒了出来。

Wiki很喜欢唐冉，喜欢到她一句话他就能拼命训练。

但唐冉对他……

顾苏声音放得很轻："今天赢了，不是吗？"

"但不是我赢下来的。"

"有什么区别吗？反正胜利都属于战队。"

"我问你。"Wiki似乎来了兴致，转头看向顾苏，"今天前两局比赛，你在后台看，和最后一局你在场上打，感觉是一样的吗？"

Wiki一口气说了一长串中文，顾苏有点惊讶，短短几个月，他的中文水平竟然提高了不少。

中文的学习难度可想而知，这完全不像是一个只想挣钱混日子的韩援会做的事。

她认真想了想，回答："不一样。"

躺着赢来的胜利和亲手打出来的胜利怎么可能一样，她来当职业选手就是想亲手拿一个冠军，而不是坐在替补席看着队友取胜后，她才出现在鏖战后的赛场，和队友一起捧起那座与她无关的奖杯。

Wiki的心境跟她不谋而合，可他们两个人，注定只能有一个拼搏在赛场。

原来，他也不是不在乎输赢啊！

顾苏忽然就有点动容。

Wiki 能力强，她一直都知道。私下她研究过不少他的比赛视频，甚至常规 RANK，她也在学习团队打法。

可一个赛季那么快，时间似乎不会等她。她甚至又生出那种被抛弃的感觉，就像小时候父母从来不接送她上下学，不关心她在学校的生活，只关心她的考试成绩，在亲戚的孩子一起出去玩的时候，没有人喊她，父母也不在乎。

她到底还要多努力才能不被抛弃？

所以她没日没夜训练，把自己逼到极限。

但如今，她终于想通了。

Wiki 是对手，同样也是队友。虽然不知道 Wiki 是不是这么想的，但目前来看良性竞争的确在往好的方向发展。

再强的人也只是人，是人就会失误。她是，Wiki 亦是。

没有人能一直赢下去，同样，也没有人会一直输。

这些天的烦躁郁闷似乎全都找到了出口。

"Wiki。"她从沙发上跳下来，以正式的姿态，一字一顿道，"认真竞争吧，我不会输给你的。"

训练室里队员们正在排位，然而所有人的注意力都偷偷集中在这一角。

Wiki 沉默片刻，忽然问："你为什么要来打职业？"

顾苏毫不犹豫："为了梦想。"

那个金色的梦想。

再难也想要得到的梦想。

"梦想啊……"Wiki 伸了个大大的懒腰，他缓缓转动着僵硬的脖颈，因为久坐而生锈的软骨发出轻微的咔嚓声，他忍不住皱了皱眉，接着，又露出一个不怎么认真的笑，"我打职业就是为了钱。"

基地外。

窗户上映出一高一低两道身影。

唐冉回味着基地里那一幕，颇有一副看好戏的架势："看来你把她保护得很好嘛，这么久了都没让营销号扒出来？"

盛洹顺着她的目光看过去，隔着纱帘，他似乎跟那双深黑色的眼睛对上，紧接着人影一晃，单薄的身影遁走，只余一抹黑色的发尾，在窗边一晃一晃。

他摇了摇头，唇角勾起自己都没有注意到的弧度："从前是觉得要保护好她，但现在不需要了。"

"哦？不想宠她了？这可不像你啊！"

"那是两回事。"暖黄色的灯光在黑暗中，显得格外明亮，盛洹顿了片刻，继续道，"她有保护自己的能力。我相信她。"

一个晃神的工夫，基地门外已经空无一人。

顾苏从沙发上爬下来，起身去门口拿外卖。

饿着肚子更难受。

路过洗手间，有人从里面出来。

唐冉正在往包里装口红，跟迎面走来的顾苏撞了个正着。

"哟——"唐冉似乎心情不错，主动跟顾苏打招呼，"今天的比赛打得不错。"

顾苏乖乖点头："谢谢。"

唐冉把双肩包拉好，背到身上，重新打量了下顾苏："其实，我挺喜欢你的。"

顾苏的手已经按在门把上，闻言直接退了一步："不不不，你别说了。"

在唐冉讶异地注视下，她一本正经道："虽然我刚加入 LPL 不久，但我也知道非转会期私联选手是违规的。"

再加上你有想挖角的前科，和盛洹关系也暧昧不明。

顾苏在心里默默补了句。

唐冉笑了："你误会了，我是真的很喜欢你，有天赋又努力，在新生代选手里挺难得的。"随即摇了摇头，"再说，我要是真想挖你，某人还不把我基地拆了。"

她意有所指。

顾苏不太会处理这种场面，胡乱应了两句就准备去拿外卖，拉开门她又想起什么，顿住脚步："你不去跟……"她回望了一眼训练室，发现 Wiki 早就不知道去哪儿了。她抓抓头发，"跟你朋友道个别吗？"

唐冉倒是毫不避讳，她重新卸下背包后才道："不了，他现在应该也不好意思见我吧，帮我跟他说声加油。对了，要是有机会替我劝劝他，让他别再逃避了。当初他躲到我那儿的时候我以为你们战队怎么排挤他呢。还特意跑来看了一圈，这不是都挺正常的嘛。"

唐冉伸手摸了摸顾苏的头："我先走了，季后赛见。"

门开启又关上，顾苏后知后觉双手抱头后退两步。

怎么还被摸头了啊！

Loading

▸▸ **第九章** ▸▸

他们是彼此坚实的铠甲

/ ///////// /

今夜，顾苏好像知道了什么了不得的大事。Wiki 和唐冉……虽然大家都各自怀着不一样的目的，但想要赢下比赛的心从未改变。

或许，队内焦灼的氛围会就此消融。

她怀着对未来的美好憧憬欣然入睡，准备在美梦后拥抱明天。

可明天却结结实实给她挖了个坑。


【大新闻！ FM 中单疑似跟教练暧昧？】

当夜，盛洹和顾苏在后台相拥的照片传遍了电竞圈的每一个角落。战队的所有人都看到了这条"爆炸性新闻"。

第二天中午，盛洹在训练室现身。

已经是训练时间，顾苏因为前一天太累，破天荒地没起床，自然也就错过了队友们精彩的表情。

老霍一脸严肃地迎接盛洹："热搜第六，这可怎么办，我先说公关部的建议——就解释成比赛后教练对选手的鼓励拥抱，我跟场馆打个招呼，你们几个人都回去重新拍一遍跟洹神拥抱的照片……"

兔斯基从手机里抬起头："现在不是我们拍不拍照片的问题了，你看看这个……"

老霍扫了一眼兔斯基的手机屏幕，赫然是一条论坛标题：【这是我之前去线下蹲选手的时候拍的，仔细看看盛教这屏保上的是不是 Su！】

"不是吧，屏保都能看清楚？现在拍选手需要这么高清的摄影设备了吗？"老霍快疯了，望着盛洹，"这……"

盛洹点点头，平静地接过话茬："虽然我从来没想过刻意隐瞒这件事……"他面容沉静，"当然也是担心大家会对顾苏的入队和训练安排有什么偏见，为了保护她，所以我没有说过。"

"但现在，"他停了停，"我觉得有必要坦白我跟她的关系。"

室内只剩中央空调轰轰作响。

兔斯基倒是看出了盛教和顾苏的不寻常，但也仅限猜测；Jump 一向粗线条，对这些事不敏感；安诚和洛洛合格打工人，对队友的私生活并不在意；Wiki 一个人窝在沙发角落，合着眼睛，像是在补眠。

老霍一摆手："我早就看出来了你和苏妹子只要有接触空间就跟热熔似的，所以你俩是什么时候偷偷在一起……"

盛洹："顾苏是我前任。"

老霍："？"

兔斯基的下巴差点掉到地上："前任？你俩什么时候分手的。她之前不是还吃你和史筱杭还有唐冉的醋吗？我以为你俩还没在一起？"

盛洹皱了皱眉："什么吃醋？"

兔斯基意识到自己透露了如此惊天的大秘密，差点咬掉舌头："兄弟们千万别跟她说是我说的，我还想在上路多活几年。"

盛洹若有所思，但眼前显然有更重要的事，他就近找了一台训练电脑，开机，登上了自己的韩服账号。

SuHu 整整几十页的排位记录。

众人什么都懂了。

老霍终于明白当时劝盛洹要顾苏加入战队的时候，他为什么会犹豫那么久。

明明是战队青黄不接的时候，明明顾苏看起来有无限可能。

此时此刻，他恨不得掐死当时的自己——怎么就没长眼，把老板的女朋友招进队不说，还让人家跟老板分手呢！

顾苏睡醒已经是下午三点，这一觉睡得很深很沉，像是大脑感知到她最近的精疲力竭，在努力让身体完全修复。

她靠在床头花了五分钟醒神，接着打开手机。

手机上几十条新消息，她揉揉眼睛，先点开微信。

檀：【你上热搜了。】

檀：【厉害啊，你能发表一下上热搜感想吗？】

檀：【你们什么时候和好的？都不通知我一声？】

顾苏还没睡醒，这时候更是蒙，她点开微博，点进热搜，看着自己的游戏 ID，愣了三秒。

昨天她在后台抱了盛洹被人偷拍了？

照片的视角不太清晰，显然不是官摄。照片里，她紧紧搂住盛洹，整张脸都埋在他怀里。而盛洹刀刻般的侧脸温柔，温柔里又带着点释然和心疼。

说他俩是因为赢下比赛激动而拥抱，她自己都不信。

顾苏洗了把脸试图让自己清醒过来。

这件事上了热搜，说明关注程度比她想象的要高出很多，甚至是她无法预料的程度。

虽然她并不在意别人关注她的私事，但她不希望因为自己影响队友的心态。

无论如何，她需要给队伍一个交代。

但在此之前，她想知道盛洹是怎么想的。

她记得她刚入队的时候，盛洹分明还对他们两个人的关系讳莫如深。

顾苏握着手机下楼，一进训练室就看到原本应该在各自座位上训练的队友们整整齐齐坐在沙发上，仿佛等待审讯。盛洹站在他们面前，俨然一副审讯官的架势……

所有人的目光齐刷刷落到顾苏身上。大家神色千奇百怪，但都带着不可置信。

"你们……"顾苏似乎懂了什么。

"对不起，我错了！"兔斯基第一个说话，就差跪下来抱住顾苏的大腿，"是我有眼不识泰山，我不知道你是前老板娘，要是知道我肯定不会说你买的情侣手机壳幼稚！还有你那些粉红色的不知道有什么用的乱七八糟的……"

洛洛："我也不该诓你去给神方刷礼物，虽然那时候确实是想挑拨他们队内关系……我不会因为这个扣奖金吧？"

安诚："既然话都说到这份上了——首先声明不是因为知道了你和盛教的关系才这么说的，我为你刚入队的时候对你不信任向你道歉，你昨天第三把打得真挺好的，再接再厉。"

老霍全程连头也没敢抬，要是让盛洹知道当初就是他劝顾苏跟男朋友分手来打职业的，会不会被当场开除并且被彻底封杀从此失去在联盟里就职的机会啊。

顾苏："你们正常点。昨天……是手滑。我和盛洹现在是纯洁的工作关系。"

室内彻底安静下来。

没人接话，所有人都看到盛洹的脸色一瞬间阴冷下去，那副表情只有在他们比赛输掉，或者练不会英雄的时候才能在他脸上见到。

顾苏全程都看着地板，因此也错过了盛洹的表情变化。她继续说："也跟大家道个歉，没有提前跟大家坦白，希望不会影响大家。"

"这是你的私生活，不对外说才是对的吧，只是运气不好刚好在这个节骨眼上被拍到了。"兔斯基低声道，"等等，为什么超话里都在刷

Neil 的直播······"

他抓起手机点进直播平台，接着就是一阵爆笑："他直播间的标题叫失恋阵线联盟——"

这一声成功让方才低迷的气氛彻底消散，所有人都各怀心事，直到兔斯基手机里响起 Neil 的声音，准确地说是哭腔。

"我······我······她是我的初恋······真的是初恋，我一直都很喜欢······游戏打得好的女生······但像她打得这么好的······我还没见过······

"这个是什么······这是我买的公仔，太大了卧室放不下，就先放训练室了。下场比赛我们跟 FM 同一天······想送······送她······

"我想抢啊！但抢龙都要凭运气，何况抢女朋友！不过······你们觉得我抢得过盛教吗？"

兔斯基偷偷看了眼盛洹，想笑又不敢笑，随手给 Neil 刷了三个免费的萤火虫，打字：【加油，少年，我看好你！】

信息量太大，顾苏不想消化，她闭了闭眼睛："求求他千万别把公仔带到赛场，我不想再被拍下来了。我喜欢自己买。"

"所以这件事情怎么解决，是发公告澄清还是等热度自己散了，我尊重他们的意见······"说话的时候老霍的手机还叮叮叮响个不停，他拿起来看了一眼，又烦躁地关上，"LPL 是平静太久了吗？怎么全都来找我吃瓜！盛教被 Su 拿下有这么意外吗？"

洛洛接话："洹神，高岭之花，你能想象他会谈恋爱吗？"

盛洹揉了揉眉心："行了，这件事我会解决。"他略想了想，重新抬眼，在一众人里准确捕捉到顾苏，眼里盛着说不清的情绪，"如果真的造成不可挽回的后果，我会卸任。"

咣当一声，兔斯基的手机掉在桌上。

没有人再说话，只余 Neil 呜呜咽咽的声音响在训练室。

顾苏愣了愣，还残存着睡意的大脑彻底清醒。

"卸任？这时候你要卸任我们之后的比赛还怎么打啊！"老霍在盛洹办公室来回踱着步，"没这么严重吧，你这是要了我的老命哟！"

"别走了，头晕。"盛洹闭上眼睛，感觉额角的血管突突直跳，"我是说到了万不得已的时候。真走到那一步，可以先从二队调一个教练，我去做分析师。"

老霍总算松了口气："只要你还在，军心就稳了。"

盛洹睁开眼，声音沉稳："不用太担心，走不到那一步。我刚才那么说……"他停下，适时转换话题，"现在只是舆论发酵，最重要的还是稳住队员的心态，电子竞技，成绩最重要。"

老霍点点头，表示赞同："看起来他们除了愧疚毫无影响。"

"我是说顾苏。"

老霍长长"啊"了一声。

"如果选择沉默，节奏会一直都在那些人手里。到时候就会变成——如果 Su 上场，舆论会说她是因为我才有上场的机会；如果她不上场，舆论会说她是因为被曝光之后失去了我的庇护，暴露了实力不行，所以上不了场。"

盛洹的脑子转得永远比别人快一拍，老霍这时候又有点跟不上："那怎么办？"说完又想了想，"不过你的手机屏保真是苏妹子吗？我都没注意。"

盛洹正要说话，门外响起三下轻轻的敲门声。

"进。"

门被推开一条缝，顾苏探头往里面张望："教练，我想跟你聊聊。"

老霍知趣地准备离开，门关上之前，他听到少女的声音怯生生地问："事情很严重吗？"

接着是男人的声音，一本正经道："嗯，很严重。"

老霍：？

刚才洹神明明不是这么跟他说的。

顾苏很少来盛洹的办公室，在基地的大多时候，盛洹除了在训练室，就是在会议室开会复盘。他真的很忙，有时候吃饭都是阿姨送到办公室里，边处理工作边吃，其他地方顾苏几乎见不到他。

办公室装修简洁干净，电脑也是赞助商品牌的顶级配置，书桌后方立着占据了半面墙的书柜，盛洹把电竞椅拖开，冲顾苏扬了扬下巴："坐吧。"

顾苏挪动脚步，坐下来，眼睛扫到桌面。

盛洹的外设跟她是情侣款，换言之就是同款不同色。顾苏没记错的话，键盘的轴体是红轴，纯黑色的键帽，她的也是红轴，同款粉色的键帽，当时还是盛洹给她配的键盘，说是省手劲儿，游戏打久了也不会太费手。

职业选手一般都是用惯了的键盘，换了键盘会影响手感，所以分手之后她也没换。

没想到，盛洹也没换。


顾苏似乎又闻到淡淡的须后水的气味。

顾苏沉默两秒，忽然觉得身下这把电竞椅仿佛长了尖刺。

盛洹凉凉的嗓音响起来："什么感觉？"

顾苏想了半天，诚实道："像在上刑。"

盛洹："……"

他随意倚在桌边，一条腿伸直，一条腿微屈，偏头问："你有什么想法？"

顾苏有一肚子话想说，却不知道从何开口，她犹豫许久，才问道："你会走吗？"

盛洹挑挑眉："俱乐部出了问题，教练背锅不是很正常吗？"

顾苏的心像是忽然空了一块。

从前在一起的时候，她总有比恋爱更重要的事，盛洹也都依她，宠她，从不向她提任何要求。分手之后她没顾上难过，等她缓过劲儿来的时候，她已经成了 FM 的队员，而盛渲是她的教练。

过去的一年，她以为她足够了解盛渲，其实只是片面，这几个月的朝夕相处，她反而比从前了解得更多。

现在在她面前的，是一个完整的盛渲。

而他也早已跟她的一切紧紧绑在一起。

她的热爱，她的生活。

战队不能没有他。

她也不能。

顾苏有点慌，下意识地就去拉他衣摆："你……别走。"

盛渲低头看一眼，没动："为什么？"

"因为……这个战队不能没有你。"

"还有呢？"盛渲挑高了眉，"只有这个？"

顾苏艰难地摇了摇头："反正，你别走。"

话未说完，她感觉电竞椅转了个圈，下一秒，盛渲已经站在她身前，他双手撑住扶手，上身压下来，死死盯着她："为什么？嗯？顾苏，为什么不让我走？告诉我。"

顾苏咽了咽口水，莫名想起那时候杜檀的话——你俩深夜独处，就聊工作啊？

"说啊，为什么不让我走，嗯？"盛渲的声音依旧咄咄逼人，"顾苏，我想听你说。"

顾苏被逼急了，眼角不知不觉有点泛红，她退无可退，只好双手抓住他的胳膊，试图躲开逼人的压迫。

"你紧张什么。"盛渲语声松松垮垮的，他挑起眉，"你是不是……还忘不了我？"

顾苏感觉嗓子干得不像样，拼命吞了下口水。盛渲这张脸，搁娱乐圈就是顶流，搁 LPL 里就是牌面。甚至他的声音，低低沉沉的，自带混响。

现在，这张脸的主人，用这样的声音，在她耳边说话。

她忽然有点不想拒绝。

可是……

"可是霍经理说了，战队不让选手谈恋爱。"

她感觉周遭的温度一瞬间降入冰点。

盛洹松开手："算了。"

他站直身体，一只手揉了揉额角："我有时候真觉得，我喜欢你是我脑子出了毛病。"

他转身想走，衣角却被拽住。他回头，看到顾苏眼睛瞪得大大的，委屈又专注："但是我想违规，行不行？"

视线在空气中交织，像一道火线划破一直以来的自我禁锢，盛洹眯眸看着眼前的人，忽然深深吐出一口气："算了，我不想再忍了。"

她忘记是谁先主动的，再有意识的时候，她已经被盛洹按在桌子上。

桌子是实木的，硌得后背生疼，可更让人在意的是眼前的男人，那双泼了墨似的眼睛，此时沉得让人发慌。

日光透过百叶窗，一道一道照进来。那些隐在暗处的心绪，像闷在罐子里的热油，如今得见一丝空隙，终于彻底沸腾。

从前盛洹的吻温柔沉溺，今天却极具掠夺性，陌生又熟悉的气息让她一寸寸失守，她忍不住环上他的脖颈。像是得到鼓励似的，盛洹用力按在她的腰上，报复似的咬住她的下唇，顾苏吃痛地"唔"了一声。

她伸手推推他的胸膛，盛洹不满地皱起眉，但还是停下来。

"洹哥，就算过去要被审判，也是我和你的过去，如果要承担后果，也是我跟你一起承担。你不能一声不响就离开战队，我知道你比谁都舍不得。我想过了，接下来的比赛只要赢下来就没人会说什么了。我能做到，你相信我好不好？"

久违的称呼让盛洹愣了愣。

他深深看着她，眼底泛出浅浅的笑意："我什么时候不相信过你？"

她绽出大大的笑容，反手抱紧他："那你不走了，对不对？"

"嗯，不走了。"

一块石头落了地，顾苏心里轻快不少，听着他沉稳的心跳，低声问："洹哥，你还喜欢我吗？"

时间像黏稠的糖浆，在看不见的虚空缓缓流淌。在顾苏以为她不会听到答案时，一道声音隔着骨骼和血肉，响在她耳旁。

"一直。"

一直喜欢，日落月升，从没有一秒钟停止过。


短短的几个小时。

网上有了更多铺天盖地的消息和猜测，有人顺着那天两人双排的记录，扒出 HuSu 就是常年跟 SuHu 双排的工具人，同时又把 SuHu 的英雄池跟顾苏一对比……完美契合。

至此，开始有人写小作文，满篇都在揣测顾苏是因为跟盛洹的恋爱关系才能加入 FM 并且力压 Wiki 成为首发，并开始胡诌——为什么电子竞技没有女性选手，就是因为会引来很多不必要的麻烦啊。

当然，不少理智粉也毫不留情怼回去：SuHu 韩服前十路人王，又是打职业的黄金年纪，游戏天赋在新生代选手里不说顶天至少也是前三，一个月两百多场排位，这还不算训练赛和比赛的时间。你 FM 这赛季刚重组，顾苏愿意来跟 Wiki 轮换很难说是谁占了便宜。

于是又有人开始质疑顾苏是否就是 SuHu，还有一部分盛洹"太太粉"和顾苏"男友粉"哭天抢地地痛呼失恋。

【洹神之前不是爱前任爱得死去活来吗，说变心就变心？】

【说明新欢够好啊，Su 跟你谈恋爱你不愿意吗？】

【等等，如果 SuHu 就是顾苏，那洹神的前女友又是什么时候分

手的？】

……

话题越来越偏，带着顾苏 ID 的热搜起起伏伏，顾苏从二楼下来，所有人看似聚精会神地排位训练，实则都竖着耳朵想听一听八卦。

盛洹跟在她身后，冲她点了个头。

那神情好像在说：别怕，有我。

起伏的心也跟着安定下来，于是顾苏在万众瞩目下，开了直播。

队员们直接吓傻了，兔斯基哆哆嗦嗦问："这波……是硬刚节奏吗？"

Jump："我已经脑补她跟黑粉对喷三百回合还能纹丝不动地继续补兵，还一个不漏……"

洛洛："顾苏姐，需要支援就说一声。"

安诚："同上。"

顾苏点点头，深吸一口气，接着打开了摄像头。

粉丝们没想到顾苏这时候还敢开播，一窝蜂涌进了直播间，热度直接飙到英雄联盟板块第一名。

粉丝、其他战队的选手、拳头（英雄联盟开发商）的工作人员、营销号的小编……无数分不清敌方还是友方的账号开始刷弹幕，对顾苏的好奇已经达到了顶峰。

"别急，一个一个问，你们刷这么快我看不清。"

顾苏也没开排位，就随便放了首歌，在密密麻麻的弹幕里，挑出了第一条。

"嗯，我是 SuHu……没公布是想藏一手战术，让其他战队挖不出我的英雄池。但现在训练赛和正赛都打得差不多了，也就无所谓了。"

有人让顾苏证明一下，顾苏也不生气，爽快地打开游戏客户端，熟练输入账号密码，随意刷着账号信息："好久没上这个号了还有点怀念……看看我以前都玩什么英雄啊，皎月狐狸辛德拉，现在呢，铁男塞恩加里奥……"

这下弹幕全都心服口服，开始"哈哈哈"起来，对顾苏的质疑瞬间少了大半。

有人问顾苏 ID 是什么意思。

顾苏觉得脸颊发热，幸好基地采光不错，从镜头里看不出来。她沉默三秒："是苏……和洹。"

弹幕瞬间爆炸。

【所以那天跟 Su 双排的辅助就是洹神！】

【Su 你跟洹神的拥抱是真的吗？】

【你们真的在一起了吗？】

"是真的，但那是个误会！那场比赛赢得多困难你们也看到了，下意识的举动可以理解吧。说女朋友不太准确，我是你们洹神的……前女友。"

弹幕又安静了三秒，接着刷过一片问号。

【原来那个让我永远失恋的前女友是你！】

【我的天，这什么神仙组合！】

【神就该跟仙女在一起有什么问题！】

【你真的很喜欢粉色吗？看你对线那种打法我很难想象。】

【前女友，那你们什么时候分手的？】

顾苏点开直播平台，在首页乱逛："入队之前就分手了，因为霍经理说队内禁止谈恋爱。"

一语激起千层浪。顾苏的事业心强到弹幕无法想象的地步。

【完了，我觉得老霍的工作不保。】

【好家伙，听说洹神分手那段时间直接给 FM 的训练计划上了一个强度，敢情罪魁祸首是老霍！】

【他说不让谈你就分手啊，洹神又做错了什么？】

【你来打职业是因为洹神的关系吗？】

顾苏分不清什么黑粉、白粉，无论弹幕问什么，她都一一耐心回答："FM 招我入队的时候，我还不知道洹神是教练……行了，我知道我是个不称职的女朋友，但那时候我要上分啊，不然怎么打职业。"

弹幕：

【这才是职业选手应该有的态度！】

【学学！那些因为谈恋爱影响打职业的选手都学学！】

【钢——铁——直——女——】

【就是！男朋友有什么好的？有游戏好玩吗？】

顾苏继续说："当时还差点被他从基地赶出来。"

弹幕：

【？】

【能对小仙女下这么狠的手只有洹神了，这两个人很难说谁是活该单身。】

【那你后来是怎么留下来的？】

顾苏看到自己在首页的热度后愣了一下，才说："后来啊，后来他给了我一个打训练赛的机会，我把对面中路打穿线了，就留下来了。"

弹幕又开启夸夸模式，都在刷顾苏对线能力恐怖如斯。顾苏摇摇头："也要谢谢野王大佬一直帮我抓。"

在遥远的隔壁，Jump 抹了把脸："您客气了……"

仍然有人在刷顾苏被盛洹"特殊对待"。

"我被他特殊对待？那是挺特殊的。你们洹神每天都给我单独留课后作业，比别人多练一个小时……"她扫过一条"不愧是魔鬼教练"的弹幕，继续说，"不过我本来就会多训练两三个小时，我是新人啊，不努力怎么行，何况还要跟 Wiki 争首发。"

她接着念出这条弹幕："所以是凭什么选首发的？"

兔斯基在一旁听了个全程，这时候也忍不住抱怨："一开始有人不归队啊，怎么不说 Su 顶着多大压力啊！"

顾苏示意他噤声，她看了眼角落里难得在训练室乖乖训练、此时神情懒怠似乎完全没睡醒的 Wiki，然后，含糊道："都是战术安排，其他就不方便多说了。"

余光似乎瞥见 Wiki 往这里看过来，顾苏也没在意，她看了眼时间。

"再给你们三分钟，有什么想问的快问，晚点有训练赛，我要先打几盘热热手。"

弹幕：

【你们什么时候复合？！想看，很急！】

弹幕又刷过一片"复合"。

顾苏一眼扫到了这条弹幕，又回想起那个缠绵的吻。她下意识摸摸唇边，上面似乎还停留着不属于自己的温度。

大脑会骗人，但身体不会。

她以为她喜欢盛洹，盛洹也喜欢她，一切就会和从前一样。复合什么的，都是顺理成章的事。

可是在离开会议室前，盛洹对她说："在确定你是真的喜欢我而不是崇拜我世界冠军的光环前，我不会跟你和好。"

顾苏咬咬嘴唇，嘟哝道："怎么还有催我们复合的啊，先拿冠军再说吧。"

弹幕：

【吾辈楷模。】

【所以小仙女上次让病人多喝热水也是他吧，那时候他好像正好是感冒来着。】

【惨，洹神惨。】

顾苏：？

"之前说让病人多喝热水的不是你们吗？"

兔斯基终于忍不住，拍了拍顾苏的肩膀："原本这句话是我说 Jump 的，现在也送给你——凭本事单身，真没问题。"

顾苏不明所以地关了网页，退出 SuHu 的账号，重新登上联盟发的超级号。

弹幕：

【她到底是什么大心脏，还有心思排位？】

【Su，你为什么要站出来说这些啊？】

【我还以为战队会出公告，FM 不会穷到连公关都请不起了吧。】

排位开始数秒，顾苏一手撑着下巴，歪着头看弹幕继续刷屏："因为这是我们的私事啊。之前每次遇到事情，都是盛洹帮我处理好一切，所以这次我想自己解决。毕竟恋爱是两个人的事情，我不能总让他一个人冲在前面替我替战队挡风遮雨，我十九岁了，不是孩子了。不会影响我打比赛的，节奏不会，男人也不会，我会更努力训练。"

弹幕：

【无形秀恩爱，最为致命。】

【对不起，你一直喜欢你前女友，你天下第一专一！】

【Su 加油！我相信你！冲进春决，进世界赛！】

弹幕仍然在刷，顾苏却没再管。

进入排位的那一刻，她回头，看到那道始终站在她身后的身影。

盛洹冲她微微点头，她回以一笑。

心动很容易。

感动很容易。

崇拜很容易。

包容很容易。

连爱也很容易。

信任却很难。

那是相信对方所做的一切决定，不会有丝毫质疑，即使把软肋完全露给对方，也相信对方一定不会做出伤害自己的事情。

当夜，顾苏的名字再次被冲上热搜，那段直播也被剪辑成各种不同的片段。只是这次，舆论的风向完全变了。

虽然也有人担心顾苏和盛洹同队是否会对战队成绩产生影响，但更多的是佩服这个十九岁少女、新人小将的勇气。

敢于承认一切，背负一切。

就像 FM 跟 Born 的第三局比赛。

越来越多人开始发声：【要影响早就影响了，你看她之前像是被影响到吗？别说影响，上次双排盛教蹭她经验她都要喷人了。她对职业的

态度轮得到你们说三道四？】

【选手为什么不能自由恋爱，选手也是人，只要不踩高压线不影响成绩爱干吗干吗。选手不靠人设吃饭，靠的是成绩，谢谢。】

【她这赛季哪场上来不是拿命 C 的，是，后来版本变了她不熟悉支援游走体系，不也是拼了命地练吗？跟 Born 那场不也赢了？】

【说白了不就是对女生打职业有偏见吗？舆论为什么全在喷她，不去喷盛教？】

【盛教有的喷吗，不说他以前的成绩，就说他为战队付出了多少，这两人的职业态度放全联盟也是标杆。】

努力也许不会立竿见影，但至少不负自己的梦。


会议室。

盛洹组织大家开会。

主要是针对这次节奏和之后比赛的作战方针。

全员到场，连 Wiki 都难得参会。

盛洹也不藏着，直接拿出安排好的战术体系："Su 和 Wiki 常规赛各自练了兵，训练赛也各半，无论谁后面上场都不至于手生，现在临近季后赛，到时候 BO5 更换战术体系轮换打法在所难免，大家都做好准备。先这样。"

这次的节奏事件，似乎像黏合剂，反而让原本已经出现裂痕的队内关系重新融合，所有人都铆着劲儿，想拿个好成绩，替顾苏出这口气。


散会后，顾苏走在最后，临到门口时她停住脚步。

"洹哥。"

盛洹从一堆资料里抬眼："怎么？"

"你是不是早就想好了？"

投影在他身上打出明暗的光。盛洹停下手，似乎饶有兴致："想好什么？"

顾苏重新走回桌前，她低头想了想："之前 Wiki 的状态起伏不定，但他能力又强，也有人气，战队不想放弃他，所以就想招新中单进队轮换。不，或许干脆就是替补，想刺激他，让他有危机意识，只是没想到招来的人会是我。"

这些天的事件剥茧抽丝，渐渐汇成一幅明晰的画面。

"Wiki 根本就不是不在乎比赛成绩吧，他是太怕失去了，怕输了之后显得自己的努力一文不值。所以刚开赛的时候他连队都不回，一直躲在唐冉那儿，想逃避这一切，即使回来之后也是那副吊儿郎当的态度，是在伪装吧？"

"唐冉跟你说的？"盛洹把手里的资料摆好，走到她身前。

"一半一半吧，另一半是我猜的。你从来没有偏心，哪怕是我。"

盛洹看着她，忽然就有些心疼。这个原本该在象牙塔里天真无忧的女孩，却要独自面对这些风雨。

他的声音压得很低："你怪我吗？"

"不。"顾苏摇摇头，"如果你真的对我使用特权我才会怪你。Wiki 说得对，亲自赢下比赛和后台看队友赢下比赛是两回事，我想坐稳首发，想赢，想夺冠，凭我的实力。"

夜空闪着极亮的星，黯淡的投影将室内照出昏暗的颜色。盛洹看着眼前认真又专注的小姑娘，揉了揉她的头发："不用太担心，你有这个实力。我放你独自面对这些，因为相信你有能力处理好。但如果可以，我还是希望你不要长大。顾苏，我可以是你的保护伞，只要你需要。"

可我想足够强大，能站在你身边，跟你一起面对风雨。

顾苏压下心底的情绪，抿了抿嘴，又抬起眼："但你也不能保护我一辈子啊！"

"能啊。"盛洹的声音散漫又蛊惑，"结婚就能。"

顾苏一点点瞪大眼睛。

这算什么，求婚吗？可他不是刚拒绝跟她在一起吗？

"好了，去睡觉。"盛洹捏住顾苏的肩膀，将她转了个圈。

他随手关掉投影，室内霎时暗下来，只剩不盈一握的月光，虚虚落在地上。

顾苏恍惚走到门口，感到耳畔一阵温热的呼吸，带了细微的痒意。

她一愣，接着听到沉缓的声音。

"我当然有偏心。"盛洹几乎贴上她的耳廓，低而认真，"所有我能支配的时间都给了你。"


卧室关着灯，深夜两点，是大多人睡眠最深的时候。

盛洹洗过澡，倚在床边。

他从未跟顾苏提起他的过去。

那段在异国他乡的经历，有鼎盛的荣誉，同样有难挨的岁月。被打压、被质疑，艰苦的训练环境，苛刻的训练要求，他经历过那些不好的事情，他不想多一个人来分担痛苦。

回国后，原本他已经打算永远放弃梦想，是顾苏重新给他信仰。

她的坚持，她的努力，让他看到过去的自己，也看到新的希望。

最初没告诉顾苏他跟 FM 的关系，是他真的生气了。但顾苏打职业这事儿太突然，他自己也被打了个措手不及，他的确是想看看顾苏的反应，他既希望她爱他，也希望她能如愿。

那个梦有多耀眼、炽烈，他比谁都清楚。


现在正是争季后赛名次的白热化阶段，在这个时间点带这种节奏，说是无心根本没人相信。

这次的事无论是谁爆出来的，无非是想赛前搞心态。

就算顾苏心态真的崩溃，至少还有 Wiki 可以上场。

但他的心态出问题，战队恐怕真的会摇摇欲坠。

那些人以为顾苏是他的软肋。

的确，他们是彼此的软肋。

但也是坚硬的铠甲。

▶ 第 十 章 ▶

我在乎的一直是你

/ ///////// /

至此，FM 即将迎来本赛季春季常规赛的最后一场比赛。

虽然一路走来偶有磕绊，但每次都化险为夷，积分意外打到了前四。

纵观积分榜，前几名咬得很死，每个小局的胜负都可能影响最终排名。

顾苏打开电脑上的记事本涂涂写写，最后一场比赛如果 2：0 赢下来，他们的积分即将来到前二，也就是说，可以直接从四分之一决赛开始打。

如果输了，则要看排名临近的战队脸色，如果对方胜而己方负，他们就要打八分之一决赛。

一个 BO5 的差值。

兔斯基看着赛程，连连叹气："我不想再碰到帝星了，怎么还有连兵都不吃硬打对线的上单啊，不知道上路是发育路吗？"

Jump 想了想说："强势对线的选手我们也有啊，要不你问问蒋穹跟顾苏对线的心得？"

兔斯基看了眼全神贯注排位的顾苏，忽然有点敬佩这种"大心脏"。

如果，他是说如果，顾苏真的是能和盛教一起带领 FM 走到最高峰的人呢？

又是三天的训练赛。这次，顾苏不再纠结于输赢，而是跟队友一起放手打，努力打出盛洹安排的战术效果。

比赛前一天，盛洹统计出两位中单的胜负结果。

"平局。"

顾苏咬咬唇："要不明天上午再约一场？"

兔斯基当场就要给顾苏跪下了："求你了，你让我在比赛当天睡个好觉好不好，养精蓄锐才能血战到底啊！"

"不用打了。"在结束跟 Born 的比赛后，顾苏以为 Wiki 又会和之前一样，训练全凭心情。不知是不是那天唐再来基地跟他说了什么，总之从那之后，Wiki 竟然开始全勤训练了。

Wiki 转动座椅，面向训练室的中央："平局就是我输了。"

顾苏一愣："什么意思？"

"如果我拥有经验和心态的优势都无法比你赢得更多，说明你能力的确比我强。"Wiki 摊手，"认输而已，没什么可怕的。"

顾苏还是不甘心，盛洹一抬手，打断她的话："明天打爵士队，爵士队主要打下路核心，我们需要出强势中单，下场顾苏上。"

语声不容置疑，但众人心服口服。

FM vs 爵士队。

爵士队是近年的新晋战队，选手也任用新人，因此整个队伍都带着一股年轻的冲劲儿，这样的队伍好处是选手敢打敢拼，坏处是没有老将坐镇，上头的时候没人能拉住，缺少用经验解决问题的能力。

"今天是常规赛的最后一场比赛，我不会要求你们一定拿下胜利，但希望你们打出自己应有的水平，你们彼此都拥有最好的队友，相信他们，也相信自己。"休息室，盛洹例行做着上场前最后的嘱咐，"你们照常发挥，剩下的交给我。"

盛洹的绝对威信，给选手们吃了一颗定心丸。

前场响起欢呼，是解说已经就位的信号，工作人员进来通知上场，顾苏跟在队伍后面，在后台的走廊里，她见到了史筱杭。

远不如上次见面，史筱杭总是有意无意跟盛洹搭话，这次她只是匆匆点了点头，像故意避开似的，眼神压根都没往盛洹身上看就疾步往前场走。

　　"今天的主持人是史筱杭啊。"自从两人过往的关系曝光之后，兔斯基就再也不藏着掖着，他戳顾苏，"怎么这么急啊，连个招呼都不打？不会是上次娱乐赛被你打服了吧。"

　　"这锅我不背，上次我就手滑收了她一个'人头'，要是这也算打服了那她可真脆弱。"顾苏瞪了兔斯基一眼，后者再也不敢多话，噌噌噌跑前面找 Jump 上野联动。

　　顾苏一个人走在队尾。

　　上台前的走廊昏沉、黯淡，全凭前场舞台灯漏出来的光当照明。

　　她抱着键盘看着前面的男人。

　　盛洹的背影高挺宽阔，莫名带了说不清的安全感。他人高腿长，步履从容，顾苏走在他身后，从前她甚少跟着盛洹，多半是盛洹跟着她，看她冲，看她疯，等她累了困了，一回头，他永远都在那儿含笑等她。

　　他从不怕她跑丢，她也相信他始终是她的后盾。

　　顾苏低头想了一会儿，快步追上去，经过盛洹身边时，她用小指轻轻碰了下他垂在身侧的手。

　　盛洹脚步一顿，羽毛尖扫过似的痒意顺着指尖传遍四肢百骸，他低下头，对上一双乌黑的眼睛。

　　眼睛的主人微微偏头，冲他笑："等会儿能不能给我选个刺客中单啊！"

　　盛洹挑起眉，用两个人才能听到的声音："是长进了，美人计都会用了？"

　　顾苏鼓起嘴，又加紧脚步跟在他身侧："开玩笑的，只要能赢，选什么都行。"

　　"哦……"盛洹看了眼她努力跟上他的步频，似笑非笑，"不是美人计，那是故意撩我？"

于是上台的时候，观众看到平时打法以凶狠见长、赛时语音消音声最多的 FM 中单，双颊泛着红意，全程没看镜头，两只手缩在长长的队服袖子里，交握在身前，不知道在想些什么。

弹幕：

【今天的化妆师是不是给她腮红打多了？】

【想看 Su 选手穿裙子。】

【既然 LPL 已经有女性选手了，能不能出女性选手的队服？比如 JK 什么的？】

【你是想听她穿着 JK 骂人吗？】

弹幕究竟在说什么顾苏浑然不知，她跟着队友落座，听着耳机里，她的教练用那把低沉的嗓子安排战术。

选手们发现，今天他们教练的心情似乎很不错，甚至可以说是温柔。具体表现为第一场比赛上野分别"浪"了一波，场中休息两人战战兢兢回到后台盛教竟然没有训人。或许是因为跟 Su 的关系曝光之后，再也不用遮遮掩掩了？

又或许，只是这把赢了，教练暂且按下不表，等着秋后算账？

怀着忐忑的心思，第二场比赛，没人再敢造次，等待审判结果总比立即宣判更让人心惊胆战。

解说甲："不得不说，自从 Su 选手打开了战术体系，FM 的 BP 好做多了。"

解说乙："是啊，你要我 C 我能拿皎月狐狸，你要我支援我能拿岩雀加里奥，看来洹神教得好啊！"

解说甲："洹神是出了名地严苛，我只能说 Su 选手为这支战队付出太多了。"

解说乙："这团是可以开的吗？哈哈哈！"

解说甲："好了，话不多说，让我们进入 BP 环节。哦哟，上来就 BAN 了上把顾苏发挥亮眼的加里奥！"

解说乙："又按了皎月！就防一手你皎月进场秒 AD！"

解说甲："据我所知她这赛季没有拿过皎月。"

解说乙："哎，你是不是 2G 网冲浪，她是 SuHu 的事儿我以为全联盟都知道了，看来爵士队是做过功课的！"


"后三 BAN 他们要针对下路，我们拿女警，BAN 硬辅，轮子妈放给他们，给中路拿妖姬。"盛洹搬出早已针对爵士队做出的战术，"这把前期稳住，打野多帮下路。"

在最后一选完成后，他走到选手席中间，在中单位置停下："别怕送，敢打一点。"

顾苏定了定神，握紧鼠标："嗯。"

兔斯基一看这架势，不由得倒吸一口凉气："完了，盛教这话等于告诉饿了三天的狼——等会儿我打开笼子，里面装的兔子、野鸡还有人你都能吃。"

"这是这赛季最后一场常规赛还是想加班，掌握权在你们手里。"盛洹边摘耳机边说，"想加班也没问题，季后赛之前你们可以不用放假。"

上野感觉到后背凉飕飕的视线，立刻正襟危坐。


爵士队不愧是围绕下路打的战队，打野五分钟来了下路三次，安诚和洛洛直接在下路挂机，给打野 PIN 信号。

Jump 无法，眼看着下路要被打崩，直接放弃野区帮下路推线，徒留上路和中路独自发育。

十五分钟，小龙团。

对面中路推了线先到位，加入打野和下路双人组，反观 FM 只有

Jump 和安诚洛洛加入，瞬间形成四打三的局面。

仗着装备和人数优势，爵士队先手开团，安诚和洛洛 Poke 了一波，果断卖掉 Jump，丝血逃生。

Jump 看着昏暗的屏幕，心知这把大概率是没了，但还是强撑着鼓励队友："没事没事，下路先苟一波，等我出来……"

话未说完，他看到在中路推完线晚来一步的顾苏蹲在草里，看准对面路过的时机，踩上去链子链住一套连招带走了 AD ！

"Nice ！"队内语音一阵狂呼。


"虽然只是一颗'人头'，但 FM 队内气势完全打出来了啊！"

"爵士队是新人敢打敢拼，可是 Su 选手也是小将，完全不虚你（英雄联盟解说比赛常用词，不害怕）。你激进我比你更激进，看谁凶得过谁！"

老霍在后台听着解说直摇头，十分同情爵士队："放虎归山啊，放虎归山，上场比赛刚让大家感受了顾苏的支援体系，今天就重新玩刺客，到时候季后赛让大家不知道该怎么针对中路，要我说还得是洄神，今天让顾苏上场是早就想好了吧……"

很多比赛在 BP 结束的时候，胜负就已经定了。

盛洄没说话，他捏着笔无意识在指尖旋转，身边摊着笔记本密密麻麻记着每一次上场 BP 的战术。

如果说当初顾苏的出现是他毫无准备的意外，那如今她在赛场上驰骋拼搏，就是他最大的惊喜。


至此，团队开始把经济向中路倾斜，围绕队内最肥的妖姬做文章，顾苏也没有辜负队友，带着 FM 从逆风局一点一点打回顺风，在比赛进行到三十五分钟推平对面水晶！

"让我们恭喜 FM 以 2：0 的战绩顺利拿下常规赛收官之战的胜利！同时也确定了他们将以常规赛第二名晋级季后赛！"

现场呼喊声空前高涨，偶尔有人大声叫着选手的 ID。

顾苏跟队友击掌，跟对手握手，鞠躬，在欢呼声中退场。

老霍："打得好，打得好，苏那波草丛偷掉 AD 太关键了……你今天还不想接受采访吗？拿了 MVP 也没什么想说的？好好好，那 Jump 去吧，主持人一定会问你对季后赛的看法，记得低调点，别招人恨！"

剩下的选手稍作休息，准备先去赛后群访，顾苏刚想找盛洹一起去采访间，就见隔壁休息室的门被砰地推开，一个人影跑出来，一跃至顾苏身前。

顾苏："……"

怎么对家打野直接线下跳草 Gank 她啊！

今天 AABB 比他们早打一场，没想到 Neil 竟然还没走。

顾苏小心翼翼地看了看他的左右手，随即松了口气。

幸好他没带玩偶，不然她很担心自己会立刻社死当场。


"我终于明白你说的那句话什么意思了！"Neil 激动得上下比画，"我想明白了！"

顾苏下意识地后退一步："你想明白什么了？"

"你说你打游戏只是因为喜欢，所以……"他深吸一口气，"我想明白了！你喜欢打游戏我就陪你打游戏，你不喜欢打游戏我就陪你做你喜欢的事！我喜欢的是你，不是因为你会打游戏……不只是……"

后面的话越说越低，伴随着他声音落下的是顾苏身后休息室里走出来的人，盛洹仍是教练的打扮，就倚在门口，听着他的告白。

不知是屈于曾经洹神的统治力，还是如今盛教的冷血盛名，Neil 忽然觉得嗓子里像是卡了一块石头，有点说不出话。

他拿求救的眼神看着顾苏。

顾苏被看得有点蒙："什么意思？"

她顺着 Neil 惊惧的目光回头，接着又转回来，冷静道："你连面对我教练的勇气都没有，还跟我表白？"

Neil 也想挺直腰杆，但在盛洹平静地注视下，他挤了半天，挤出来一句问候："盛教好……"

盛洹点点头，抬步走到顾苏身边，他微垂下眼，看着满脸通红的Neil："好好训练吧，你韩服分还没有她高。"

盛教练虽没有到桃李满天下的地步，但对着不是自己战队的后辈，还是难得收了收教练的威严。

接着他转身，当着对家打野的面，诚恳且郑重地对自家中单说道："打得不错。"灯光洒下金色的光束，将他拢得朦胧又温驯，"我为你骄傲。"

旁若无人地夸赞。不惧过往，亦不畏将来。

顾苏又觉得双颊温热，她顺势拉过盛洹的衣袖逃离现场，边走边冲男人悄悄比了个口型："谢谢。"

走出灯光，盛洹的眸色立时变得讳莫如深，他不咸不淡地瞥了顾苏一眼，后者缩了缩脖子，眼珠一转，用胳膊肘戳他的腰，压低声音道："瞪我干什么，这次你也看到了，我真的什么都没干啊。"

"是吗？"盛洹淡淡收回目光，"所以你等我表扬？"

"不应该吗？"顾苏撇撇嘴，"我的妖姬秀不秀？"

男人嘴角牵起细微的弧线，这次目光里总算存了温度："我希望你的加里奥铁男塞恩跟你的妖姬一样秀。"

"怎么从前没发现，你这么会夸人呢。"

"过奖。"


Neil 怔怔看着一高一矮并肩离开的身影，忽然想明白了这几天百思不得其解的问题——如果盛教真的喜欢顾苏，当时他表白的时候盛教为什么还愿意给自己腾出空间？

如今他总算想通了。

大自然中的雄性生物，只有感觉到威胁才会反扑。不是盛洹大度包容，是他根本就没把自己当作情敌。

赛后群访。

选手们陆陆续续落座。

记者们也早已严阵以待,毕竟这是 FM 常规赛收官之战,也是 Su 和 Wiki 长达半个赛季争夺首发之位的奠基之战,话题度可想而知。

记者一般都会平衡对每个选手的提问数量,避免选手产生心理压力和落差,于是在中规中矩的提问中转了两轮,话筒又转回了顾苏手里。

记者甲:"下面这个问题想问 Su 选手,请问你在劣势的时候还出输出装,是怎么考虑的呢?"

顾苏:"队友给我让了经济,我就必须带他们赢。"

记者乙:"对于季后赛,你有什么期望呢?"

顾苏想了想,直白道:"每个职业选手的期望肯定都是冠军,我也会为了这个目标拼尽全力。"

记者丙:"Su 选手,对于最近网络上的一些言论——关于你成为首发选手的质疑,你有什么想回应的呢?"

总有记者不怕死想搞个大新闻。

坐在顾苏身边的兔斯基掐了一把另一边的 Jump,压低声音道:"顾苏不会直接喷他吧,万一真的喷了,那我们未来一个月还能有一天安宁的日子?"

"你轻点,说话就说话动手动脚的干什么。"Jump 差点叫出声,他揉着胳膊,"喷就喷了,你觉得我们这里谁能拦住她?"

终于还是来了。

盛洹掀起眼皮看向记者席。

这是曾经上过热搜的节奏(特指故意、恶意的舆论),如果顾苏真说出什么,到时候采访视频放出去,自然能给自家的媒体号送一波大流量。

无良媒体不在乎事实，也不在乎对当事人会有多大的影响。

他双手交叠搭在长桌，淡淡睨向左方。

少女坐在选手席的正中央。

或许是赛时太过紧绷，比赛结束她就把原本扎着的头发散了下来，衬得脸越发小。那张小脸上没有嘲讽，没有攻击，是真的疑惑："我凭实力拿到的首发，有什么问题？如果一场胜利不能证明我很强，那就两场，两场还证明不了，那就三场，三场也证明不了，那就冠军。"

室内有小小的骚动。

曾几何时，LPL还能听到如此锋芒毕露的话，那时候的电竞行业关注度不高，信息流也不发达，选手们互飙垃圾话，也看得人热血沸腾。

然而渐渐地，资本见有利可图，纷纷下场，就像把双刃剑，带着这个行业走得更高更远，同样引来很多不必要的关注和风气，用放大镜探究选手的每一丁点失误，再对这些失误口诛笔伐。

敢说真话的人，越来越少。


"你就不担心……万一输了？"那个记者又问道。

"输了是我实力不够，我担心也没有用啊。我能做的就是努力学习，努力训练，其他的就交给赛场。"

盛洹垂眼，唇角却勾起来。

该说的不该说的都说得差不多了，老霍闭眼不去想之后会有多少舆论节奏，适时发话："好了，如果没有其他的问题……"

"我还能再问一个问题吗？"角落里，一位记者举起录音笔，"网上经常会有人说女生不适合打职业，你对此有什么看法呢？"

顾苏用麦抵着下巴，想了想，用眼神示意："这位先生，下面这些话能帮我录进去吗？"

第一次听到有选手要求记者录音，众人一时搞不清楚顾苏想做什么，或疑惑或担忧，电竞小仙女该不会真的直接开喷吧？

得到记者的同意，顾苏调整麦克风，重新开口："我想说的是，女生跟男生一样，都可以打职业，都可以做任何自己想做的事。我只是一个普通人，我的学习成绩不如我闺密，家境不如我的……"说到这儿，她停了一下，偷偷瞟向席位的右方，接着低咳一声，"不如我的队友，但连我都能走到今天，你们也肯定可以。峡谷地图三条路，有人适合上路抗压，有人适合中路打线，大家起点终点和赛道都不同，所以，走好自己的路。"

她把麦放回长桌中央，现场静默三秒，接着响起如雷般的掌声。

再也没有记者敢试探顾苏，群访结束，人们稀稀拉拉站起来，各自收拾东西准备离开。

盛洹走在最后，在所有队员都依次离场后，忽然弯腰拉过麦克风。后台的音响设备不好，吱的一声爆了麦，也成功让还未离场的记者停了下来。

"各位。"

现场安静下来。

"我不希望我的战队有除了能力之外的任何门槛，也不希望被所谓流量、商业价值、性别影响，在 FM，只要有能力就有上场的资格。"他抬眼环视一圈，声音平静却冷厉，"每个人都有追梦的权利。"

当夜，到场的每一家电竞媒体都发了 FM 的赛后群访。一石激起千层浪，视频热度持续走高，粉丝路人都纷纷发声。

【她这段采访太酷了，说到我心坎里了！】

【自己打上去的首发有什么问题？Wiki 粉不服，让 Wiki 自己争首发啊。】

【Su，我也是一个普通人，二区白银一，能打职业吗？】

甚至连业内同行都转发了微博：

【我们 LPL 就是要有这样的血性！】

【在瓦洛兰（英雄联盟故事背景发生地），大家只有阵营，各自为信仰而战，从来没有性别之分。】

【同为女性，很感谢她为我们带来了一种全新的可能。另外下次她可以跟我合影吗？每次赛后都跑太快啦！】


顾苏不知道她这段话让多少人感同身受，事实上，她压根不会想后果这种东西。

做自己就好。

洗完澡，她坐在床头刷手机。

她打职业时间不长，性格也慢热，甚少主动交朋友，平时沟通最多的就是队友和教练。

对战队来说，今天只是漫长进程其中的一点，但对顾苏来说，这是她职业生涯第一个里程碑。

这个念头一旦起来就收不住，她越发觉得自己该做点什么，于是福至心灵把删除好久的微博重新下载，想上去看看今天的妖姬有没有上赛事集锦。

然后刷出了上千条艾特。

她几乎不怎么发微博，偶尔上一回，也是评论和私信占多数。顾苏有种不祥的预感，她皱眉点开最新一条艾特：【快来看洹神实力护妻现场，错过等一辈子！】

盛洹？

她滑动屏幕，点进盛洹的主页。

盛洹的微博发得还不如她多，上一条还是转发官宣她加入 FM 时的春季赛大名单，没有配任何文字和表情，像是被迫营业一样。

现在那条微博已经有两万多的评论，热评第一是春季赛冲冲冲，热二是欢迎加入大家庭，楼中楼偶尔夹杂着不和谐的杂音，也都被粉丝们刷了下去，接着是热三。

热评第三是三天前，一个 ID 叫"SuHu 今天复合了吗"：【很难想象洹神转发这条微博的时候是什么心情，是邪魅一笑说她永远逃不出我的手掌心，还是只想狠狠报复她，把她永远锁在 FM 基地。】

下面的回复：

【笔给你，你来写！】

【我猜洹神从来不看评论和私信，所以姐妹别怕！会说话就多说点！】

顾苏心里一抽，退出来，往上划拉，找到那条艾特她最多的微博。

时间是四十分钟前，约莫是刚回基地，她似乎能看到盛洹单手握着手机一脸平静敲字的样子。微博的内容很短，只有十个字，却充满力量——

FM Huan：【性别不是门槛，能力才是。】


顾苏盯着那行字，水珠顺着未干的头发滑入领口，带了些许凉意，不知过了多久，手机开始振动，是微信语音，她接起来，杜檀的声音伴随着细微的杂音清晰入耳。

"你又上热搜了。"

顾苏："现在的网友是不是都不用上学工作的？"

"今天晚上到底怎么了？"

顾苏这会儿才想起来擦头发，她抓着发尾想了想，道："我发你一个链接，你先看着，我有点事。"

杜檀在电话那边愣了愣："大半夜的你有什么事？"

顾苏已经把语音挂断。

她刚拿出一套居家服，杜檀的消息随之而来。

檀：【他的微博我转发朋友圈了。】

檀：【你知道吗，我拼死拼活考年级第一，有人跑来跟我说我这专业，女生难找工作，让我转专业！凭什么！】

顾苏边套袖子边道：【LPL还从来没有女选手呢，我们今年不也拿了常规赛第四？】

檀：【下次再有人这么说，我就把这条微博发给他们。】

檀：【话说回来，你和洹神现在怎么样了？】

顾苏思考片刻，坦诚道：【我找他复合，被拒绝了。】

手机静默三秒，接着她看到了一屏幕的"哈哈哈"。

檀：【他可以啊，昨天你对我爱搭不理，明天我让你高攀不起。】

顾苏按灭手机，她又想起盛洹那晚的话："在确定你是真的喜欢我而不是崇拜我世界冠军的光环前，我不会跟你和好。"

那枚光环的确耀眼，但那只是属于他的一部分，她不会因为想要追逐就沉沦。她想在他身边，不是谁保护谁，而是一起站在山巅。

游戏可以从头来过，输了，重开一把。

可惜，人生做不到。

所以错过的东西，要更努力地赢回来。

顾苏来到走廊。

盛洹的卧室在四楼的最后一间，自打来了基地她还没上去过。走廊没开灯，她在楼梯口站了一会儿，打开手机给盛洹发微信。

Su：【睡了吗？】

她听到门里似乎有脚步声，过了一会儿，她手机响起来。

Huan：【没，怎么？】

Su：【我在你门口。】

发完这句话，顾苏就放下手机，她听到室内静了一瞬，接着脚步声渐近，门锁转动，走廊一瞬间照进了光。

顾苏的眼睛有一瞬间的不适，等她看清的时候，盛洹只穿了件单薄的棉质深蓝色睡衣，看起来也是刚洗过澡，领口敞开，头发仍在滴水，滑过锋利的喉结滚进胸线。

这……这就有点不讲武德了！

顾苏咽了咽口水："你要是不方便我先……"

盛洹倒是浑不在意，他转身进屋："以前又不是没看过。"

"……"那倒也是。


盛洹屋子里干净整洁，一应的灰白色调，只开了一盏昏黄的落地灯，他光着脚踩在地毯上，拖过书桌前的电竞椅坐下。

"什么事？"

这话把顾苏问住了。

她也不知道自己有什么事。

只是觉得今天这样的日子，她的身边应该有他。

顾苏左看右看，也没看到自己能坐哪儿，她索性想坐地毯上，刚一坐下，一道白影从书桌底下窜出来，扑在顾苏的膝头。

"冠军！"顾苏又惊又喜，好久没见这小家伙，她把它高高举起来，左蹭右蹭，被冠军嫌弃地一爪子推开。

"……"

盛洹看着一人一猫和谐相处的画面，平静道："你要是不想让全基地都知道你在我卧室，就小点声。"

顾苏抱着冠军的手一僵。

她重新环视室内一圈，有点失望似的："你是真的一点都不喜欢粉色？"

"顾苏，有没有人告诉过你，半夜敲前男友的卧室门很危险？"

顾苏警醒了一瞬，又放松下来："你别吓唬我。要说绅士你认第二没人敢认第一。"

"但我也是个男人。"盛洹淡淡打断她。

"那……你实在想的话……"顾苏稍稍措辞，抱紧冠军，"就克制一下。"

"……"

"我就是来看看猫。"似是抱得太紧，冠军不满地"喵"了一声，顾苏挠挠它的下巴以示安抚，随口胡诌，"顺便看看你。发完那条微博还活着吗，没有被 Wiki 的粉丝冲烂啊？"又转念一想，"也是，你的粉丝好像比他还多。"

盛洹看着她顾左右而言他的样子，忽然开口："那天你问我的问题，我还没有问过你。顾苏，你是不是还喜欢我？"

气氛忽然变得凝重，窗外是浓得化不开的夜，落地灯投出暖黄色的光圈，将两人双双拢在其中。

顾苏对感情一向迟钝，好像所有的技能点都点在了游戏上，很多事情她不是不在乎，只是学不会处理。

比如当时，她不知道该如何平衡打职业和谈恋爱的关系。

短短几个月的时间仿佛过了半个世纪，而她未来的路也一点一点清晰。

她不能失去打职业的机会，同样也不能失去盛洹。

盛洹整张脸都在暗处，神色淡淡的，手指屈起来有一下没一下地叩在桌上。

顾苏被他盯得有点发毛，但还是郑重点头。

既然想通了，她就没必要藏着掖着了。

盛洹从桌上捞起一支笔，在手里漫不经心转着："好啊，那你追我吧。"

顾苏：怎么还要追的？

像是一眼看破她的心思，盛洹冷笑："当初你说甩就甩我，不会以为只要找我和好，我就会马上答应你吧？"

顾苏有点急："当然不是。"

"所以换你追我，这要求不过分吧？"

他屈起腿，倚在椅子上，等待着她的反应。

他倒没真的想让顾苏追，只是眼下的情况，如果他真的跟她重新在一起，说不定又会惹出什么意想不到的事端。

时机不到。

火候也不到。

而且，他真的有点期待她会不会真的追他，会怎么追他。


没想到顾苏只是一本正经地点点头，又按住冠军乱揉一通，站起来回去了。

"……"

冠军追到门口，对着已经关上的门叫了两声。

独居的卧室，两个人略显拥挤，一个人则只剩空寂。

盛沮把冠军抱起来，冠军不解地瞪着他，像是在问他为什么不把她留下来。

他从不介意感情里付出的多少，即使他一直知道，他爱顾苏远比顾苏爱他更多，维系感情的永远是平衡而不是公平。

他不想再玩那种你到底还爱不爱我的游戏，这一次他必须更谨慎。

他不能接受他们再因为任何意外分开。


当夜，顾苏做了一个梦，梦里，盛沮把她堵在训练室的角落，冷笑着对她说："白天我是你教练，晚上……"

咫尺之间，盛沮几乎要贴上她的鼻尖，他脸色阴森恐怖，手里还拿着她给他买的那些粉红色的配件："晚上我是只想狠狠报复你折磨你的前男友，把你锁在 FM 基地，让你为之前抛弃我付出代价——"

"别说啦！"顾苏双手捂住耳朵，尖叫着醒来。

他看不看微博评论她不知道，她只知道自己快被粉丝们弄疯了。

她花了五分钟确认那只是个梦，重新打开微博，找到那条春季赛大名单，在热三评论下面回复：【少看点霸总文学吧，害人。】

离季后赛还有十多天，为了让选手们有个良好的心态，战队特意放了三天假。

难得的假期，顾苏原本打算刷刷 OB 再补补直播时长。

因为职业选手赛程紧，平台为其制定的直播时长通常都不算多，选手们大多集中在休假的时间集中补时长。

下楼前，她照常打开手机刷微信，忽然看到一个红色小圆点。

她这才想起来，前段时间导员给她发消息让她回去办点手续，那时候正好在筹备收官战，就把这事儿忘了。

眼看已经是中午，她想来想去，还是决定先混一混直播，下午再回学校。

难得的假期，还是可以出门的假期。她在柜子里翻翻找找，终于摸出一条自大一新生晚会后就再也没穿过的连衣裙。

裙子是素色的吊带加小披肩，胸口有一排细碎的花纹，腰身收得很好，拉链沿着腰线服服帖帖拉上，像是专门为她量身定做的。顾苏对着镜子转了个圈，决定趁它发霉之前带它出去见见太阳。

她下楼的时候，撞见同样刚睡醒下楼吃早饭的兔斯基。

"早……"兔斯基头发像一窝草似的，手里拎了一瓶刚开封的矿泉水，仰头猛灌几口，接着一低头，跟顾苏打了个照面。

然后水洒了一身。

兔斯基也顾不上擦，他用力揉了揉眼睛，确信自己没看错，才喃喃道："女装大佬……"

顾苏：？

顾苏站远了点，怕他继续迷糊把水溅她身上："没有语言天赋就好好打英雄联盟吧，现在不用说话的工作也不多了。"

"……"

她踩着拖鞋，进到训练室。

训练室里只有 Jump 在打着小游戏，顾苏跟他打了个招呼，得到的是长达十秒的注视和一声元气十足的问好："早！苏妹子！"

顾苏险些被喊晕，她边开电脑边说道："野王哥哥你今天不太对劲，平时你都不这么叫我。"

一来一回 Jump 也有点语无伦次："啊，这不是看你今天穿了裙子吗，表达一下赞美！"

"……"

她穿裙子这事儿就这么奇怪吗？

顾苏倒也不是不喜欢穿裙子，只是平时穿队服居多，就算偶尔有穿私服的机会，为了体感舒服也多半是宽松的休闲装，不知怎么给周围的人留下这种刻板印象。

她打开直播。

短短几分钟，直播间也炸了锅。

【你今天怎么这么美！】

【是有什么喜事吗？要去约会吗？】

【同行三个月，不知木兰是女郎。】

顾苏：？

顾苏："把这个背《木兰辞》还背错了的 ID 封了。"

刚睡醒精神还处于放松状态，她打了把排位找手感，游戏结束切回直播间，弹幕还在对她今日的着装表示疑惑。

【她是不是要去约会了！】

顾苏："我不是……"

弹幕：

【你怎么证明你不是！】

【把洄神叫过来，我们要亲自问他！】

【想看盛教直播训人。】

自从两人的关系公开，粉丝们也就越来越口无遮拦，顾苏也没想瞒着什么，直白道："洄神别说你们叫不动，我都叫不动。要不是职业选手的游戏账号只能本人玩，其他人碰一下都算代打的话，我真想把你们洄神叫过来按在这儿替我代播上分……"

话是这么说，以前的盛洄是对她百依百顺，但现在她也没把握。不过直播"口嗨"嘛，也没人会当真。

吃过早饭加入直播的兔斯基在一旁听得起劲："我记得你入队的时候对直播可不是这个态度，虽然不积极但也不会水时长。"

Jump幽幽道："每个职业选手成长的必经之路——水直播时长。"

眼看已经到了午饭时间，弹幕还在不停刷屏，顾苏想要自证又苦于没有方法，无奈之下拨通了盛洄的微信语音。

铃声响了几秒才接通："喂。"

顾苏按下功放："我要出去一趟。"

电话那边顿了顿，"去哪儿？"

"回趟学校。"

弹幕没想到顾苏是真的勇，为了不被带节奏直接拉当事人来对峙，立刻开始狂刷问号。

顾苏用口型对摄像头说："看吧，我真不是去跟他约会。"

听筒里只余电流的脉冲，盛洄似乎在思考，在顾苏挂点语音之前，兀然说道："等着，我现在到训练室，送你过去。"

顾苏：？

顾苏看着屏幕，愣住了。

弹幕：

【懂了，你是要用弹幕当借口主动约盛教。】

【他原来是这样的洹神吗？我也想要这么体贴的男朋友！】

【你今天开播的目的是要硬给我们塞这波狗粮是吧？】

顾苏百口莫辩。

她把公放换成听筒模式："我直播呢。"

"嗯，可以五分钟后下播。"

"不是，我是说，我给你打语音的时候，是开着公放的。"

三秒沉默后，盛洹平淡的声音响起来："我之前说的是让你追我，不是让你追死我。"

"嘟——"语音挂断。


盛洹来的时候，顾苏已经不顾弹幕爆炸，关了直播。

车停在基地门口，还是上回接她那辆跑车。

顾苏上了车。

盛洹穿了件素色的休闲衬衣，袖口挽至手肘处，露出紧实的小臂。

他侧头看过来："刚醒？"

"嗯，睡了一个小时吧。"

"吃早饭了吗？"

顾苏摇摇头，接着，她怀里被塞了一盒牛奶。

还是热的。

像是长了雷达似的，盛洹头也没回，淡淡道："旁边便利店买的，喝吧，没毒，我比谁都希望你好好活过季后赛。"

顾苏内心：后半句话可以不用说的。

盛洹利落地掉头，车子穿过别墅区，向更宽阔的大路驶去："晚点再回学校，先带你去个地方。"

"啊？"顾苏有点蒙，"去哪儿？"

"到了你就知道了。"

无论顾苏怎么问，盛洹就是不回答。

顾苏脑子里灵光一现，忽然想到什么："你该不会是……要跟我求婚吧？"

路口绿灯霎时变红，盛洹愣了一瞬，才猛地踩下刹车，身体因为惯性向前冲去，他下意识地伸臂去护顾苏。等稳住身形，他才缓缓转头，道："顾苏，通常情况下，就算女生真的有这种猜测，也不会说出来。"

红灯转绿，盛洹面色如常，"就算求婚我也不会选在季后赛前夕，醒醒。"

"我当然知道！"心思被戳破，顾苏下意识地辩解，"就是你想也不行，我还没够年龄！"

"今年年底就二十了。"

这又是什么意思？

他不会真的想跟她求婚吧？

车内的温度似乎在猛烈飙升，顾苏忽然想到一个问题："但你不是说让我追你吗？"

"……"

原本今天起得就比平时早，长时间的车程让她昏昏欲睡，中途红灯，她听到驾驶席有模糊的响动，接着就听到盛洹的声音："储物格里的纸巾，帮我拿一下。"

顾苏翻出纸巾递给他，关上的时候觉得哪里不对，她盯着空荡荡的储物格，后知后觉地发现那些原本被盛洹收起来的粉红色的毛绒挂件，已经不见了。

"……"

"这辆车前段时间借给俱乐部当公车，怕他们乱动，东西放另一辆车里了。"

顾苏茫然回头，对上盛洹若有所思的视线："你是在想这个吧？"

"……洹哥。"顾苏忽然好像明白了什么，"其实你根本就不喜欢那些粉色的东西吧？但还是一直用，是为了让我开心吧？"

快速路上偶尔有车飞驰而过，密闭的车厢内，响起若有似无的叹息。

"顾苏，你还不懂吗？"盛洹一只手肘撑在车窗框，方向盘被他握在手里，"那些我都不在乎，有或者没有，对我而言根本无所谓。我在乎的一直是你，只要你开心。"

盛洹把车开向别墅区。

Born 俱乐部基地门口，唐冉按着蒋穹的头："道歉。"

"盛教，Su 选手，对不起！"蒋穹深深鞠了个躬，吓得顾苏后退一步，"不过年也不过节的，不必吧。"

"那张照片是我拍的。"

"……"

就是在 Born 比赛结束的后台，她拥抱了盛洹，掀起了一场血雨腥风。

顾苏下意识地看向身侧，男人神色淡淡，看来是早就知道了这件事。

蒋穹态度还挺诚恳："我真的不是故意的……虽然确实有过不好的想法，但我还不至于打不赢你们就背后捅刀子，这不是职业选手的作风！但是我有个朋友……是真的有个朋友，太喜欢 Su 了，我就把这张照片发给他让他死了这条心，结果就……"

顾苏："我希望你这个朋友不是 Neil。"

"对不起！"蒋穹又鞠了一躬，这次不是唐冉按着他的，"你们可以跟联盟投诉，或者让俱乐部发公告也没问题，事情是我做的，无论什么后果我都接受！"

唐冉没再管他，向着顾苏："原不原谅他，你们决定。"

顾苏沉默。

偷拍纵然不是值得提倡的行为，但既然在公众场合，并非个人隐私，也没必要因此就占据舆论高地而让他被谴责。

电竞在她眼里简单又神圣，她不希望再扯出更多的插曲。

她抬头，盛洹也正看着她。

"洹哥，可以吗？"

四目相交，虽然没有人说话，但盛洹读懂了她心中所想。

"嗯，听你的。"


天高海阔，不必踟蹰于一隅。


唐冉看这两人打哑谜，也乐了，一巴掌拍向蒋穹的后脑勺："他说不定还要感谢你呢，不是这张照片他也不知道什么时候才能公开。"

"唐冉。"盛洹冷冷出声。

"好了，先谢过两位放我们队员一条生路，不然你俩的粉丝加起来，不得把我们基地的房顶掀了。"

"当初你也放了 Wiki 一马，扯平了。"盛洹道。

提到 Wiki，唐冉的神色有一瞬间的凝滞，很快恢复如常："我也会跟俱乐部上报，扣蒋穹两个月工资。"

在蒋穹的哀号声中，她提着蒋穹往基地走："号什么，不让你肉疼你能记住吗？回去训练了，决赛还想报一箭之仇吗？"

蒋穹被提着衣领，还是努力回头喊道："我是对不起你们，但季后赛如果碰面我绝对不会手软！"

顾苏没想到盛洹是带她听蒋穹的道歉。

她重新回到车上，系好安全带。在导航的指引下，车子驶向学校的方向。

顾苏捏着空掉的牛奶盒，忽然开口："谢谢你。"

"谢我什么？"

日头向西去，她转过头，盛洹的侧脸英俊，下颌线凌厉分明，开车的神情认真专注，让初夏都变得肆意。

即使偷拍的事情已经过去很久，他还是找到了当事人向她道歉。一句口头上的抱歉也许不能挽回事件带来的负面影响，但至少，这是她应得的。

"我以为你会让他付出代价。"像是根本不需要她的回答，在跟车型完全不搭的爵士乐声里，盛洹唇边带了若有似无的笑意。

"当初蒋穹也没有公开追责 Wiki，将心比心，我就当替战队还他人情。"顾苏顿了顿，"扣两个月工资也够了，他应该不便宜吧。"

盛洹边打方向盘边道："蒋穹虽然不算顶级选手，但打职业时间不短，也是老选手，工资至少比你高一倍吧。"

顾苏转头看着他，满脸认真："现在可以回去跟唐冉说，让她把扣了的工资给我吗？"

盛洹笑着瞥她一眼。

之后顾苏就开始望着窗外发呆，盛洹以为她还在纠结蒋穹的工资，刚想说点什么，顾苏忽然轻声开口："你听到了吗？"

盛洹一愣："什么？"

"她说我们能进决赛。"

车子即将驶出小路，路旁满眼的梧桐，阳光从树叶间的缝隙投下来，留下斑驳的影。

在顾苏以为盛洹没听到时，驾驶席响起一道声音，笃定又认真。

"嗯，我们能。"

FM 基地。

休假向来不在基地的 Wiki 破天荒地出现在训练室，上午刚被顾苏震惊到的兔斯基再次揉了揉眼睛："世界是不是要毁灭了？"

Wiki 笑了声，打开排位，顺手开了直播。

这段时间 Wiki 没有首发，粉丝们早就炸了锅，这时候见他直播，纷纷替他抱不平。

【你终于开播了！】

【Wiki，季后赛会上场吗？】

Wiki 笑着摇摇头："我不是首发，轮换要看战队安排。"

一句话，弹幕瞬间爆炸。

【FM 管理层不当人，他现在跟雪藏有什么区别。】

【她不就是关系户嘛，我已经去联盟的微博下面留言了，不给一个合理的回复我就一直刷。】

【下赛季转会吧，咱们不受这气。】

Wiki 平时跟弹幕互动都很和谐，直播间的风向也基本都是一边倒。

他轻声哼着歌，在看到弹幕时，忽然停下来。他扫过一条"她就是影响Wiki职业生涯的罪魁祸首"的弹幕，唇边始终保持着的笑意消失殆尽。

他亲自找到那个 ID，禁言，拉黑，接着操着日益熟练的中文，一字一顿道："她是很强也很努力的选手，不要让我看到打着我的名义，骂她的人。我只会讨厌你。"

弹幕一片怔愣，抱怨声渐渐停息，正主都开了麦（网络常用语，代指发声），粉丝自然不好再多说什么。

队友口中的赞美或许带着滤镜，但对手的敬意一定是惺惺惜惺惺。

然而这一切顾苏都不曾知晓，在期待又忐忑的心情中，她迎来了职业生涯的第一个季后赛。

Loading

## ▶▶ 第十一章 ▶▶

我不想再跟你分开了

/ ///////// /

唐冉当之无愧预言家。

Born 和 FM 在季后赛分在不同的半区，一周后，Born 在八分之一决赛成功击败 AABB，又以 3：0 的战绩横扫守擂的老牌豪门战队，成功挺进决赛。

而下半区，FM 斩获一路杀出重围的熊队。

两队最终会师决赛。


决赛前三天。

顾苏做着决赛前最后的直播。

经过近来高强度的训练赛和比赛的洗礼，顾苏整个人呈现出一种登仙前的平静。

她照理打几把 RANK 为下午的训练赛找手感，等排位的时候，一个熟悉的 ID 唰唰唰给她刷了三个火箭。

AABB Neil：【决赛加油！替我们报仇！】

顾苏皱了皱眉，通常来说，选手之间互刷礼物也不是没有的事，但通常突出一个"互"，也就是礼尚往来。

但她着实不太想刷回去。

于是本着"收人钱财替人消灾"的原则，她还是回应了这三千块钱："谢谢，我们决赛会加油的。你们的比赛我看了，你的挖掘机玩得真是天赋异禀，多亏你下路那波 Gank 直接带崩全场节奏，要不然我们决赛的对手就是你们。"

弹幕：

【Neil 属于是花钱挨骂。】

【顾苏决赛加油！】

【哈哈哈哈哈，我要笑死了。Neil 你怎么还不死心，她但凡对你有一丝丝好感也不会是今天这样！】

来都来了，Neil 哪肯甘心，还准备说什么，眼看顾苏打开网页，就要去找他比赛失误的回放，下一秒，Neil 直接退出了直播间。

弹幕：

【她劝退追求者有一手的。】

【你再玩刺客真的不行，季后赛这么多场中单刺客的胜率才多少啊，真的练练英雄吧。】

【建议看直播，她现在什么英雄不玩？】


大赛前直播就是会有各种节奏满天飞，顾苏也没管，播够了时间就关了直播，重新投入高强度训练赛。


决赛当日。

解说们做着赛前预测，就 FM 和 Born 的交手记录来看，FM 确实略胜一筹，但 Born 大赛经验更足，而且前者又是新组建的战队，加上近来又有传言说队内两个中单不合，是否真的磨合好还是个未知数。

选手们提前半天到达总决赛现场彩排，主舞台比常规赛要大出不知道几倍，顾苏看着空空荡荡的观众席有点恍惚。

她站在了国内电子竞技最高级别赛事的决赛赛场。

几个小时后，她与队友将要和对手一较高下，争夺本年度春季赛冠军。

那座银龙杯就摆在舞台正中央，泛着银色的冷光，象征着无上的荣耀。

顾苏眨眨眼，只觉得浑身的血液像即将煮开的沸水，冒着热烈的气泡。

"想什么呢？"身后忽然响起低低的一声，盛洹不知何时来到她身侧，平静道，"你位置站偏了。"

"……"

隔了几步，Jump百无聊赖地抓着手机："怎么赛前预测都在说我们打不过啊，说我们中单不会版本英雄，苏妹子怎么不会了！"

"Born是一路从下面打上来的，手感正火热，上场比赛又零封对手，被预测夺冠也正常。"安诚十分中肯。

"常规赛我们中路的功能性中单确实没打出效果。"盛洹正跟工作人员确认选手出场节点，闻言回头，"还有，少看点舆论。"

兔斯基："这是可以说的吗？教练赛前亲自搞选手心态。"

"你们中单要是会被几句话搞心态，今天她也不可能站在这里。"盛洹又嘱咐了工作人员几句，才道，"不要有心理负担，比赛正常发挥，其他的都交给我，交给教练组。今天你们能走到这儿，都是你们亲手打出来的，不用怀疑自己。"

他伸手一指："你们配得上这座奖杯。"

选手们情绪高涨，纷纷应好。

顾苏轻轻捏了捏袖子里沁出薄汗的双手。

她放弃了那么多，努力了这么久，才走到今天。

曾经遥不可及的梦想，如今尽在眼前。


解说甲："欢迎来到本年度英雄联盟春季赛决赛现场！"

解说乙："从春寒料峭到夏树苍翠，我们的选手经历过低谷，也攀登过高峰，经过激烈的角逐，终于有两支队伍披荆斩棘，一路杀出重围，登上我们的决赛舞台！"

解说甲："让我们欢迎FM战队和Born战队！"

在解说的报幕下，选手们依次登场，落座，最后是盛洹走到场中，在耀眼的光束下微微倾身致谢。现场放起节奏感极强的音乐，无数声音喧嚣而起，气氛一时达到沸点。

"今天怎么说？"Jump摩拳擦掌，疯狂在赛前公屏跟对面互动，"谁输了谁去黄浦江边跑五圈大声喊我是对方的手下败将怎么样？"

"你是真的飘了。"兔斯基即将跟帝星对线，这会儿还心有余悸，"要真输了你自己去。"

"别啊，怎么还没比赛就长他人志气灭自己威风。"安诚也绷着一股劲儿，"看我今天打不打崩对面下路就完事了。"

说话间，公屏上又弹出最新消息。

蒋穹：【即使你是妹子我也不会手软！】

顾苏沉默了一瞬，打字回复：【即使你是男生被打穿线会哭会很丢人我也不会手软。】

蒋穹：【我不会哭！】

蒋穹：【我不会被穿线！】

Su：【哦，那一会儿峡谷见。】


选手们的表情难得轻松，连解说都忍不住调侃起来。

解说甲："看来今天双方的心态都很不错，也期待两支战队为我们带来精彩的比赛！"

解说乙："进入BP了，第一局比赛的红蓝方掷硬币决定——Born首选红色方！让我们看看前三BAN——"

解说甲："这版本的刺客确实不好发挥，就看洹神给Su拿什么英雄了。"

解说乙："FM先手BAN了剑姬和杰斯，先限制你帝星的英雄池！"

解说甲："Born反手就BAN赵信和豹女，就是不让你FM打野出节奏！"

解说乙："现在压力来到了 FM 这边，当前版本 OP 的铁男到底 BAN 不 BAN？"

解说甲："之前 Su 虽然亮过且赢下了比赛，但之后再也没用过……"

"我们放铁男。"盛洹又指挥顾苏 BAN 掉锤石。

"蒋穹铁男玩得也不错，就放出来？"兔斯基小心翼翼问道。

"铁男是这版本 OP 英雄，我们之前从来没在正赛里打出体系，所以他们一定会放铁男试探，赌我们不敢拿。"

说话间，他停在顾苏身后，一笑："那我们就一抢铁男。"

解说甲："FM 竟然把铁男放出来了！"

解说乙："Born 不 BAN 铁男，就是逼 FM 拿，你要是敢拿，打不出效果，那这场 BO5 里铁男就不会再上 Born 的 BAN 位。你要是不敢拿，要么你就 BAN 掉，用掉你一个 BAN 位，要么我在红色方就抢，怎么都不亏，看来 Born 的教练组做足了准备啊！"

解说甲："是啊，现在就看 FM 接不接招了！"

解说乙："让我们一起看看 FM 一选……铁男！真是铁男！"

BP 就是两方教练的千层试探。

在跟对面教练鞠躬握手的时候，盛洹明显感觉到对方心神不宁。

"对面是不是慌了，本来想兵行险着玩个大的，结果被你反套路一手……还得是你！"后台，老霍激动地搓着手。

"第一局打出气势很重要。"盛洹随便拉了把椅子坐下，他紧盯着电视屏幕，左下角的摄像头里，顾苏的铁男正在专注对线。

没有抱怨，没有忤逆，一切以团队优先。

盛洹的唇角扬了扬，说完后半句话："现在，就看他们怎么发挥了。"

顾苏不负众望。

第一局铁男绕后关对面 C 位直接影响了两波关键团的胜负，比赛进行到三十四分钟，FM 在龙坑以一波一换四的团战打赢 Born，直接推平对方高地！

"Nice！"

无论是现场还是直播间的观众都情绪激昂，粉丝一遍遍刷着：

【来，告诉我 Su 会不会铁男！】

【洹神，下场给 Su 选什么！铁男都亮了，有没有一手亚索！】

【哈哈哈，前面的别搞，这可是决赛！】

【决赛怎么了，英雄联盟，快乐游戏！】

"哈哈，没想到吧！Su 训练赛练了多少把铁男！一个顶级职业选手怎么可以容忍自己的英雄池是短板！"老霍情绪异常激动。

顾苏痛苦地摇了摇头："别提'铁男'这两个字，我现在听到就想吐。"

"别啊，说不定这把 MVP 就是你的铁男。"老霍安慰道，"打得好，开门红！争取今天早点下班！"

回顾整个联赛，决赛几乎很少出现零封，一是能进入决赛代表着绝对的实力；二是战队会做足准备，拿出让人意想不到的战术。

所有的拼搏都为了这一刻，每个职业选手都想赢。


第二局，Born 迅速调整战术，首选蓝色方，率先 BAN 掉铁男。

"恭喜，你的铁男上 BAN 位了。"盛洹低头在笔记本上划掉铁男，回想起上一局的比赛，"没想到蒋穹的法师英雄玩得还不错。"

"那能玩得不好吗？想想当年 Wiki 的英雄池是谁替他开发的，"说到这儿，兔斯基恍然大悟，"这小子该不会是唐冉派来的间谍吧！"

顾苏喝了口水："兔子，互联网不是法外之地，赛时语音发出去也会算诽谤的。"

"顾苏，我可是一直站在你这边的！你暗恋洹神的时候我可是……"

顾苏猛地咳了几声，她脱开耳机用力揉了揉耳朵，想要盖住发烫的耳尖："你先担心自己吧，对面选了上单卢锡安，我只能说一句 good luck（好运）。"

第三方当事人仿佛没听见两人的交流，神态自若道："贾克斯，选吧，这把跟他们打后期。打野多帮上路，前期稳住别崩。苏，岩雀还是加里奥？"

盛洹话一出口，顾苏就知道这把需要她在边路支援，于是毫不犹豫地按下岩雀。

身后，盛洹分神瞥她一眼，刚巧撞上顾苏回头，视线在空中一触及分，那是一种心照不宣的默契。


比赛开始，前期顾苏仗着兵线优势，跟 Jump 两人频繁光顾上路，取得小幅度优势。然而对面似乎是下定决心要保着上路来打，硬是给帝星让出了不少资源，于是在武器（贾克斯）还没成长起来时，Born 拉着 FM 爆发多次团战，经济直接反超。

此后，Born 始终保持着经济优势，利用三个 C 位强势期在二十八分钟时一波赢下比赛。


双方各下一城，比赛来到第三局，FM 首选蓝色方。

盛洹看着手里摊开的笔记本，平淡道："中单卢锡安会不会？"

兔斯基、Jump、安诚、洛洛听完都沉默了。

他们又想起每次洹神 BP 的时候用平淡的语气问出恐怖的问题就是——某某英雄会不会。

不会，说明平时没好好训练。

要说会……他们也不是每个英雄都会啊！

顾苏看着一排排英雄，咬牙道："你做个人不好吗？"说话间，她指挥兔斯基选下卢锡安。

"神了嘿，中单位现在还有苏拿不出来的英雄吗？"兔斯基挠了挠头。

"哈，看这次论坛怎么说，还有谁质疑苏的英雄池——承认你爹就是强很难吗？"

顾苏被夸得有点不好意思："也没那么夸张，卢锡安不是有手就行？"

上把刚被上单卢锡安血虐的兔斯基：？

下路从来没选过卢锡安的安诚：？

盛洹淡然一笑，心中生出莫名情绪，随即又释然。

她终于不需要自己再为她挡风遮雨。

是他亲手将她打磨成一柄锋利的剑，与他并肩，攀登那座最高的山巅。

现场爆发出惊呼。

解说甲："FM 以抢代 BAN 选下了上盘 Born 的 Carry 英雄卢锡安！"

解说乙："等等，这手卢锡安是给下路选的吧？"

解说甲："不好说，Su 连铁男都能练会，区区一个卢锡安……"

于是，在不确定卢锡安的具体位置前，Born 又 BAN 掉两手顾苏的刺客英雄，他们亲眼看着卢锡安从一楼一路摇到四楼，又从四楼换到三楼中路位置的时候，崩溃了。

又是一局死在 BP 的比赛。

当之无愧神之 BP，现场彻底沸腾！

蒋穹卑微打字：【Su，你不能因为我做错了事就在比赛里戏耍我。】

Su：【你还有心情打字还是我压线不够狠。】

蒋穹：【……】

FM 完全复刻了上局 Born 的打法，打野强势帮中路打出优势，中路利用线权反哺上下两路，经济优势越滚越大，打得 Born 无法翻身。

比赛进行到第四局，由 FM 拿下赛点。

"他们前两手会选强势下路组合，又要针对我们中路和打野。"盛洄一手扶住耳麦，平静道，"留给 Born 的 BAN 位不多了。"

"狠还是洄神狠……"Jump 怔怔道，"不会今天打完 Born，教练组当场解散了吧。"

安诚瞪他一眼："还没赢呢，别飘。"

盛洄始终保持着对对手的最高敬意，在他的世界里，轻敌无异于自杀行为，在赛前数不清的日日夜夜，他做足了准备，因此在这时才能拥有绝对自信："这场比赛拿下，3：1 下班。"

耳机里静了一瞬，接着响起士气高昂的喊声："教练说得是！"

在齐声高呼的加油声中，盛洄稳步走下赛场。

他已经注意到上局比赛，对面从后期开始操作变形。这说明选手的心态已经濒临崩溃的边缘。

大赛很多时候考验的不是实力，而是选手的心态和体力。

在通道的尽头，他最后回头望向场中的那座银龙杯，接着视线一转，落在 FM 选手中间的位置。

——别怕，我永远在你身后，直到你捧起那座奖杯。

果然不出盛洄所料，Born 的打野从前期开始着急做事，混乱的节奏反而让自己始终落后 Jump 一级，中下两路因为 BP 天然劣势，在一次失败的 Gank 之后，上路线直接被带崩，帝星作为 Born 最强 Carry 点直接成为劣势路。

决赛的最后一场变成了碾压局。

胜利来得毋庸置疑。

FM 这支新生代队伍在不知不觉间，汲取每一次比赛的养分，在狂风骤雨中悄然成长，终于开花。

今天，就是他们摘取胜利果实的时候。

"让我们恭喜 FM 取得本年度春季赛冠军！"

顾苏摘下耳机，山呼海啸的呐喊声瞬间入耳。

她不由自主笑起来，接着觉得眼眶发热，视线开始模糊。

她偷偷擦了擦眼角。

赢了。


身后是通往训练室黯淡的门，眼前是镁光灯下银光四溢的梦，她的教练从后台上前，与选手一起分享这份来之不易的荣誉。

这一次，盛洹的双臂展开，与上一次不同，他的目光迎向她，带着骄傲和笃定。

顾苏毫不犹豫地向他奔去。

紧紧相拥。


现场欢呼声更甚。

激昂的音乐响彻赛场的每一寸角落，金色的雨倾盆落下，象征着新时代的开启。

FM 即将加冕为王。


"洹哥……"顾苏开口就哽咽，千辛万苦入队，日日夜夜训练，一遍又一遍复盘、钻研，终于等来了这一刻。

她感觉一只手按在她的头顶，用力揉了揉。

欢呼声太大，盛洹不得不贴近她，用两人能听到的声音说："有什么话，回基地说。"

男人的声音带着笑意和安定，灌在她耳边。

顾苏只觉得心跳如鼓，美梦成真得不真实，她只想跟眼前这个人分享。

她恐怕等不到那时候了。


"合影！快，一起合影！"

老霍激动的心情比选手分毫不减，他一边吆喝摄影师一边张罗选手，顾苏这才恋恋不舍地放开手。

选手们就位，在沸腾的欢呼声中举起那座银龙杯。

"FM！FM！"

"冠军！冠军！"

这是令人振奋的一夜，主持人快步上台，为这支刚刚赢得荣誉的战队做着这一赛季最后的采访。

所有人的注意力都停留在队伍中间那个小小的女生身上。

她还从来没有面对观众接受过采访。

"Su选手从来不接受赛后采访的，看来这次逃不掉了。"主持人笑着问道，"在比赛前有想过会拿下冠军吗？"

顾苏握着话筒，沉思两秒："说实话，没有。我们教练说了，我们放手打就可以了，其他的都交给他。"

现场再次欢呼，主持人顺势采访盛洹："今天盛教的BP也是鬼斧神工，我们都知道常规赛FM刺客中单体系玩得比较多，总决赛忽然亮出一手铁男，想问问盛教是怎么考虑的呢？"

现场所有视线聚焦，摄像机推进。盛洹将眉眼低下，似乎思考了片刻，接着抬眼看向镜头："Su是很优秀也很有天赋的选手，她刚打职业不久，版本适应对她来说有些困难，但她私下一直有练习版本英雄，今天在决赛选出来也是交了一份完美的答卷。"

掌声乍起，带着对这位年轻小将的敬意。

主持人似乎故意搞事，又提出一个颇有针对性的问题："作为主教练，今天也是做出了十分精彩的BP，请问Su选手有什么想对他说的吗？"

话筒再次传递到顾苏手里。

她感觉到手在微微颤抖，台下是万人高呼，直播间里的人数更是数不胜数。

顾苏轻轻吸一口气，她终于站在了盛洹的身边，以并肩的姿态。他若是最坚固的盾，那她就是从一把开弓没有回头路的箭，化作一柄为队伍而铸的剑，在队友需要她的时候出鞘。

这一次，他们终于并肩站在国内最高赛事的赛场，将要捧起属于他们的荣誉。

全场都在等着她的回答，顾苏咬住下唇，害怕出口就哽咽："感谢的话我对他说过太多了，那么……"

她转过头，看着两步外同样望着他的男人，认真道："洹神，你能当我男朋友吗？"

现场静了片刻，接着掀起欢呼的浪潮，偶尔夹杂着几声尖细的口哨，顾苏全都充耳不闻，她眼里只剩下赛场中央被圈在镁光灯里的男人。

"曾经我以为英雄联盟是最重要的事，现在发现，是你的存在才让它如此重要。如果没有你一直在我身后，也许我根本走不到今天，四强赛……不，也许常规赛已经折戟，或者更远一点，我根本不会玩这个游戏。"

她眼睛湿漉漉的："我不想……不想再跟你分开了。"

Loading

## ⊪ 尾声一 ⊪

### 电竞椅上的公主

/ ////////// /

奖杯被捧回 FM 基地。

除了夺冠后的喜悦，选手们讨论最多的，是顾苏那场公开的告白。

"幸好 Su 没再多说，再说点我看盛教要哭了。"

"你小点声，想一天打八场训练赛是不是。"

"不过我说啊，她是不是拿错剧本了，怎么拿的是男主剧本。我以为这时候表白的都是男生。"

"你懂什么钢铁直女的浪漫，闭嘴。"

在一袭又一袭的众说纷纭中，FM 迎来了他们难得的假期。

不想在之后的 MSI（季中冠军赛）上表现失利，同样不想收队之前狂补直播，于是在假期第二天顾苏就爬起来直播 RANK。

原本粉丝们都做好假期选手们消失的准备，没想到劳模顾苏第一个打开了直播，粉丝们蜂拥而入，弹幕霎时刷了满屏。

【恭喜 FM 夺冠！】

【请问这里是春季赛冠军中单的直播间吗？】

【我今年高三了，从今天开始我也要像你一样，喜欢的梦就去追，喜欢的人就去告白，管它什么结果，干就完事了！】

【洹神答应了吗，洹神答应了吗，洹神答应了吗？】

屏幕上的游戏 BP 阶段，顾苏随手按下辛德拉，扫了眼弹幕："他答应我了吗？答应是答应了……"

　　"什么叫答应是答应了？"

　　身后，响起一道低沉的男声。

　　弹幕瞬时爆炸。

　　【好家伙，这同框来得是不是有点太快了！】

　　【双排，双排！想看我男朋友和 Su 双排！】

　　"别这么叫了。"盛洹扫过弹幕，淡淡道，"我女朋友该不高兴了。"

　　弹幕：

　　【行。】

　　【论洹神的自我修养。】

　　顾苏原本也是热手，这时候分心听着盛洹跟弹幕聊天，随口接道："随便啊，你们想怎么叫他就怎么叫呗。"

　　她没看到盛洹瞬间阴郁的脸色和弹幕一波又一波的"好兄弟不客气"，又补充："反正你们即使叫了也变不成真的。"

　　弹幕：

　　【实话实说这一刀真的扎心。】

　　【她耿直也不是一天两天了，反正我喜欢。】

　　【哈哈哈哈哈哈哈，等等，我是不是在直播间看到 Neil 了！ Neil 你是来找虐的是吧？】

弹幕这么刷着，盛洹也顺势想了起来，他拉了把椅子在顾苏身边坐下："听说前几天 Neil 给你刷了三个火箭？"

"啊，是啊。"顾苏正跟对面换血，一套技能甩出去，才抽空瞥了盛洹一眼，"怎么了？"

弹幕：
【怎么了，哈哈哈，怎么了。】
【我要被她笑死了，洹神真是找了个宝贝女朋友。】

中路打不过 Su，叫来野王哥哥把她击杀在塔下。等复活的时候，顾苏索性摘掉耳机，身子探出摄像头的范围。

于是在直播间的粉丝看着摄像头里空荡荡的椅子，听到了如下对话。

"你不开心就直说。"

"说了然后呢？"

"说明你不信任我。"

"你再说一遍？"

"当初我可是连你都不要，我还能要其他人？"

"我怎么觉得，你在骂我。"

"？"

"我在吃醋。"

"你几岁了？"

"几岁就不是你男朋友了？还是说你还对我有别的安排？比如，老公什么的？"

粉丝们也不知道自己是为什么要来吃这波狗粮。

【破防了，我破大防！】

摄像头外，顾苏一把捂住盛洹的嘴："我在直播！"

"直播怎么了？昨天当着几十万人表白的不是你吗？现在觉得见不得人了？"

弹幕：

【多说点吧，我们爱听。】

【最好说点见不得人的。】

【大好的假期你在这儿直播，真的很让我怀疑……】

"我在直播，你走开，等我直播完陪你。"顾苏连推带赶把盛洹赶出训练室。

游戏里，辛德拉的装备终于成型，一套高爆发秒掉对面中路。顾苏又看了眼弹幕："什么生气了，他哪有那么容易生气啊。真生气了？那我打完这把排位再……去哄他。"

弹幕刷过一片问号。

【吾辈楷模。】

【她能找到男朋友纯粹是天上掉馅饼，老天爷赏饭吃。】

【这么好的男朋友，不要送我吧。】

顾苏播到傍晚才下播。

她回房间冲个澡，出来的时候接到了一个久违的电话。

来自她亲妈。

顾苏选择打职业的时候根本没和家里人商量，父母在知道她要去"打游戏"刚准备说教，但又听说打完职业还能回去继续学习，就又把说教咽了下去。

不赞同，也没反对。

顾苏接起电话，她妈没有问她最近好不好，没有问她打职业辛不辛苦，没有恭喜她夺冠，甚至没有寒暄两句，直接开门见山："苏苏啊，听说你谈恋爱啦？"

那场表白。

站在台上的时候，她没在意过会被那么多人看见。

但她没想到，从不关注社交软件的亲妈，竟然如此快就得到了消息。

顾妈还在喋喋不休："你谈恋爱是终身大事，我们怎么能不管的，那个男的是你们教练？多大年纪了？家里是做什么的？什么学历啊？我听说做你们这行的学历都不高，哎哟，你不打游戏了还能回去上学呢，那教练不做这行了还能干什么？不能后半辈子靠你养吧。"

顾苏听不下去了："妈，就这样吧，我还有事。"

"哎，等等，苏苏，苏苏啊，你怎么能挂妈妈电话呢？"

世界清静了。

顾苏仰面躺在床上。

这些日子经历过的磨难，她不是没想过逃避，那是连"家"都无法给她的支柱，反而是盛洹始终站在她身后，支撑着她一路前行。

可为什么在她终于得偿所愿之后，她的家人第一时间不是为她骄傲，而是再次质疑她的选择？

夺冠之后那种不真实的喜悦被冲淡，她怔怔望着天花板出神。

吱呀一声，房间门被拱开一条小缝，冠军扭着胖乎乎的身体探进头张望。

"冠军！"

顾苏从床上弹起来，抱起冠军狠狠撸了一通，冠军受尽了屈辱，用力挣开顾苏跳回跟她一起进来的男人身边。

盛洹挠着冠军的下巴，听它舒服得发出呼噜噜的响声："看到没有，长期分居会影响和孩子之间的感情。"

顾苏："……"

270

她硬是从这句话里听出那么点责怪的意思。

原本就心情不好，被盛洹这么一闹，长久以来的委屈、后悔和无措又从心底里涌上来。

"怎么了？"盛洹察觉到她情绪不对，上前坐在她身边，"我开玩笑的。"

顾苏钻进他怀里，像是要汲取力量似的，紧紧拥住他。

男人身上的气味陌生又熟悉。

好像他离开了很久，又从未离开。

盛洹回抱住她，安抚似的拍着她的后背。他越过她的肩头，看到床上未锁屏的手机上那通最近通话。

盛洹懂了。

从前跟顾苏在一起的时候，她就甚少提到她的家里，逢年过节也不怎么回去，有一回听她无意间念叨，家里也没有家的样子。

他猜到她跟她父母的感情或许很淡薄。

家庭是一个人性格的成因。

否则顾苏也不会是今天这样，孤僻，要强，不愿与人交心。

顾苏不说，盛洹也没问，他吻了吻她的发顶，轻声道："等今年打完了，你带我去见你爸妈？"

下一秒，顾苏从他身上弹起来："我还没到年纪！"

"到什么年纪？"盛洹挑高了眉，看着顾苏在他的注视下一点一点红了脸，才像恍然大悟似的，"就这么急着想嫁给我？"

"……"顾苏扑在他肩膀上用力咬了一口。

"嘶！"盛洹皱了皱眉，"你十一月的生日，总决赛也是十一月，要是能打进总决赛，正好……"

顾苏瞪他："你是不是飘啦，先打好 MSI 再说吧。"

盛洹笑了笑："行。不见你爸妈，先带你去见我爸妈？"

那副从容的态度忽然让顾苏生出莫名的慌张。

她不太擅长处理人际关系，尤其是和长辈之间，所以许多时候她都选择回避。

像是看出她心中的担忧，盛洹笑着安抚："没事，我爸妈知道你。"

顾苏一愣："知道我？"

"嗯，那时候我要离开学校，原本就是想带你去见我爸妈的。没想到你要跟我分手。"

说起当年，顾苏心里的愧疚又泛了出来："然后呢？"

"然后？"盛洹垂眸，语声淡淡，"然后我全家都知道，你把我甩了。"

顾苏一把推开他，抓过抱枕蒙在头上："算了算了，一辈子很快的。"

"现在知道慌了？"盛洹唇角含笑，一点点把她的抱枕拉下来，"我爸妈当时问我，是不是我哪里做得不好，怎么让到手的儿媳妇跑了，把我骂了一通。跟我说如果我真的认定你，就去把你追回来。"

顾苏的头发被弄得乱糟糟的，她咬了咬嘴唇："我以前是不是很过分？"

盛洹盯着她被咬得红艳的唇，忍不住轻轻啄了一下："嗯，很过分，我被你弄得很伤心。"

男人的气息在唇齿间游荡，顾苏觉得大脑发蒙，她努力拉开一点距离："那我给战队拿了一个冠军，算不算补偿？"

"算。"盛洹吻住她的下唇，"但是还不够。"

"你该不会要说让我用一辈子补偿你吧，是谁该少看点霸总小说啊！"

盛洹停住动作，半撑起身，有些无奈地叹了口气："你要是还想要下半生的幸福，就不要在这种时候说这么煞风景的话。"

"哦……"

"先打完今年，嗯？"盛洹揉揉她的发顶，替她把衣服拉好，"我们还要拿一座更重要的奖杯。"

更重要的奖杯……那座世界之巅的银龙杯。

顾苏重重点头："嗯！"

Loading

# ⯈ 尾声二 ⯈

## 城堡里的王子

/ ////////// /

春季赛结束，一年的征程才算刚刚开始。

虽说仍在假期，但每一个人的神经都没有彻底放松，所有人都知道，在不久的将来，他们即将远赴国外，打一场硬仗。

去 MSI 之前，老霍表示战队要有战队的样子，既然拿了冠军，为了进一步提高团队凝聚力，提议集体去盛洹刚交房的大别墅里团建。

盛洹自然没什么意见，提前叫保洁将家里打扫干净，又准备好烧烤食材，挑了个时间由战队派车送选手和其他工作人员过去。

顾苏也是跟车一起过去，虽然跟盛洹重新在一起，但在战队相关的事情上，她还是不想表现得太特殊，以免节外生枝。

车子停在独院别墅的院门口，兔斯基第一个下车，眼睛都直了："这么大？"

"我说你走不走，别挡着路。"第二个下车的 Jump 努力将兔斯基挤到一旁，也跟着愣了，"这么大的别墅，一个人住吗？真一个人住？晚上不会害怕吗？"

跟在他们身后的顾苏被堵了个结结实实，还是老霍一人一巴掌将两人推开："别没出息，这儿摄影师录着呢，能不能给战队长点脸啊？这是别墅？这不是城堡吗？"

盛洹到底有多少家底，连顾苏都不清楚，或者说，她也不关心。

她穿过草坪，走向等在正门的男人。

盛洹习惯性地揉了揉她的头顶，收回手时拇指轻轻在她颊边蹭了下，注意到她脸色有些难看，于是皱眉问："坐车累吗？"

"坐车不累。"顾苏诚恳摇头，"在车上看了会儿其他赛区的决赛录像，看得有点恶心。"

"先进去再说，喝点水休息休息？"说罢，盛大教练已经神情关切地拥着自家女朋友进了门。

还在外面感慨大别墅的众人："……"


"我就问一个问题，为什么她的拖鞋，跟我们的不一样？"客厅里，兔斯基捧着水杯，目光牢牢锁定在顾苏脚上一看就不是便宜货的粉红色拖鞋上。

"有吗？"顾苏抬起腿晃了晃，"跟你们不是一样的吗？"

"而且怎么连尺码都是正好的！"老霍勤勤恳恳给盛洹打工，这时候也忍不住愤愤，"很明显，我们都是均码！"

"就是，就是！"

"成熟点，二十多岁的人了。一双拖鞋而已，这么喜欢，让洹神用春决奖金给你们兑一双。"晕车的恶心感刚消退，顾苏重新抱着手机刷比赛录像，闻言抬头，"霍经理，我不是说你，你三十多了。"

被误伤的老霍："……"


盛洹家里的娱乐设施十分齐全，从桌游到 KTV 应有尽有，几个小子撒了欢地疯，没一会儿就被老霍赶到院子里呼吸新鲜空气去了。

五月的下午，正是最舒适的天气。顾苏坐在阴凉处的秋千下，手里始终抱着手机。

户外的太阳并不适合阅读，顾苏用手遮在眉骨上还是觉得不舒服，蓦地一道阴影投下，为她遮住直射而来的阳光。

"你的眼睛受得了？"

顾苏没有抬头，嘴角先扬起来："你要不要一起来看看，LCK今年这冠军3：0拿下对面，这是什么恐怖统治力啊！"

"已经看过了。"盛洹侧了侧身，挑了个遮挡更好的角度，"怎么样，人肉凉棚用得还习惯？我的公主？"

"好了好了，我不看就是了。"顾苏乖乖收起手机，左右看一眼，"对了，Wiki呢？"

自从总决赛结束，Wiki就甚少在基地露面，虽然不再像从前那样擅自离队，但顾苏知道他心情不好。

撇开总决赛没有亲自上场赢下对面不说，上个赛季用这套阵容并没有打出理想成绩，但这赛季只换了一个中单就夺冠。

虽然一支战队能够夺冠通常包含了各种因素，但难免会有人借题发挥。

"好像一直在房间里。"盛洹语声平淡，"你担心他？"

"是啊。"顾苏诚实点头，"你不也在担心吗？刚才霍经理叫大家出来的时候，你留在最后是确认他的去向才来找我的吧？"

盛洹"啧"了一声："似乎比起担心他，你更关心我。"

"我不关心你关心谁啊？你可是我男朋友。"

顾苏从不会说情话，最直白的真诚也最动人。

男人不知何时贴近，连中间的空气都变得稀薄，顾苏的心一点一点揪起来，下意识屏住了呼吸。

吻在下一瞬落了下来，熟悉的气息卷在她的唇齿间，眼看他越吻越深，顾苏赶忙伸手推他："霍经理他们还在呢！你的绅士形象……"

盛洹总算放过她，眸色一片暗沉："不想绅士了，行不行？"

……

夜晚的星格外明亮，草坪上，一行人热热闹闹烧烤。

"这里哪儿都好，就是太安静，安静得吓人。盛教你晚上一个人住这儿，不害怕吗？"兔斯基手里攥了两把羊肉串，在火上嘶嘶冒油。

"你就别担心人家赚了钱该怎么花了，还是想想去了 MSI 全是强势上单，你打不打得过吧！"安诚日常泼凉水。

易拉罐冒出气泡，几人勾肩搭背唱歌，盛洹和顾苏坐在远离人群的地方，看着人群一角默不作声的 Wiki。

蓦地，远处有车灯渐进，那束光一路向前，最终停在院子正门处，嘟嘟按了两下喇叭。

盛洹站起来。

"唐……唐经理？"

还是那辆火红色的牧马人，唐冉跳下车，冲他们吹了声口哨："决赛打完了，我跟兄弟战队团建，不能算我窃取对手的情报吧？"

"当然不算！"兔斯基喝上头了，又开了三罐啤酒，"唐经理今天来是给我们面子，对不对兄弟们！来来来，先干一瓶！"

唐冉笑着接过来，在一片喝彩声中真就一饮而尽，她用拇指抹掉唇角的湿润，转身走向 Wiki 的方向。


盛洹转向身边左顾右盼不敢跟他对视的人："人是你叫来的？"

"嗯，"顾苏这才嗫嚅道，"是啊，不忍心看你一直为他担心嘛。"

他们都在默默地为彼此担心和付出。

"对了。"她忽然想起什么，"我还是路人的时候，Born 联系过我？你听说过这事吗？"

遥远的灯光将盛洹拢出越发锋利的轮廓："知道。"

"你知道？"顾苏讶然，"那我怎么没有收到消息？"

"因为，"盛洹终于正眼看她，"被我删了。"

顾苏蒙了："你删了？"

"他们的邀请发得过早，那时候你学分不够，以你的性子又一定要来打职业，到时候会失去退路。"沉默片刻，盛洹继续道，"而且，他们的战术体系并不适合你，你去了也多半是做蒋穹的替补，现在是你打职业的黄金年龄，在 Born 蹉跎一两年还练不出来，之后就很难再碰到合适的队伍。"

他甚至一早就研究过顾苏的排位录像，而这些，她都不知道。

"所以，如果你真的想打职业，FM 的确是最适合你的体系。还有最重要的——"

满天星光下，盛洹的声音沉得让人安心："我在这里，如果你真的下定决心要打职业，我也会为你铺最适合你的路。即使你选择不跟我在一起。"

喧嚣声时断时续，不知是什么昆虫发出鸣叫，顾苏在月色下愣了许久，接着，用力环住眼前的男人。

爱是不计较得失，爱是坚实的支柱，爱是相互信任扶持。

爱是月色下的此刻永恒。

—全文完—